FVA

Amanda Lasker-Berlin in der Frankfurter Verlagsanstalt:

ELIJAS LIED, Roman
IVA ATMET, Roman

Amanda Lasker-Berlin

Iva atmet

Roman

FRANKFURTER VERLAGSANSTALT

ERSTER TAG

1

Iva gleitet unter die Oberfläche. Von der steigt Dampf auf, über die ziehen sich Hügel aus Schaum. Ihr Kopf treibt Richtung Grund. Die Muscheln laufen voller Wasser, das macht die Gehörgänge dicht. Iva hört fast nichts. Nur monotones Rauschen und die Schläge des Pulses. Aufgerissene Augen, die von der Seife brennen und auf die dünnen Beine schauen, die viel zu lange im grellbeleuchteten OP-Saal standen, zittrig die Wohnung betraten, aushalten mussten, bei dem Telefonat. Bevor sie sich endlich ins Wasser fallen lassen konnten.

Jetzt treiben sie über dem Keramikboden. Ihre Haut ist durchweicht. Doch die alten Hautpartikel lösen sich nicht vom Knöchel.

Iva kratzt.

Vielleicht schwimmt ein bisschen Haut durchs Wasser. Wie ein kleiner Fisch, könnte ja sein.

Das Wasser ist wärmer, seit Iva alleine in der Wanne liegt. Roy hat seine Körperwärme dagelassen. Damit Iva nicht friert.

Wärme dalassen. Das macht Roy manchmal, wenn Iva neben ihm liegt und ganz kalt ist. Wenn sie mit den Zähnen die oberste Hornschicht der Fingernägel abzieht. Sich nicht traut, die Augen zu schließen.

Iva taucht in den warmen Nebelschwaden auf, atmet tief

ein. Lehnt den Nacken an. Überlegt, wie er aussieht, ihr Abdruck auf den beschlagenen Fliesen – vielleicht sind es die Umrisse der krummgeschwungenen Bäume. Die Äste, die sich umeinanderwinden und in den Himmel stechen. Das Laub in ihrer Lunge liegt auf ordentlichen Haufen, merkt Iva beim Ausatmen. Das beruhigt sie.
Roy tritt ein. Seit Shlomo geboren ist, sind seine Schritte so leise, dass nur Iva sie hören kann. Iva beobachtet ihn. Mit dem Ellbogen wischt er den Badetau vom Spiegelschrank. Sieht sich an. Sein Haar ist noch nass. Er ist schon wieder angezogen, hat sein weißes Hemd über den schmalen Oberkörper gelegt, es schief geknöpft und es nicht bemerkt. Mit seinen Drahtfingern versucht er, etwas Form in die Frisur zu bringen. Atmet enttäuscht aus. Die Locken lassen sich nicht bändigen.
Durch den Spiegel schaut er zu Iva. Sie sitzt in der Wanne. Fängt seinen Blick auf. So haben sie sich lange nicht mehr angesehen. Schnell taucht Iva unter.
Da sind keine Blicke. Da sind nur sie und das Wasser. Das Gefühl von brechenden Halmen unter den Füßen. Dieses Kitzeln von ausgetrocknetem Gras.
Iva schnellt hoch. Fährt mit der Hand über die Füße. Damit es weggeht, das Grasgefühl.
»Als ich gerade nachschauen war, hat er geschlafen«, sagt Roy.
»Mal sehen, wie lange noch«, murmelt Iva, sieht sich schon in einer Viertelstunde den kleinen Shlomo auf dem Arm halten, während Roy hinter sich die Wohnungstür zuzieht.
»Bist du sicher, dass du heute Nacht noch fahren willst?«,

fragt Roy und setzt sich auf den Rand der Badewanne. Seine Finger hüpfen zu Iva. Wie Wasserflöhe, die auf Ivas Schulter landen.
»Eigentlich nicht.«
»Dann fahr doch morgen ganz früh.«
Die Flohfinger hüpfen weiter, setzen sich auf Ivas Hals, fühlen den Puls.
»Nein, ich fahr heute Nacht, wenn du von der Vorstellung kommst.«
Kurzes Innehalten. Dann zieht Iva die Hand aus dem Wasser. Legt sie auf seine Jeans. Das hinterlässt einen Abdruck.
»Wer weiß, wie es ihm geht.« Iva blinzelt das Bild weg. Vom Gesicht des Vaters. Das blau ist. Oder vielleicht schon weiß? Aus dem noch Atem stolpert?
Roy sagt nichts. Küsst ihren Mund ganz kurz. Dreht sich zum Spiegel und versucht es noch mal mit den Haaren.
»Das werden die in der Maske schon hinkriegen«, sagt Iva amüsiert.
»Na, hoffen wir mal. Stell dir vor, ich würde mit den Haaren irgendwo hängenbleiben, wenn ich gerade zum Sprung ansetze, und dann würde mein Genick ...«
»Roy!«, schnurrt Iva. »Ein Halbtoter am Tag reicht ja wohl.«
»Stimmt.« Mit einem Gummi befestigt er seine Locken sorgfältig im Nacken.
»Sehen grau aus, deine Haare. Sogar, wenn sie nass sind.« Iva wird frech. Er soll zu ihr schauen. So richtig. Nicht nur halb durch den Spiegel.

»Gar nicht! Die sehen schwarz aus, tiefschwarz. Jugendlich schwarz.«
»Rentnerschwarz.«
»Also, Iva, sei lieb zu dem Kleinen.«
»Bin ich immer.«
Roy versucht, nicht skeptisch zu schauen. Aber Iva kennt sein Gesicht.
»Und überleg dir, ob du nicht doch morgen fahren willst.«
»Mach ich nicht.«
»Okay.«
»Hab eine gute Vorstellung. Verheddere dich nicht mit deinen Haaren. Und bis nachher.«
»Bis nachher.«
Sie streichelt noch einmal über sein Bein. Dann sinkt sie hinab.
Spürt wieder das Gras unter den Füßen, wie es kratzt, sie kitzelt. Wie das Laub aufwirbelt in der Lunge. Noch einmal denken: Vielleicht ist das Wasser zu heiß. Und dann schnell auftauchen und nach Luft schnappen.
Iva hustet. Iva hustet laut. Shlomo wacht auf, beginnt zu weinen.

2

Noch einmal zu Roy schauen und zu Shlomo. Der schläft auf Roys Arm. Dann den Kofferraum schließen. Darin die Reisetasche mit Kleidung für drei Tage. Obwohl alle wissen: Drei Tage sind zu kurz. Leise, damit Shlomo nicht aufwacht. Der hat so lange geschrien, als Iva mit ihm alleine war. Shlomo ist erst eingeschlafen, als Roy ihn ihr aus den Armen genommen hat. Vielleicht weil Roy so ruhig ist.

Iva geht zu den beiden, legt die Arme um sie. Und Roy seinen Arm auf ihren Rücken.

Roys Körper ist müde. Erschöpft von der Vorstellung. Davon, sich in alle Richtungen zu biegen und ins Publikum zu strahlen und in Gedanken ganz woanders zu sein.

Iva küsst Roy, streichelt Shlomo, steigt ein. Und ist weg.

Es ist schon Nacht. Da sind keine Farben. Auch nicht in den Ampeln. Die sind aus. Nur die Scheinwerfer tasten die Straße ab. Reflektieren den Frost. Der hat sich die Autos am Straßenrand gepackt, der hat die Grashalme zwischen Bordstein und Gehweg steif werden lassen. Iva fährt langsam. Von Kälte überzogene Äste, die starr in den Himmel stechen. Ob zwischen den geschichteten Wolken ein nacktes Stück Schwarz ist?

Schneller werden auf der Autobahn. Der Motor heult laut. Das Auto ist alt. Und die Fahrbahn viel zu leer. Es gibt nur das dunkelblaue Auto und die Fahrbahnmarkierung. Sie schaltet das Radio ein.

Kurz überlegen, wie lange es her ist, dass sie das letzte Mal so lange allein war. Eine ganze Nacht ohne Roy und Shlomo. Nur sie und die Fahrbahn und ein Vater, dem Blut ausläuft im Hirn. So wie vor sieben Jahren beim ersten Schlaganfall. Da ist sie doch auch hingefahren, oder nicht?

Das Radio redet von Schnee, von Eis. Mahnt zur Vorsicht. Auf dem Beifahrersitz liegen Bananen, eine Thermoskanne Tee, eine Tafel Schokolade. Die hat Roy ihr hingelegt.
Vor sieben Jahren liegt der Vater einfach so in einer Einkaufspassage auf dem Boden. Wird ins Krankenhaus gebracht. Wird untersucht. Wird aber nie mehr, wie er vorher war.
Das ist gut, oder nicht, denkt Iva. Dass von diesem Menschen nicht mehr übrig ist als ein maroder Körper. Der nicht mehr alleine essen kann und sich nicht alleine waschen. Der vielleicht noch Sprache hat, aber mit dem Mund keine Worte mehr bilden kann.
Das letzte Telefonat vor eineinhalb Jahren.
»Hallo Vater, hier ist Iva. Ich wollte, also, ich, ähm, ich wollte nur sagen, dass ich ein Kind bekommen habe, letzte Woche. Er heißt Shlomo.«
Ein Vater, der nichts sagt, der nichts macht, nicht mal ein Geräusch, und die Pflegerin, die »Glückwunsch« murmelt.
Und Iva, die sagt: »Wir würden uns über Unterstützung freuen. Also finanzielle.«
Die Pflegerin, die laut schluckt und Worte sucht. Der Vater, der nichts macht, nur in den Hörer atmet. Und Iva, die entscheidet: Ich rufe nicht mehr an.
Jedes Jahr eine Weihnachtskarte aus dem Briefkasten fischen. In der steht: »Fröhliche Weihnachten von Ihrem Vater. Und Mariola.«
Und Roy, der jedes Jahr sagt: »Nächstes Jahr müssen wir

endlich dran denken, der Pflegerin auch eine Karte zu schicken.« Und Iva und Roy, die es dann jedes Mal vergessen.

Ob Jette und Alexander auch solche Karten bekommen, überlegt Iva und überholt einen LKW, der fährt ihr zu langsam.

Alexander bestimmt nicht, von dem weiß die Pflegerin wahrscheinlich gar nichts. Und von Jette kennt Iva nur ein Postfach. Das steht in der Infobox von ihrem Kanal.

Manchmal, wenn Iva einen Tag freihat, schnappt sie sich Shlomo und den Laptop. Legt das Kind auf ihre Brust und den Laptop auf den Bauch und tippt Jettes Namen ein und stößt auf Videos, in denen Jette redet. In denen sie nichts macht, außer dasitzen und grinsen und reden. Über die vegane Selbstversorgergemeinschaft in Thailand. Über ihre Partner, Freiheit, ihre Tochter, die kennt Iva nur aus den Videos.

Es gibt Videos, die heißen: »Was in meiner Kindheit falsch gelaufen ist« oder: »Meine Bindungsängste«. Die klickt Iva nicht an. Wird nur wütend und überlegt, einen Kommentar darunterzuschreiben. Einen gemeinen, richtig gemeinen. Streichelt aber lieber über Shlomos Kopf, das beruhigt.

An Alexander denkt Iva fast nie. Weil er auftaucht, sobald man an ihn denkt. Deshalb besser Alexander ignorieren, ihn vergessen und sicher sein: Alexander wird es schon gut gehen.

Iva reißt die Augen auf. Die Dunkelheit beißt ihr scharf ins Gesicht, will sie vertreiben. Aber Iva hält dagegen an, bleibt wach. Auch als die Nacht näher und näher an die Windschutzscheibe kommt, sich auf sie legt und durch einen Spalt ins Innere des Autos gelangt. Iva beschleunigt. Will durch die Nacht hindurchfahren und die Morgendämmerung erwischen.

3

Die Sonne steht über der Autobahn, blendet. Iva fährt auf die Raststätte, stellt das Auto ab und schaut in den Himmel. Die Wintersonne ist schwach. Iva ist müde. Es ist fünf. Da ruft Shlomo sonst immer das erste Mal. Oder singt oder plappert. Roy holt ihn dann ins Bett, legt ihn zwischen Iva und sich. Und Iva sagt jeden Morgen: »Ich habe gelesen, das soll man nicht machen.«

Und Roy ist das egal, weil er die Erziehungsratgeber, die Iva liest, nicht mag.

Wenn Shlomo so nah bei Iva liegt, kann sie nicht mehr schlafen. Was, wenn sie sich im Schlaf auf ihn legt, aus Versehen, oder sie hustet und er erschrickt und schreit, nur wegen ihr.

Sie schaut Shlomos Körper an. Beobachtet, wie seine Lider zucken, wie er atmet, so regelmäßig. Und so weich ist, im Gesicht. Manchmal küsst sie seine Finger, mal sein Gesicht oder den runden Kinderbauch. Wenn er wach ist, legt sie eine Hand auf seine Brust. Das soll Kinder beruhigen, hat sie gelesen, und Iva glaubt alles, was sie liest

über Kinder, und kauft seit der Schwangerschaft zu jedem Abschnitt ein neues Buch. Markiert die wichtigen Stellen und klebt Post-its in verschiedenen Farben ein. Damit sie alles schnell findet. Wenn mal was ist mit Shlomo. Auf dem Nachttisch liegt ein kleines Handbuch, das Iva sich zusammengestellt hat, griffbereit.
Ob Shlomo merkt, dass sie nicht da ist, fragt sich Iva. Stellt sich den kleinen Körper vor, der im Bett sitzt und guckt. Der die Augen aufreißt und »Mama« sagt.
Beim Tanken atmet Iva tief ein. Die Luft ist schwer vom Benzin. Sie liebt den Geruch. Bleibt länger stehen, als sie müsste. Kauft dann den ersten Kaffee und bezahlt das Benzin. Einmal gähnen und dann weiterfahren. In den Morgen.

4

Der Haustürschlüssel liegt in Ivas Jackentasche. Mit der Hand umschließt sie ihn. Er wird warm, feucht vom Schweiß. Zögernd vor der Tür stehen, den Schlüssel noch eine Weile in der Tasche lassen. Zu den Köcherbäumen schauen. Zu den beiden, die rechts und links das Portal flankieren. Die tot sind, seit so vielen Jahren. Die nicht verrotten können, weil die Chemikalie um ihren Stamm sie daran hindert. Von den Bäumen aus wandern Schatten über den ganzen Vorgarten. Vielleicht hat Iva deshalb immer gefroren.

Iva steht auf den Stufen. Links und rechts von ihr ein Köcherbaum. Das macht das breite Portal auf einmal eng. Iva weiß noch: Der Vater rammt den Spaten wütend in die Erde. Beschädigt Wurzeln, flucht. Die Köcherbäume sind so fest verankert vor dem Haus in Wuppertal. Aus dem Fenster sticht der Blick der Großmutter, fliegen Worte wie: Kruppstahl und Leder.
Der Vater hackt in die Wurzeln, will die Bäume zu Fall bringen. Die müssen aus der Erde, die müssen mit nach Dresden. Sonst zieht die Großmutter nicht um. Sonst bleibt sie allein in der Wuppertal-Villa. Durch die Gardinen des Küchenfensters schaut die Mutter, bleibt verschwommen hinter dem Stoff. Und der Vater schimpft weiter, und Alexander hält Iva die Hand vor den Mund, damit sie nicht loslacht und der Vater sie bemerkt. Vier Tage lang drischt der Vater auf die Wurzeln ein, vier Tage feuert die Großmutter ihn durch ihr Fenster an, hocken Iva und Alexander in ihren Zimmern und beobachten den Vater. Dann fallen die Bäume. Werden aufgeladen und von einem Lastwagen nach Dresden gefahren. Sterben während der Fahrt.
Tote Bäume schlagen keine Wurzeln mehr. Der Vater betoniert sie ein, bestreicht sie mit Chemie. Damit die Bäume nicht verrotten. Hofft, dass die Großmutter es nicht merkt. Doch die merkt alles, riecht die Chemie, riecht den Beton. Stirbt kurz nach den Bäumen.
In Ivas Handfläche drücken sich die Zähne des Schlüssels tiefer in die Haut. Einen Moment noch aushalten, dann lässt Iva ihn los. Legt die Hand auf den Baum, drückt ihre

Nase daran. Der Baum riecht nicht mehr nach Chemie, auch nicht nach Holz. Einfach nur nach Winterluft. Iva spürt ihren Puls. Als Kind denkt sie: Das ist der Herzschlag vom Baum. Jeden Tag nach der Schule und vor dem Hausbetreten überprüft sie ihn. Für Iva lebt der Baum. Bis sie versteht, dass das ihr eigenes Herz ist, was sie schlagen hört.

Iva legt den Finger auf die Klingel und drückt und hört: Es scheppert genau wie früher.

Tapsige Schritte, der Schlüssel, der von innen mehrfach gedreht wird. Das Portal wird aufgezogen, das braucht Kraft. Mariola taucht in der Tür auf. Sieht anders aus, als Iva sie vom Vorstellungsgespräch in Erinnerung hat. Die Haare sind rot, bis auf ein paar graue Stellen. Ein pinker Rollkragenpullover und eine weite Jeans. Hausschuhe, die ganz weich aussehen. Vielleicht, weil sie auf dem harten Marmorboden stehen, von dem das ganze Jahr Kälte abstrahlt.

Unter Mariolas Augen sind dunkle Ringe und Falten, an denen Iva erkennen kann, dass Mariola früher mehr gelacht hat.

»Hallo«, sagt Iva. Ihre Stimme ist rau. Räuspern macht es nicht besser.

»Hallo, Iva.« Mariola strahlt. Tritt zur Seite, um Iva einzulassen. Aber Iva bleibt auf der Fußmatte stehen. Lässt die Fersen in der Matte versinken. Wie als Kind. Da zögerte sie auch den Moment des Hausbetretens heraus.

»Wollen Sie nicht reinkommen, Iva?« Der Akzent der Pflegerin ist stark. Iva mag, wie die Worte tanzen.

»Ich ... also ...« Iva tastet mit ihren Augen den Türrahmen ab. Das dunkle Holz schüchtert sie ein.
»Kommen Sie herein. Sie sind bestimmt müde. Wollen Sie Kaffee oder Tee? Ich habe alles da. Ich hab auch Brot und ...«
»Danke. Mariola. Aber ...« Ivas Blick gleitet an Mariola vorbei. Drängt sich in die Eingangshalle. Da ist der Steinboden, die hohen Wände, enge Fenster, die kaum Licht hereinlassen.
»Ich fahre, glaube ich, erst ins Krankenhaus«, sagt sie schnell. »Sie meinten, meinem Vater geht es sehr schlecht?«
»Ja, es geht ihm schlecht. Erst war er ganz normal. So, wie er eben ist, und hat gegessen, alles. Aber dann höre ich auf einmal einen Krach. Ich erschreck mich und schaue nach ihm. Und er hängt so im Stuhl. Reagiert nicht. Gar nichts. Natürlich habe ich mich erschreckt. Gleich im Krankenhaus angerufen. Wollen Sie nicht hereinkommen?«
»Nein, ich ...«
»Sie haben ihn mitgenommen ins Krankenhaus. Ich war einmal da. Habe Wäsche gebracht und alles. Aber gut sieht es nicht aus.«
»Dann ist es wirklich das Beste, wenn ich erst mal hinfahre.«
»Zimmernummer hab ich, kann ich Ihnen geben, warte.« Mariola verschwindet im Haus. Die Tür steht weit offen. Jetzt kann Iva die gesamte Eingangshalle sehen. Der große Spiegel hängt noch genau gegenüber der Haustür. So wie

damals. Jeder, der das Haus betritt, muss sich anschauen. Iva weiß noch:
An den Samstagabenden bewundern sich die schönen Frauen und Männer im Spiegel. Streifen ihre Jacken ab, drücken sie der Mutter in die Hand. Lachen schrill. Die Frauen bewegen sich weich, die Männer sind steif. Verschwinden mit dem Vater im Kaminzimmer. Die Mutter räumt die Mäntel auf. Bleibt vor dem großen Spiegel stehen. Sieht klein aus in ihm. Guckt hoch zu den Kindern. Jette, Alexander und Iva hocken auf der Treppe. Ihre Schlafanzüge schmiegen sich an das verschnörkelte Geländer.
»Ihr müsst ins Bett«, zischt die Mutter. Dreht sich nicht um zu den Kindern, tut so, als würde sie vor dem Spiegel ihren Lippenstift nachziehen. »Geht schnell, bevor der Vater euch entdeckt.« Ein Nicken von Iva und Jette und ein Alexander, der starr sitzenbleibt. Die Mutter, die nicht nachschaut, ob die Kinder gehen, sondern selbst im Kaminzimmer verschwindet. Dumpfe Gesprächsfetzen, hartes Lachen. Iva, Jette und Alexander, die mitlachen. Nicht wissen, über was. Die stumm werden, wenn die Mutter aus dem Kaminzimmer stürzt, weint. An ihnen vorbeirennt, die Treppe hoch. Der Vater, der die Tür zum Kaminzimmer zuzieht. Ab dann wird gesungen. Aus dem Singen wird Grölen und aus dem Grölen Lallen. Torkelnde Männer und Frauen, die wieder auftauchen in der Eingangshalle. Sich ihre Mäntel überwerfen und auf einmal verzerrt aussehen im Spiegel. Ob sie das merken, fragt Iva sich. Oder ist sie die Einzige, die das sieht?

Hirschgeweihe und ausgestopfte Tiere hängen an den restlichen Wänden.
Wenn Shlomo hier wäre, würde er die Hand ausstrecken, das Fell streicheln und »Ei, Ei« murmeln.
Aus dem Haus weht Heizungsluft. Zum Glück heizt Mariola, denkt Iva.
Eilig kommt Mariola auf Iva zu, drückt ihr einen Zettel in die Hand.
»Da steht die Zimmernummer drauf und der Name vom Arzt. Und Sie wollen wirklich keinen Tee, Iva?«
»Nein, ich fahr jetzt los. Danke.«
Iva dreht sich um. Fährt beiläufig mit der Hand über den Köcherbaumstamm. Kann keinen Herzschlag spüren. Sie hört, wie Mariola die Tür zuzieht. Die Schlösser wieder verriegelt.
Schnell läuft Iva den gepflasterten Weg von der Haustür zur Straße entlang. Zwischen den Fugen friert Moos. Die Laterne neben dem Tor zur Straße leuchtet, obwohl es schon hell ist. Die Zeitschaltuhr muss kaputt sein.
Iva hat das dunkelblaue Auto halb auf dem Gehweg geparkt. Genau vor der Einfahrt. Sieht aus wie ein Fluchtwagen, denkt Iva.

5

Grün vermummt steht Iva vor dem Bett des Vaters. Ihr Atem prallt am Mundschutz ab, gelangt durch die Nase wieder in den Körper. Kaum neuer Sauerstoff.
In die Nase des Vaters führen Schläuche. Pflaster halten sie an der Haut.
Ein Bildschirm illustriert seine Herzschläge. Grün auf schwarz zieht sich die Linie gleichmäßig über den Monitor.
Iva liest sie ab.
Das Gehirn des Vaters hat erst vor wenigen Stunden aufgehört zu bluten. Jetzt liegt es brach.
Iva betrachtet den Verlauf der Schläuche, legt eine Hand auf den Arm des Vaters. Der Plastikhandschuh trennt ihre und seine Haut. Sein behaarter Arm fühlt sich unecht an durch das Plastik. Als gehörte er keinem echten Menschen. Das beruhigt sie.
In der desinfizierten Luft brennen die müden Augen. Iva hält sie offen. Sie heftet ihren Blick auf die Pergamenthaut des Vaters. Will den Verlauf der Adern darunter verfolgen. Doch das ganze Gesicht ist blau. Nur die Ringe unter den Augenhöhlen sind dunkelgrau. Die Falten tiefer, als Iva sie in Erinnerung hatte. Iva will mit dem Fingernagel die Rillen auf der Stirn nachfahren. Doch im Gesicht berührt man den Vater nicht.
Über seinem Körper eine schwere Decke. Ob sie ihn erdrückt, überlegt Iva. Sie hebt die Decke einen Spalt an. Prüft, ob der alte Korpus schon zerbrochen ist. Doch er

sieht heil aus. Sie lässt die Decke wieder fallen, schaut ihn noch einmal an. Er erinnert sie an die Großmutter kurz vor ihrem Tod. Daran, wie sie aufhört zu sprechen. Nach dem Tod der Köcherbäume. Wie sie nur noch dasitzt am Fenster. Die Sonne auf die geschlossenen Lider fällt.

Als Kind findet Iva den Tod der Großmutter nicht schlimm. Die Großmutter hat sich aufgelöst. Konturen verloren und Farben. Bis sie weg war. Einfach so.

Der Vater ist da. Liegt als Koloss auf dem metallenen Bett. Lässt sich von den Beatmungsgeräten Luft einpumpen, lässt sich durch Schläuche Energie in den Körper flößen. Und macht nichts, nur liegen.

Iva muss raus. Schält sich im Krankenhausflur aus der grünen Schutzkleidung. Wirft sie weg, desinfiziert ihre Hände. Automatisiert, wie sie das bei der Arbeit macht. Iva liebt das Sterile.

An den Flurwänden hängen Chagalldrucke. Neben den Plastikstühlen steht eine verwahrloste Zimmerpflanze. Iva lässt sich auf einen Stuhl fallen, mustert die kaputten Pflanzenblätter. Die sind zerpflückt. Von den nervösen Angehörigen. Eigentlich will Iva nichts abrupfen. Hat dann aber doch ein Blatt zwischen den Fingern. Zerhackt es mit den Nägeln, beobachtet den Sud, der aus den Fasern läuft.

Die grelle Flurbeleuchtung trocknet Ivas Augen aus. Die Augen können nicht mehr. Iva schließt sie kurz. In der Jackentasche vibriert ihr Smartphone. Sie greift danach. Starrt auf den hellen Bildschirm. Das Bild von Roy mit Shlomo. Iva lächelt, entsperrt das Telefon mit ihrem Finger. Fühlt sich ein bisschen wacher. Da ist eine Nachricht von Roy.

»Lebt dein Vater noch?«

»Ja«, antwortet sie.

»Kannst du telefonieren?«

»Bin noch im Krankenhaus. Warte auf einen Arzt.«

»Okay.«

»Ich ruf dich nachher an. Bin müde. Wie geht's dir?«

»Wie geht's dir?«

»Roy, ich meine: Wie geht's dir?«

»Iva, ich meine: Wie geht es dir?«

»Mir geht's gut. Müde. Sonst alles okay.«

»Und, wie ist es mit deinem Vater?«

»Der liegt auf der Intensivstation. Deshalb kann er mich nicht ärgern.«

»Iva, Iva ...«

»Er liegt wirklich auf der Intensivstation.«

»Machst du dir Sorgen?«

»Machst du dir Sorgen, Roy?«

»Na ja, er ist ja dein Vater ...«

»Und dein Schwiegervater. Wenn du dir keine Sorgen machst, muss ich mir auch keine machen.«

»Ein klarer Fall von Iva-Logik.«

»Roy?«

»Ja.«

»Ach, nichts.«

»Was?«

»Die Bäume von meiner Großmutter stehen immer noch vor dem Haus.«

Roy antwortet nicht.
Iva fügt »Wie geht's euch?« hinzu.
»Wir denken, du hättest Dienst, und werden uns nachher wundern, dass du nicht wiederkommst.«
»Wie geht's Shlomo?«
»Gut, ich mäste ihn mit Süßigkeiten.«
»Als ob. Was macht er gerade?«
»Einen Moment.«
Iva wartet eine Weile. Mit dem Smartphone nimmt Roy eine Sprachnachricht auf, sendet sie Iva.
Als sie ihr Telefon ans Ohr hält, hört sie, wie Shlomo eine Melodie singt. Dann leise ist für einen Moment und anfängt, mit der Hand auf einen Kochtopf zu schlagen.
»Shlomo!«
»Meinst du, dass dein Vater stirbt?«, sendet Roy.
»Kann ich nicht ausschließen.«
»Also ja?«
»Ich weiß es nicht.«
»Was ist, wenn er stirbt?«
»Dann ist er tot.«
»Iva, ich meine das anders ...«
»Wir würden ein fettes Haus in Dresden erben.«
»Iva!«
»Der Arzt kommt. Ich ruf nachher an.«
»Bis nachher.«
Iva lässt das Telefon in ihre Jacke gleiten. Der Gang ist leer, kein Arzt zu sehen. Iva lässt das zerpflückte Blatt in den Blumentopf rieseln.

6

Sie öffnet die Augen. Erholt schauen sie an die weiße Wand. Den Körper umhüllt eine dünne Decke. Aus dem kleinen Radio kommt ruhige Musik. Iva hat den Klassiksender eingeschaltet. Dabei kann sie am besten aufwachen.

Das Fenster ist gekippt. Ab und zu das Surren eines Autos. Aus dem Wald kommt nichts außer der Stille.

Die Dunkelheit klebt im Zimmer zwischen den wenigen Möbeln. Iva hat fast alles mitgenommen, als sie damals ausgezogen ist. Als sie nach Düsseldorf gegangen ist, zum Medizinstudium. Jetzt stehen da nur das schmale Bett, die Kommode und der massive Schrank. Unterhalb des Fensters ist eine Kiste mit Kinderbüchern. Die würde Iva nie mitnehmen und mit Shlomo lesen.

Ein Windstoß erreicht Ivas Gesicht, wischt ihr die letzte Müdigkeit von der Stirn. In ihrem Körper kribbelt es. Ihr wird warm. Mit einer Hand schiebt sie die Decke weg. In ihrem karierten Oversizehemd liegt sie da, stellt sich vor, wie sie jetzt von außen betrachtet aussieht. Die blonden glatten Haare. Fast transparente Lippen. Die dünnen Beinchen sind nackt.

Nach der Geburt hatte Iva sich die Haare noch heller gefärbt und ganz kurz geschnitten. Zum Neufühlen. Ivas Haare werden seitdem nie länger als fünfzehn Zentimeter.

Sie nimmt ihr Smartphone. Schaut auf die Uhr. Es ist einundzwanzig Uhr. Zu früh, um richtig zu schlafen, und zu spät zum im Wald spazieren. Iva hat ihn vermisst, den Wald. In dem sie die Orientierung verlieren kann. In dem wilder Bärlauch wächst im Sommer, in dem sie Roy so intensiv gespürt hat wie nirgendwo sonst. Iva ist vielleicht mehr für den Wald gekommen als für den schlafenden Vater.

Iva weiß nicht mehr, was man macht an einem Abend in Dresden. An einem Abend allein.

Unten im Haus spricht Mariola schnelles Polnisch am Telefon. Kurz lauscht Iva. Mariolas Stimme klingt besorgt. In dem Haus sind die Wände dick. Trotzdem gelangt jedes Geräusch dahin, wo es nicht hinkommen soll. Als Kind macht Iva die Wasserleitungen dafür verantwortlich. Jetzt glaubt sie eher, dass zwischen den Steinmauern Hohlräume sind.

Iva zieht das Karohemd glatter, zupft die Haare zurecht, schaut in den Spiegel, der am Kleiderschrank angebracht ist. Sie sieht frisch aus, wundert sich darüber.

Über dem Bett hängt ein Bild, das ihre Großmutter gemalt hat. Alle sind sich einig, dass das eines der schlechteren Bilder der Großmutter ist. Sie hat es kurz vor dem Sterben gemalt. Nur Iva mag es. Weil die Farben ungewollt verlaufen, der Strich grob ist. Weil da zwei Köcherbäume stehen in afrikanischer Landschaft. Mit Ästen, die weit über das Bild hinausreichen, denkt Iva. Ein Kind ist im Hintergrund. Zwischen den Wolken. Über dem Gesicht des Kindes hängen rosafarbene Schlieren. Es hält die Hände offen nach oben.

Vielleicht verabschiedet es sich von der Welt.

Vor dem Umzug nach Düsseldorf überlegt Iva, das Bild mitzunehmen, es in ihr Studierendenzimmer zu hängen. Bekommt es aber beim ersten Versuch nicht von der Wand. Entscheidet, es dazulassen, und träumt seitdem so oft von dem Kind. In den Wolken.
Iva reißt ihren Blick vom Bild. Sie hat sich schon zu oft in ihm verloren.
Ihre Fußgelenke knacksen, als sie die alte Treppe hinunterläuft. Mit den Fingerspitzen berührt sie die Nasen der ausgestopften Tiere. Das macht sie schon als Kind. Und träumt sich zurück nach Wuppertal. In das Haus, in dem sie wohnt, bis sie zwölf ist. In die Stadt, in der Roy jeden Winter in ihrer Schulklasse sitzt. Und die Köcherbäume noch lebendig sind.
Iva nimmt ihre Jacke von der Garderobe. Der grüne Parka ist zu dünn für diese Jahreszeit. Ab und zu mag sie es, dem Wetter ausgeliefert zu sein und an nichts anderes zu denken als an ihre Körpertemperatur.
Iva überlegt, ob sie Mariola sagen soll, dass sie noch mal weggeht. Ob sie sie fragen sollte, ob sie mit in die Stadt will. Mariola spricht noch immer am Telefon. Iva schleicht sich aus dem Haus.
Am Himmel funkeln die toten Sterne halbherzig.

7

In der Altstadt riecht es anders als auf dem Waldhügel. Die Luft ist dicker. An diesem Abend ist kaum jemand unterwegs. Die meisten Touristen sind schon in ihre Hotels gekrochen, die Einheimischen tummeln sich in der Neustadt oder ihren Betten. Nur einige Pelzträger lungern vor den Schaufenstern herum.

Den Parka zieht sie enger um den Körper, versucht, irgendwie den Hals zu schützen. Zwischen den barocken Gebäuden pikst die Kälte. Iva ist ruhig. Ganz anders als im Alltag, in dem sie in OP-Sälen steht, durch die Krankenhausflure huscht, ein kleines Kind ständig etwas braucht. Etwas, das Iva vielleicht nicht hat, denkt sie manchmal und streitet dann mit Roy. Der findet, Shlomo ist das entspannteste Kind, das man haben kann. Das gar nichts fordert und dem man jedes Bedürfnis ansehen kann. Und Iva sagt dann gar nichts mehr und rast mit dem Auto in die Klinik, knöpft den Kittel zu und fragt sich, woher sie denn auch wissen soll, wie man eine Mutter ist.

Auf dem Dresdener Kopfsteinpflaster machen Ivas weiche Sohlen keine Geräusche. Ihr wird nicht warm durchs Laufen. Aber sie will noch nicht in eine Bar gehen. Iva will die Elbe sehen, sonst nichts. Die Wellen sind aufgewirbelt vom Novemberwind.

Eine Weile konzentriert sie sich auf die verschiedenen Schwarztöne im Nachtwasser. Sie erinnert sich, wie sie einmal mit der Großmutter hier steht. An dem Abend, an dem die Bäume einbetoniert werden und Iva all ihre Kraft

braucht, um den Rollstuhl der Großmutter so nah wie möglich an das Wasser zu schieben.
Es ist Ende Juli und die Sonne reflektiert beim Untergehen. Die zittrigen Hände der Großmutter hat Iva unter die Decke gelegt. Sie will die dürren Finger nicht sehen.
Ivas zwölfjähriger Körper steht jugendlich verformt da. Sie versucht, ihre kleinen Brüste zu verbergen. Klappt deshalb die Schultern nach vorne. Zieht den Bauch ein. Hasst ihr Sommerkleid. Das ist rosa, da ist ein Pferd drauf. Das hat die Mutter gekauft. Als klar wurde, dass sie nach Dresden ziehen werden. Und die Mutter panisch in alle Geschäfte rennt, weil sie sich sicher ist: Im Osten gibt es nichts. Wende hin oder her.
Iva beobachtet die Wellen. Monoton schwappen sie auf und ab. Spürt, dass die Großmutter etwas sagen möchte, aber nicht mehr kann. Ihre knorrigen Kiefer liegen so schwer aufeinander. Deshalb pfeift die Großmutter die Worte. Durch einen dünnen Spalt zwischen den Lippen. Iva muss raten, was sie meint.
»Südwest?«, fragt Iva, schaut genau hin, vielleicht nickt die Großmutter leicht.
Iva weiß nichts über Südwest. Nur, dass man das nicht mehr sagt. Dass man Namibia sagen soll und die Großmutter das nicht mehr lernt. Iva weiß, dass die Großmutter da groß geworden ist und dass der Vater schimpft, wenn Alexander sagt: »Meine Oma ist Afrikanerin.« Und korrigiert: »Deine Großmutter ist Deutsche.«
Iva weiß auch, dass die Großmutter irgendwann nach Deutschland gezogen ist. Wegen Krieg oder so. Sie stellt

sich vor, wie die Großmutter an der Reling steht. Von einem prächtigen Schiff mit Segeln. Ihr weißes Kleid wirbelt um sie. Sieht aus wie in einem alten Film. Die Großmutter hat nur einen braunen Lederkoffer dabei. In den hat sie ihr altes Leben gestopft. Einmal winkt sie noch und denkt: »Auf Wiedersehen, Deutsch-Südwestafrika.«
Iva mag die Vorstellung, auch wenn sie weiß, dass es ganz anders gewesen sein muss. Sonst hätte die Großmutter ihr ja davon erzählt.

Manchmal, wenn Iva genau hinhört, kann sie am Pfeifen der Großmutter erkennen, wie sie als Kind war. Kann sich vorstellen, wie die Großmutter durch die Landschaft flitzt. Um den Waterberg herum. Wie ihre Zöpfe flattern. Wie sie lacht. Wie ihre Stimme klingt.

Ganz selten, wenn die Großmutter in ihrem dunklen Ohrensessel sitzt, durchs Fenster die Köcherbäume beobachtet, erkennt Iva auch ein anderes Mädchen. Ein Mädchen, das panisch durch das hohe Gras läuft, sich nicht traut, sich umzudrehen.

Der Atem der Großmutter wird dann holprig. Iva zieht die Vorhänge zu. Damit die Köcherbäume nicht mehr zu sehen sind.

Iva schaltet der Großmutter den Fernseher an. In dem flimmert es bunt. Sie haucht in ihre rotgefrorenen Hände, blickt noch kurz ins Wasser. Dann dreht sie um. Jetzt braucht sie wirklich einen Tee.

8

In der Bar stehen die Tische eng beieinander. Überall Porzellanfiguren, Lämpchen, Kissen mit Spitze.
Iva sucht sich ein Schnörkelsofa aus. Von ihrem Platz in der Ecke kann sie die schummrige Bar überblicken. Betrachtet ein junges Paar. Das bemüht sich krampfhaft um einen schönen Abend. Ihre Körper sind mit den Sesseln verwachsen. Sie können sich nicht annähern, selbst wenn sie es wollten.
Iva fläzt sich ins Sofa, wuschelt ihre Haare durch und liest die Karte. Ihre Hüfte schiebt sie weit nach vorne, liegt fast. Die Beine sind ausgestreckt. Am liebsten würde sie noch aus den Schuhen schlüpfen.
Der Jazz ist ein bisschen laut, findet Iva und folgt mit den Blicken der Bedienung. Die huscht durch die engen Freiräume zwischen den Tischen. Nur einmal hält sie inne, betrachtet die junge Frau, die sich in einem Ohrensessel eingeigelt hat. Mit langen Fingern umklammert sie eine dampfende Tasse.
Ihre angewinkelten Beine umhüllt eine Decke. Der Oberkörper steckt in einem engen grauen Pullover. Der zeichnet ihren weichen Körper ab. Den schweren, feingezeichneten Kopf hat sie auf die hochgezogene Schulter gelegt.
Am Sessel lehnt ein Geigenkoffer. Voller Kratzer und Schlammspritzer. Iva stellt sich vor, wie die Frau mit dem Fahrrad durch eine Pfütze gerast ist, den Geigenkasten auf dem Rücken.
Die Geigenkastenfrau starrt in die Kerze auf dem Tisch.

Nippt verloren an ihrem Kakao. Der Schokoladenduft schwebt bis zu Iva hinüber.
Iva erinnert das an Roy. Daran, wie er manchmal an der gläsernen Balkontür hockt, mit den Augen versucht, die Sonnenstrahlen hochzuklettern. Dazu ein Glas Wein. Und der immer gleiche Gedanke. Dieselbe Frage seit Jahren. Gibt es so was wie ein Zuhause für Roy?
Seit Roy und Iva zusammenleben, sind sie erst einmal umgezogen. Und nur, weil Shlomo ein eigenes Zimmer brauchte. In der gleichen Straße sind sie geblieben, wenige Häuser weiter haben sie es geschafft. Es hat lange gebraucht, Roy von dem Umzug zu überzeugen. Roy will nicht mehr unterwegs sein, sich endlich an den Orten auskennen, an denen er ist. Schmunzelnd beobachtet Iva, wie Roy versucht, ein spießiges Leben aufzubauen. Wie er die Nachbarn zum Elektrogrillen auf dem Balkon einlädt, mit dem Kioskbesitzer beim Zigarettenkaufen über Politik schimpft.
Iva lässt Roy in Ruhe, wenn er so an der Balkontür sitzt. An den Wolken verzweifelt, die sich ständig verändern.
Sie denkt daran, wie sie Roy das erste Mal beobachtet. Damals, mitten im November, als Roy seinen ersten Schultag in Ivas Klasse gerade überstanden hat. Harter Wind wirbelt die Blätter vom Schulhof auf. Zieht an Ivas kleinem Erstklässlerkörper. Sie balanciert auf der Mauer, schlenkernd setzt sie die Füße voreinander. Ihr Haar weht. Aus den Augenwinkeln beobachtet sie Roy. Einige Meter von ihr entfernt lehnt er am Schultor. Klein für sein Alter, wilde Locken. Tiefe Augen, die nach hinten dunkler werden. Warm setzen sie sich von Roys blasser Haut ab.

Iva fragt sich, ob man in Roys Augen hineinfallen kann. So wie in einen Brunnen. Ob sie dann darin untergeht? Neben ihm steht sein Turnbeutel. Der ist vollgestopft mit Heften und Büchern. Roy hat keine Schultasche. Die Lehrerin hat das mit einem abfälligen Blick kommentiert, als sie Roy den anderen Kindern vorgestellt hat.
Seine Schuhe sind zerschlissen, die viel zu große Jeans am Saum ausgetreten. Eine richtige Winterjacke trägt er nicht. Nur eine dicke Weste schützt seinen Oberkörper. Von den Schultern baumeln die dünnen Pulloverärmel.
Einmal schaut Roy kurz zu ihr hinüber. Iva wendet sich schnell ab. Blickt unsicher Richtung Schulgebäude. Eigentlich sollen Jette und Alexander jeden Moment auftauchen. Damit sie zu dritt nach Hause gehen.
Noch bevor Jette und Alexander aus dem Schulgebäude kommen, nähert sich ein Mann in einer alten braunen Cordhose und einem beigen Anorak der Schule. Roy hüpft auf ihn zu. Der Mann küsst sein wuscheliges Haar. Roy beginnt, auf ihn einzuquasseln. Schnell und aufgeregt. Aber leise. Iva kann nicht hören, was Roy sagt.
Der Mann nimmt Roys Hand. Die beiden drehen sich zur Straße. Der Turnbeutel steht am Schultor.
»Deine Tasche!«, ruft Iva Roy hinterher.
Die beiden schauen sich um. Der Mann nickt Iva zu, lächelt, hebt die Hand. Sammelt die Tasche am Schultor ein. Wirft sie sich über die Schulter. Bei ihm sieht die Tasche ganz leicht aus. Roy greift nach der Hand des Mannes. Gemeinsam schlendern sie über den Bürgersteig.

Einmal dreht Roy sich noch um, ruft »Danke, Iva!« durch den Sturm.
Iva hüpft von der Mauer. Da ist Jette.

Als die Bedienung Iva ein Glas mit heißem Apfelsaft und Ingwerstücken serviert, schaut die Frau mit dem Geigenkasten das erste Mal herüber.
Iva lächelt sie an. Sie lächelt zurück. Ihr Handy klingelt.
»Roy?«
»Die Babysitterin hat abgesagt«, schnaubt er abgehetzt ins Telefon.
»Ist sie krank, oder was?«
»Hat sie zumindest gesagt, klang auch nicht gut am Telefon. Aber ja, ich muss zur Vorstellung. Ich bin schon richtig spät dran.«
»Und die Nachbarn?«
»Sind entweder nicht da, oder sie machen nicht auf.«
»Aha. Also nimmst du Shlomo mit?«
»Muss ich ja. Die Praktikantin kann ein Auge auf ihn haben. Wird ihr nicht gefallen, aber ... Iva, was ich sagen will, ist ...«
»Dass ich morgen schon wiederkommen soll.«
»Ja, genau. Am besten morgen oder spätestens übermorgen.«
»Ich versuch's, okay?«
»Versprich's.«
»Ich verspreche, dass ich es versuche.«
»Mann, Iva.«
»Gute Vorstellung.«

»Ja, ja.«
»Wirklich, Roy, ich wünsche dir eine gute Vorstellung.«
Roy legt auf. Iva überlegt, ob sie das Handy stummschalten soll. Aber so was traut sie sich nicht mehr.
Der Ingwer brennt auf ihrer Zunge, der Apfelsaft versöhnt sie wieder.
Lange betrachtet Iva das helle Gelbbraun, pustet einen Krater in die Saftoberfläche.
Das Paar steht auf. Das Geld legen sie auf den Tisch, winken der Kellnerin verlegen zu. Der Mann versucht, der Frau in den Mantel zu helfen. Stellt sich ungeschickt dabei an. Es dauert ewig, bis sie ihre Arme untergebracht hat. Sie lächelt traurig, als sie hinter ihm die Bar verlässt.
Die Bedienung sammelt Geld und Geschirr ein, schaut dann entmutigt auf Iva und die Frau mit dem Geigenkasten. Sie sind die einzigen Gäste. Die Kellnerin schaltet die Musik wieder ein und verschwindet einen Moment.
Das warme Licht lässt den Apfelsaft orange wirken. Iva schwitzt ein wenig unter all den Lampen. Kann sich nicht vorstellen, dass sie vorhin gefroren hat.
»Da hinten zieht es«, hört Iva plötzlich eine Stimme.
Sie schaut auf, sieht, dass die Geigenkastenfrau nun direkt vor ihr steht. Ganz wenig Abstand zwischen den beiden.
Iva sucht Worte, findet keine. Starrt die Frau an. Ihre braunen Locken, die Augen, die leuchten.
»Ich setze mich hierhin, einverstanden?«, sagt die Frau und lässt sich in den Sessel gegenüber fallen.
»Bitte«, murmelt Iva, als die Frau schon sitzt.

»Man darf hier nicht rauchen, oder?«
»Ich fürchte nicht.«
»Willst du auch rauchen?«
»Eigentlich rauche ich nicht mehr.«
»Aber eigentlich willst du rauchen, oder?«
»Hm.«
»Warte mal.«
Die Frau legt eine Schachtel mit Zigaretten auf die hellblaue Tischdecke. Auf der Schachtel ist ein Mann abgedruckt. Zusammengekauert hockt er auf der Bettkante. »Rauchen bedroht Ihre Potenz« steht daneben.
Die Frau winkt die Bedienung heran. Lächelt charmant.
»Entschuldigung«, haucht die Frau, »können wir bitte einen Aschenbecher haben?«
»Rauchen ist leider nicht erlaubt«, antwortet die Kellnerin.
Die Geigenkastenfrau schaut ihr in die Augen.
»Habt ihr hier Rauchmelder?«
»Also ...«
»Ihr habt keine, oder?«
»Nee ...«
»Na, dann kannst du uns ja auch einen Aschenbecher bringen. Die Dame kauft den dann auch.« Beim letzten Satz deutet die Frau auf Iva.
»Okay«, sagt die Kellnerin. »Ausnahmsweise.«
Iva widerspricht nicht.
»Das ist nett von dir«, sagt die Geigenkastenfrau. »Ich bin Ismene.«
»Iva.«

Die Kellnerin kommt mit einer Porzellanschale zurück. Kitschige Rosen sind daraufgemalt. In Gelb. Würde Ismene Iva nicht die erste Zigarette seit Jahren hinhalten, würde Iva sich ärgern, dass sie den Aschenbecher später mitnehmen muss.
»Wunderschön«, kommentiert Iva sarkastisch.
»Nicht wahr?« Ismene scheint die Schale zu gefallen.
»Ich schenke ihn dir. Nimm du ihn nachher mit nach Hause.«
»Habe kein Zuhause mehr.« Sie zuckt mit den Schultern.
»Aber hey, heutzutage sind wir doch alle Minimalisten und da stört das ja nicht weiter. Immerhin habe ich einen Aschenbecher.«
»Warum hast du kein Zuhause mehr?«
»Ach, nur so. Erzähle ich dir ein anderes Mal. Nicht heute. Heute ist ein guter Abend, oder nicht?«
»Vielleicht.«
»Wieso vielleicht?«
»Es könnte sein, dass mein Vater gerade stirbt.«
»Oh. Das tut mir leid.«
Ivas Atem wird schwerer, wenn sie an den Vater denkt. An den Koloss unter der Decke.
»Machst du dir Sorgen?«, fragt Ismene. Nippt verlegen an ihrem Tee.
Ivas Augen weichen ihr aus.
»Weiß ich nicht.«
»Fühlt sich dein Körper tot an, wenn du an ihn denkst?«
»Ja, genau.«
»Dann machst du dir Sorgen.«

Iva schweigt. Schaut in ihr Glas. Ingwerfasern treiben an der Oberfläche.

Als Iva klein ist, beobachtet sie oft Apfelsaft. Den in Jettes Glas. Jette darf nachmittags Apfelsaft trinken, weil sie lieb ist. Nicht so wie Alexander und Iva. Die müssen dasitzen und Liebsein üben. Iva kann das ein bisschen besser als Alexander. Die Großmutter sitzt im Sessel und erzählt Geschichten. Hat ein Märchenbuch auf den Knien, liest nicht daraus vor, schaut nicht hinein. Erzählt einfach. Von früher, nennt sie das. Aber Iva denkt: Das sind Geschichten für später. Weil sie findet: Die sind nichts für Kinder. Iva will sich die Ohren zuhalten. Iva will Jette das Glas Apfelsaft klauen und sich damit verstecken. Iva weiß, dass sie das nicht darf. Iva bleibt sitzen. Iva hört zu. Wie die Großmutter spricht von der Hitze, von der Sonne und den Bergen.

»Ich habe da hinten echt gefroren. Danke, dass ich bei dir sitzen kann, Iva.«

»Schön, dass du dich zu mir gesetzt hast.«

Sie schweigen.

»Du bist müde, oder, Iva?«

»Sieht man das?«

»Du hast Augenringe.«

»Habe ich immer. Berufskrankheit.«

»Was machst du?«

»Ich bin Ärztin. Habe viele Nachtdienste.«

»Ich mach nur Abenddienste. Ich bin Musikerin.«

»Geigerin?«

»Nein, Jazz-Pianistin und Sängerin. Die Geige hier habe

ich in der Straßenbahn gefunden und überlege, ob ich sie zum Fundbüro bringe oder verkaufe.«
»Zu was tendierst du?«
»Sie zu behalten und Geige zu lernen. So schwer kann das nicht sein.«
»Für dich wahrscheinlich nicht.«
»Aber vielleicht verkaufe ich sie auch. Mal sehen.«
»Oder du bringst sie zurück.«
»Wahrscheinlich nicht. Schau mal, die ist richtig schön.« Ismene öffnet den Geigenkasten und hält das dunkelbraune Instrument in die Höhe. Das Holz glänzt, auf den feinen Saiten reflektiert das Licht.
»Du musst die abgeben.«
»Ich muss Geige lernen. Kannst du Geige spielen?«
»Als Kind wurde ich dazu gezwungen.«
»Du musst es mir beibringen.«
»Ich kann das gar nicht mehr.«
»Das verlernt man nicht.«
»Leider doch.«
»Ich werde Geige lernen. Heute Nacht noch. Ich habe ja eh kein Zuhause ...«
»Wie meinst du das?«
»Ich meine, dass ich aus meiner WG rausgeflogen bin.«
»Oh.«
»Ach, eigentlich wäre das nicht traurig, nur blöd, dass ich nichts zum Übernachten habe.«
»Wohl wahr.«
»Was hast du denn gedacht, was ich meine mit: Ich habe kein Zuhause?«

»Ich dachte, du reist umher.«
»Umherreisen. Dachtest du, ich wäre eine erfolgreiche Person?«
»Nein, eigentlich nicht. Ich dachte, du wärst Künstlerin, die couchsurft, oder so.«
»Auch eine gute Idee. Couchsurfing.«
Ismene räumt die Geige weg, holt ihr Smartphone hervor. Das grelle Display stört in der schummrigen Bar. Ismene starrt auf das kleine Gerät. Versucht, das Gespräch weiterzuführen.
»Ich bin schon seit zwei Jahren hier. Davor war ich in Berlin und zwischendurch in der Nähe von Stuttgart. Schlimmste Ecke. Und die zwei Jahre habe ich in der WG gewohnt. Aber was soll's. Zeiten ändern sich.«
»Deine Mitbewohner können dich doch nicht einfach so rauswerfen.«
»Hm. Sie hatten ihre Gründe.«
»Was für Gründe?«
»Erzähl ich dir ein anderes Mal. Warte mal kurz. Ich ruf hier mal an.«
Ismene tippt eine Nummer ein.
Iva schaut auf die Uhr. Es ist kurz vor Mitternacht. Durch das Fenster sieht Iva, wie die Bedienung die draußen stehenden Stühle an die Tische schließt.
»Geht niemand ran«, murrt die Geigenkastenfrau. »Iva, wo wohnst du eigentlich?«
»Wuppertal.«
»Wuppertal. Wo ist das?«
»Nordrhein-Westfalen.«

»Aha. Und du machst einen Kurztrip?«
»Nein, mein Vater ist krank.«
»Ach ja, habe ich schon wieder vergessen. Warte kurz, ich versuche es noch mal woanders.«
Iva hört, wie aus dem Telefon nur wartendes Tuten kommt. Frustriert legt Ismene das Handy weg.
»Und, wie ist dein Leben so in Wuppertal?«
Ismene beugt sich weiter vor, tut alles, damit das Gespräch nicht abreißt.
»Ich lebe mit meinem Mann und meinem Sohn in einer Altbauwohnung.«
»Uh, die Ärzte. Und hier übernachtest du im Hotel?«
»Ich bin gerade im Haus meines Vaters.«
»Haus, alles klar.«
Ismene legt endlich die Zigarette zwischen ihre groben Lippen und zündet sie an. Dann reicht sie Iva das Feuerzeug.
»Sieht lustig aus, der Typ, was?«, sagt Ismene und deutet auf die Schachtel.
»Weiß nicht, ob lustig das richtige Wort ist.«
»Zumindest sieht er aus, als hätte er größere Probleme als nur das bisschen Erektionsstörungen.«
»Stimmt.«
»Wollen wir noch Wein bestellen, Iva?«
»Den ich dann bezahlen soll, Ismene?«
»Nein, nein, den Wein bezahle ich.«
»Okay.«
Die Kontraste in Ismenes Gesicht sind noch intensiver in dem schwachen Licht mit Rauch.

Die braunen Locken verhüllen die Ohren, schlagen eine weiche Verbindung zum kurzen Hals.
Ivas Haare beginnen zu kleben. Ihre Kopfhaut schwitzt. Gerne würde sie wieder in der Badewanne liegen, den Schweiß mit einem Untertauchen vom Kopf waschen.
Iva schaut zur Bartür. Eine Sekunde lang wünscht sie sich, Roy würde reinkommen, sich neben sie und Ismene setzen.
Dann ist die Sekunde vorbei.

ZWEITER TAG

1

Hinter der Fensterscheibe ist Winter. Eisblumen daran. Auch auf der Innenseite sind es nur wenige Grad über null. Kondensierter Atem kommt aus Ivas Mund und Nase. Sie hockt vor dem Fenster. In ihrer Lunge sind die Laubhaufen festgefroren. In der Luftröhre kauern einige Eiskristalle. Aus dem Erdgeschoss dringen die kratzigen Töne einer Geige. Die klingt verstimmt.
Ivas Haar ist noch nass von der Dusche. Iva ist nackt. Nur eine Gänsehaut überzieht ihren Körper. Die Nacht war kurz. Iva ist müde. Immer wieder aufgewacht, von der Hitze im Traum. Der hat sie ganz woanders hingebracht. An einen Ort, an dem im Frühling das Gras bis zu den Knien reicht, die Wolken nur sporadischen Schatten spenden. Eine Gruppe von Eselskarren zieht weg vom Waterberg. Landschaft, die karger und karger wird. Steine und verdorrtes Gras. Eine Gestalt, die flimmert in der Hitze. Und Iva kann sie nicht erkennen. Das Bild ist zu schwach.
Iva starrt in den Morgen. Die Wolkenfäden am Himmel erinnern sie an die Herzschlagszeichnungen, gestern im Krankenhaus. Einmal kurz wundern, dass sie nur weiß, wie der Herzschlag vom Vater auf dem Bildschirm aussieht, und nicht, wie er klingt.
Iva hat es nur einmal gehört. Das Herz vom Vater. Da ist sie zwölf und er umarmt sie. Legt seine schweren Hände

auf ihre Schulterblätter. Er im Anzug und sie in einem schwarzen Kleid. Und die Großmutter ist beerdigt seit ein paar Stunden. Iva hört: drei, vier Herzschläge vom Vater. Dann schiebt er sie weg. Geht zu Jette, umarmt sie genau so. Klopft Alexander auf die Schultern. Verschwindet dann wieder im Arbeitszimmer. Und die Kinder stehen da. Jette und Iva in Schwarz, Alexander in Gelb. Weil er es passender findet, die Farbe aus den Großmutterträumen zu tragen als einfach nur Schwarz. Die Mutter packt Kartons ins Auto. Die sind voll mit Kleidung von der Großmutter. Mit ihren langen Röcken, den Blusen, den Strumpfhosen. Die drei stehen da und schauen die Mutter nicht an. Schauen sich gegenseitig in die roten Augen, die blasse, unreine Haut. Alexanders Haare sind fettig. Weil er Angst vor Wasser hat und nicht mehr duschen gehen will. Jettes Hände sind vergraben in ihrer Jackentasche. Iva schaut zur Mutter. Wie sie das Gesicht verzieht, als sie »Nachthemden« auf den einen Karton schreibt. Schaut, als wäre ihr schlecht. Obwohl die Kleidung gar nicht mehr nach der Großmutter riechen kann. Die Mutter hat sie mehrmals gewaschen bei sechzig Grad.

Alexander beobachtet die Mutter wütend. Rennt dann los. Reißt einen von den Kartons auf. Reißt ein Unterhemd heraus. Das ist weiß, wirft es in die Luft. Damit es Richtung Himmel fliegt. Jubelt, denn es sieht fast so aus, als erreiche das Hemd eine Wolke. Und als es heruntersegelt, fängt er es auf, schaut zu Iva. Die ist sofort bei ihm und wirft Hemd für Hemd hoch. Eines verfängt sich im Köcherbaum. In einem Ast, der so hoch ist, dass sie da

nicht drankommen ohne Leiter. Das also da bleiben wird. Bis der Wind es mitnimmt.
Iva, die lacht und ruft: »Ihr müsst doch fliegen!« Und wirft immer mehr Kleidung hoch und Alexander singt. Das erste Mal seit Tagen wieder. Immer mehr Kleidung strauchelt durch den Himmel. Alles ist weiß und grau. Nur Alexander leuchtet gelb. Iva und Alexander tanzen durch den Vorgarten zusammen mit den Hemden und Iva versteht auf einmal das Wort: Abschied.
Jette steht da, hält Abstand. Macht nichts. Die Mutter hebt Hemd für Hemd vom Boden, kontrolliert, ob der Spitzenbesatz schlammig geworden ist bei der Landung. Faltet die sauberen Hemden, legt sie in den Karton. Macht einen Stapel für die dreckigen. Die kommen noch mal in die Wäsche.
Iva riecht Kaffee. Schon seit einer halben Stunde hört sie Mariolas Schritte im Erdgeschoss. Sie will noch nicht runtergehen. Noch eine Weile sitzenbleiben. Mit der Hand fährt sie über ihre rauen Beine. Die Haut ist trocken. Sie zieht eine Creme aus ihrem Kulturbeutel. Die riecht nach Nelken. Roys Lieblingsblumen. Während ihre Beine den Nelkenduft annehmen, fragt Iva sich, wie es Roy wohl geht, ob er gut geschlafen hat. Schnell schnappt sie sich ihr Smartphone, macht ein Ganzkörperselfie und sendet es ihm. Es wird ihm gefallen, da ist sie sich sicher. Schade nur, dass er ihre Nelkenhaut nicht riechen kann.

2

An die Geschichte, die die Großmutter immer erzählt, wenn sie zusammen beim Frühstück sitzen, erinnert Iva sich kaum. Sie weiß nur, dass die was mit den Bergen zu tun hat, die im Sonnenaufgang rosa leuchten. Mit den Kudus, die morgens am Waterberg vorbeiziehen. Die kleinen Antilopen mit den weißen Streifen auf dem Rücken. Die Lieblingstiere der Großmutter.

Iva erinnert etwas von Marmeladenbroten. Etwas von dem Urgroßvater, der die Hererofrauen beobachtet. Die arbeiten schon in den Beeten. Und er stoppt die Zeit mit seiner Taschenuhr. Schaut, wie lange sie für ein Beet brauchen. Verrechnet das mit den Broten, die die Großmutter in der Zeit essen kann. Das Ergebnis präsentiert er lachend. Die Großmutter und die anderen Kinder lachen mit, wippen mit den Füßen. Die reichen noch nicht auf den Boden.

Die Urgroßmutter klopft den Kindern zwischen die Schulterblätter. Das Füßewippen hört auf.

Als Iva kaut, überlegt sie, wie aus den Kudus, den Marmeladenbroten und der Uhr eine Geschichte geworden ist, findet aber keine mehr.

Mariola setzt sich neben Iva, beginnt Müsli zu löffeln.

»Haben Sie gut geschlafen, Iva?«

»Ja«, sagt Iva und weiß nicht, ob das stimmt. »Und Sie?«

»Auch gut. Ja. Ich mache mir Sorgen um Ihren Vater. Deshalb war ich lange wach.«

»Ich hoffe, ich habe nicht gestört, als ich nach Hause gekommen bin.«

»Nein, nein. Ich war wach.«
»Ich habe jemanden mitgebracht und in Alexanders altem Zimmer untergebracht, Mariola.«
»Ja, ich weiß. Habe sie schon getroffen. Sie ist sehr nett.«
»Ach ja?«
»Ja, heute Morgen. Wir haben schon Tee getrunken.«
»Ach so.«
»Eine Musikerin, ja?«
»Ja.«
»Sie spielt Geige?«
»Sie lernt es gerade.«
»Ach so. Hab mich schon gewundert.«
Iva nippt an ihrem Kaffee, beißt in ihr Brot. Mariola hat die Marmelade selbst gekocht.
»Wollen Sie gleich mit ins Krankenhaus fahren?«, fragt Iva.
»Weiß nicht, ich will nicht stören.«
»Sie stören nicht.«
»Weiß nicht, Iva. Ihr Vater ist manchmal ...«
»Ah, ich verstehe. Ja, ich kann mir gut vorstellen, wie er ... also ... ja, ich verstehe. Sie müssen nicht mitkommen.«
Sie versuchen zu schweigen.
»Ich meine das nicht böse. Ich mache mir wirklich Sorgen.«
»Guten Morgen, ihr beiden!« Ismene betritt die Küche. Sie trägt dieselben Kleider wie am Vortag. Die Geige hält sie lässig in der linken Hand, stützt sich mit der rechten am Türrahmen ab.
Einen Augenblick können Iva und Mariola auf nichts schauen außer auf Ismene. Reißen dann ihre Blicke los und werfen sie wieder in die Kaffeetassen.

Ismene legt die Geige auf den Küchentisch. Küsst Iva auf die Wange.
»Danke für die Nacht«, sagt sie und grinst.
»Gerne, gerne«, antwortet Iva.
Mariola dreht sich zum Toaster.
»Ich habe lange nicht mehr so gut geschlafen«, murmelt Ismene, bevor sie aus Ivas Tasse einen Schluck Kaffee nimmt. »Du anscheinend nicht, oder?«, fragt sie, als sie geschluckt hat.
»Wieso?«, fragt Iva.
»Du siehst richtig fertig aus heute Morgen.«
»Ich hab geträumt.«
»Weißt du noch, was?«
»Nein, keine Ahnung.«
Iva trinkt ihren Kaffee.
»Hört mal«, sagt Ismene. Sie nimmt die Geige wieder in die Hand, stellt sich hin und setzt den Bogen an.
»Heute Morgen komponiert. Inspiriert von letzter Nacht. Ich nenne es: Ivas Traum.«
Die Melodie klingt krude. Zackig sind die Töne hintereinandergereiht. Iva will diese Melodie nicht hören. Die klingt wirklich wie die letzte Nacht. Wie das ständige Aufwachen, das Schwitzen. Ismene legt die Geige ab, verbeugt sich übertrieben und fängt an zu lachen. Mariola applaudiert und Iva versucht zu lächeln. Sie hört sich leise »Danke« sagen. Ismene glaubt ihr nicht. Deshalb wendet sie sich ab, schnappt sich die fertigen Toasts und bestreicht sie. Mariola und Ismene beginnen fröhlich zu reden. Iva möchte ihnen nicht zuhören, wühlt lieber ihr Handy aus

der Tasche, sucht das Display nach einer Nachricht von Roy ab.

Er hat ihr auch ein Foto geschickt, es mit »Akt unter der Dusche« betitelt. Iva grinst. Er hat seine Füße neben dem Abfluss fotografiert. Unter dem Bild steht: »Bin leider nicht so schön wie du und habe mich für die Fußvariante entschieden.«

Eine Sprachnachricht hat er auch aufgenommen. Iva geht in die Eingangshalle und setzt sich auf die Treppe, hört sie ab.

»Guten Morgen, Iva.« Die Müdigkeit sitzt noch auf Roys Stimmbändern. Zwischendurch hustet er.

»Der Abend gestern war der Wahnsinn. Shlomo hat sich irgendwo einen Magen-Darm-Virus eingefangen und während der ganzen Vorstellung gekotzt. Ich war auf der Bühne und habe es nicht mitbekommen. Aber nach der Vorstellung hat mir die Praktikantin das erzählt. Sie hat sich ganz gut um ihn gekümmert. Ich habe ihm ein Zäpfchen gegeben, als wir zu Hause waren. Dann hat er bis sieben geschlafen. Danach ging es wieder los. Ich bin jetzt mit ihm beim Kinderarzt. Wie geht's dir denn?«

Iva hört die Nachricht noch einmal ab. Roys Stimme zu hören macht, dass sie sich weit entfernt fühlt.

Schnell nimmt sie eine besorgte Antwort auf und schickt sie ihm entgegen.

3

In der Eingangshalle wird es Iva zu laut. Aus der Küche kommen Gekicher und unerträgliche Geigentöne. Schnell wirft Iva den Parka über, schlüpft in die Schuhe, bindet sie nicht zu. Mit der Hand ertastet sie ihr Asthmaspray in der Tasche. Der Putzmittelgeruch im Haus wirbelt das Laub in ihren Lungen auf. Als Iva die Tür öffnet, kommt ihr die kalte Winterluft entgegen. Gierig atmet sie sie ein, schließt die Augen. Sie will nichts sehen.

Seitdem Iva das Haus kennt, riecht es nach demselben Putzmittel. Und nach den toten Tieren an den Wänden. Aggressive Zitrone gemischt mit elendem Fell. Schon immer hat sie den Geruch gehasst. Als sie fünfzehn ist, hält sie sich die Nase zu, wenn sie das Haus betritt. Zieht Plastiktüten über die toten Tiere, als der Vater verreist ist. Damit sie endlich mit dem Ausdünsten aufhören. Der Gestank ist die Rache der Toten, denkt Iva damals.

Den Kopf lehnt Iva an den linken Köcherbaum. Der sieht trist aus, an diesem Morgen. Iva kann sich vorstellen, wie gern er einfach zu Staub zerfallen würde. Aber das kann er nicht.

Eine dünne Schicht Schnee liegt in der Einfahrt. Die ist kurz vor dem Schmelzen. Mit den nackten Fingern berührt sie den Schnee, sieht zu, wie er sich auf ihrer Haut zu einem Wassertropfen verwandelt.

Als Iva noch in die Grundschule geht, hängen solche Wassertropfen oft an ihren Wimpern. Sie hält so gerne das Gesicht ins Waschbecken, flutet ihre Augen. Einmal, als

Ivas Wimpern voller Wassertropfen sind, steht sie auf dem Pausenhof und beobachtet Roy. Er lauscht an den Bäumen, hält sein Ohr an die vereiste Rinde. Als Iva genau hinsieht, kann sie erkennen, dass er ihnen etwas zutuschelt. In der Schule darf man nicht auf Bäume klettern. Sich daran zu halten fällt Roy schwer. Sein Körper ist nicht zum Stillhalten gemacht. Er tastet die Bäume vorsichtig ab, horcht, fragt sie, ob ihnen etwas fehlt. Manchmal reibt er sie mit Schnee ein. Iva traut sich nicht, hinzugehen. In der Zehnuhrpause spielt Roy mit den Jungen Tischtennis, in der Zwölfuhrpause ist er bei den Bäumen.
Iva beißt von ihrem Apfel ab, denkt einen Moment nicht nach und steht dann plötzlich neben Roy.
»Was machst du?«, fragt sie.
»Ich glaube, der Baum ist krank.«
»Kannst du ihn gesundmachen?«
»Ja, klar. Kannst du das nicht?«
»Nein.«
»Du musst Schnee nehmen und so machen.« Roy zeigt Iva kreisende Bewegungen auf der Rinde.
Iva nimmt Schnee, fängt an, den Baum neben Roy zu heilen.
»Und was ist, wenn der Baum dadurch noch kränker wird?«, fragt sie.
»Wird er nicht. Du wirst doch auch nicht kränker, wenn sich dein Papa um dich kümmert.«
»Mein Papa kümmert sich nicht um mich. Der muss arbeiten.«
»Na, dann deine Mama.«
»Die liegt immer auf dem Sofa.«

»Und wer kümmert sich um dich, wenn du krank bist?«
»Meine Großmutter.«
»Ach so.«
»Und wer kümmert sich um dich?«
»Im Sommer meine Mama und im Winter mein Papa.«
»Und deine Großmutter?«
»Hab keine.«
»Und einen Großvater?«
»Hab ich auch nicht.«
»Und Geschwister?«
»Hab ich auch nicht.«
»Ich dachte, du hättest so einen komischen Namen, weil du viele Geschwister hast und deinen Eltern nichts mehr eingefallen ist.«
»Eigentlich habe ich keinen komischen Namen.«
»Ein bisschen komisch vielleicht.«
»Roy ist kein komischer Name.«
»Doch.«
»Iva ist auch ein komischer Name. Klingt wie: Diva.«
»Was ist eine Diva?«
»Meine Mama.«
»Von Beruf?«
»Nein. Mein Papa sagt, meine Mama ist Diva im Privaten.«
»Aha.«
»Ich glaube, er findet das nicht so gut.«
»Also heißt du Roy, weil deine Mama eine Diva im Privaten ist?«
»Glaube schon. Und meine Mama sagt, dass alle Roys schön aussehen.«

»Ach so.«
»Mein Papa holt mich nachher ab. Wir essen Eis.«
»Mich holt keiner ab. Ich gehe zusammen mit meiner Schwester nach Hause.«
»Du kannst mit uns mitkommen.«
»Ich darf nur am Wochenende Eis essen.«
»Du kannst deiner Großmutter ja sagen, dass wir Pommes gegessen haben.«
»Pommes darf ich gar nicht essen.«
»Na, dann Brot mit Schinken.«
»Ich darf eigentlich nicht lügen.«
»Ich auch nicht.«
»Hm.«
»Also, kommst du mit, Iva?«
»Ich muss erst fragen.«
»Aber wenn deine Großmutter es erlaubt, kommst du mit?«
»Ja.«

Iva nimmt etwas Schnee, reibt ihn an den toten Baum. Ihre Hände werden rot dabei.
Ismene kommt aus der Tür. Sie trägt einen dicken Pelz.
»Den habe ich gefunden, ist doch in Ordnung, wenn ich mir den ausleihe, oder?«
»Klar.«
Ismene hockt sich auf die Stufen, holt die Zigarettenschachtel aus ihrer Handtasche, fischt zwei Tabakröllchen heraus. Als Iva den Kopf schüttelt, legt Ismene sich beide Zigaretten zwischen die Lippen und zündet sie mit einem Streichholz an. Sie inhaliert tief.

»Komisch, diese Bäume«, kommentiert sie.
»Die hat meine Großmutter von ihrer letzten Namibiareise mitgebracht.«
»Namibia, so so.«
»Sie ist da aufgewachsen.«
»Ah, verstehe. Warst du schon mal dort?«
»Nein. Ich will auch nicht hin.«
»Wieso nicht? Ich würde sofort fahren. Ich würde eine Fotosafari machen und in so einem Luxuscamp schlafen und ich hätte einen persönlichen Reiseleiter. Überall wären nur reiche Leute und es wäre warm und die schöne Natur.«
»Und einen von den reichen Männern würdest du dann heiraten.«
»Nee, Männer sind nicht so meins.«
Iva nickt.
»Iva?«, flüstert Ismene auf einmal.
»Ja?«
»Beug dich mal zu mir.«
Iva hält ihr Ohr an Ismenes Mund. Der Zigarettenqualm schlängelt sich in Ivas Ohrmuschel. Den bitteren Ismenegeruch saugt Iva tief ein. Er erinnert an verbrannte Erde.
»Ehrlich gesagt«, beginnt Ismene mit einem verwegenen Tonfall in der Stimme, »ich hasse Männer.«
»Schade«, sagt Iva und zieht eine der Zigaretten aus Ismenes Mund, um sie selbst weiter zu rauchen.
Sie hustet, als der erste Rauch in ihre Lungen kommt.
»Süß«, kommentiert Ismene.
»Ich habe Asthma.«

»Na, dann solltest du echt nicht rauchen.«
»Ich weiß.«
Iva beobachtet den Qualm, der aus der Zigarette kommt. Eine taumelnde Figur bringt er zustande, bevor er sich verflüchtigt.

Roys Vater sieht lange der Qualmfigur hinterher, die er im Eiscafé in die Luft geblasen hat. Er ist ganz jung, findet Iva. So einen jungen Vater hat sie noch nie gesehen. Egal wo Iva hinkommt, alle wundern sich, wie alt ihr Vater schon ist, fragen, ob es ihr Großvater sei. Wenn die sich so über sein Alter wundern dürfen, dann darf Iva sich doch auch darüber wundern, dass Roys Vater noch so jung ist. Und über seinen buntgemusterten Anzug. Und über seine wuscheligen Haare und die Ohrläppchen, die angewachsen sind. Darüber, dass sie ihn Rüdiger nennen soll, obwohl er erwachsen ist und sie ein Kind. Darüber, wie lustig die kleine Espressotasse aussieht, die er in seiner großen Hand hält, wie er zu dem Qualmgeist stiert, während Iva und Roy sich ein Pinocchioeis teilen.
Das Eislöffelgeklimper, das Geschnatter der Wuppertaler Damen, der Zigarettenrauch, von dem Iva husten muss, die italienischen Fußballkommentatoren im Radio.
Iva, die versucht zu lächeln und höflich auszusehen und nicht so wie Rüdiger. Der hat traurige Falten auf der Stirn.
»Bist du müde, Papa?«, fragt Roy mit vollem Mund.
Rüdiger nickt nur, schließt die Augen und tut so, als würde er einschlafen.
»Hey, Papa! Du kannst doch hier nicht einschlafen!«, pro-

testiert Roy. Rüdiger macht laute Schnarchgeräusche. Iva lacht. Roy steht auf und klettert auf den Schoß seines Vaters, nimmt ihm die Zigarette aus der Hand und drückt sie aus.

»Papa, du musst aufstehen! Du musst aufstehen.« Roy rüttelt an seinem Vater herum, zieht ihm an den zotteligen Haaren, tut so, als würde er ihm in die Hand beißen.

Rüdiger schnarcht weiter, öffnet kurz das linke Auge. Zwinkert Iva zu.

»Papa ist ständig müde«, erklärt Roy, immer noch damit beschäftigt, seinen Vater zu wecken. »Du hast wieder die ganze Nacht Buchstaben sortiert. Stimmt's, Papa?«

»Stimmt, Roy«, nuschelt Rüdiger, beendet sein Spiel und umarmt seinen Sohn. Roy kuschelt sich an den Anzug.

»Und warum sortierst du die ganze Nacht Buchstaben? Es gibt ja nur sechsundzwanzig.«

»Es gibt so viele Buchstaben auf der Welt, mein Roy, und alle müssen an ihren Platz.«

»Willst du jeden Buchstaben von der Welt einsortieren?«, fragt Iva.

»Stell dir mal vor, Iva«, beginnt Rüdiger. »Wie wäre unsere Welt, wenn alles, was Worte ergeben würde, an der richtigen Stelle wäre?«

»Weiß ich nicht.«

»Überlege mal.«

»Ich weiß es wirklich nicht.«

Rüdiger sieht Iva stechend an.

Roy sagt: »Mama sagt, Papa ist ein Spinner.«

Rüdiger lacht.

»Und ich sage, deine Mama ist eine Diva.«
»Spinner ist schlechter als Diva, oder?«, überlegt Iva und nimmt noch etwas Eis.
»Nein, ein Spinner zu sein ist etwas Großartiges, Iva. Du könntest ja auch versuchen, eine Spinnerin zu sein.«
»Nein, danke. Meine Großmutter sagt, ich habe eh viel zu viele verrückte Ideen. Aber mein Bruder hat noch mehr.«
»Ivas Bruder ist wirklich verrückt, Papa«, fügt Roy hinzu. »Den würdest du mögen.«
»Kommt doch mal zu uns nach Hause zum Spielen. Roy bringt so selten andere Kinder mit.«
»Ich muss üben, deshalb habe ich nicht so viel Zeit zum Spielen«, wirft Roy schnell ein.
»Mein kleiner Artist, du musst auch mal ein bisschen Spaß haben.«
»Ich muss üben, hat Mama gesagt. Alle anderen im Zirkus üben den ganzen Winter, und wenn ich im Frühling wieder nach Hause gehe, bin ich der Schlechteste ...«
»Hier ist dein Zuhause, Roy.« Rüdiger sieht streng aus. Roy rutscht von seinem Schoß, setzt sich wieder neben Iva. Sieht, dass sie fast das ganze Eis gegessen hat, guckt traurig und schnappt sich schnell die Waffel.
»Was möchtest du mal werden, Iva?«, fragt Rüdiger.
»Anwältin.«
»Anwältin? Wie kommst du darauf?«
»Jeder ist Anwalt.«
»Du musst mehr rumspinnen, Iva-Kind.«
»Ich will Artist bleiben«, sagt Roy. »Und Buchstaben sortiere ich nie!«

Rüdiger zündet sich noch eine Zigarette an, inhaliert tief.
»Papa, Iva wohnt in einem ganz großen Haus«, sprudelt es aus Roy.
»Und du wohnst auf einer wunderbaren Schlafcouch.«
»Und an dem Haus von Iva steht ganz groß der Nachname, nicht wahr, Iva?«, fragt Roy.
»Ja, genau.«
Den Nachnamen hat der Vater aus Messingbuchstaben zusammensetzen und an die weiße Außenmauer montieren lassen.
»An dem Haus steht ganz groß: BAL«, erklärt Roy. »Ich bin da einmal mit dem Fahrrad vorbeigefahren.«
»Bal?«, fragt Rüdiger unsicher. »Ist dein Vater der Anwalt Bal?«
»Ja«, sagt Iva. »Kennst du meinen Vater?«
»Wer kennt ihn nicht, Iva-Kind. Wer kennt ihn nicht?«

In der Schwebebahn sitzen Roy und Iva Rüdiger gegenüber. Iva sieht aus dem Fenster. Es ist dunkel. Iva kann in die beleuchteten Wohnzimmer schauen. In einem steht eine Frau und unterrichtet ein Mädchen im Cellospielen. Ein Kronleuchter hängt an der Decke. Vielleicht ist da noch ein großes Bücherregal. Aber dann ist die Bahn schon weitergeflogen. Roy klammert sich an den Haltegriffen fest, schaut starr geradeaus. Ihm wird schnell schlecht. Rüdigers Gesicht ist hinter einer Zeitung vergraben. Die Bahn hält, zwei Jugendliche steigen ein. Vor denen hat Iva ein bisschen Angst. Die sind ihr so unheimlich wie Alexander manchmal.

»Woher kennst du meinen Vater?«, platzt es aus Iva heraus. Obwohl sie weiß, dass sie Erwachsene eigentlich nicht beim Lesen stören darf.
»Ich habe über ihn gelesen.«
»Wo denn?«
»In der Zeitung. Es gibt bestimmte Zeitungen und Zeitschriften, die viel über deinen Vater schreiben.«
»Weil er so viel arbeitet, bestimmt.«
»Es geht eher darum, wie er arbeitet und für wen.«
»Mein Vater arbeitet dafür, dass Unschuldige nicht ins Gefängnis kommen.«
Rüdiger lacht. »Das sagt er dir, ja?«
»Ja. Und das stimmt auch.«
»Bestimmt. Schuld und Unschuld sind ja sehr subjektiv.«
»Hä?« Roy schaut zu Rüdiger.
»Erkläre ich dir später, Roy.«
Iva tastet mit den Augen Rüdigers Gesicht ab. Das ist hart auf einmal.
»Warum liest du so viele Texte über meinen Vater?«
»Nur so. Er interessiert mich. Und dein Großvater interessiert mich auch. Über ihn und seine Freunde gibt es noch viel mehr Texte.«
»Der ist tot.«
»Ja, und erst seitdem werden Texte über ihn geschrieben.« Ein bitteres Grinsen von Rüdiger.
»Ich finde nicht lustig, dass mein Großvater tot ist.«
»So meinte ich das nicht. Mein Großvater ist auch tot, weißt du.«
»Ist er gerade erst gestorben?«

»Nein, vor sehr langer Zeit.«
»Bist du noch traurig?«
»Ja, ich bin sehr traurig, obwohl ich ihn gar nicht kannte. Er ist umgebracht worden, als mein Vater gerade erst geboren war.«
Iva schweigt. Rüdigers Augen machen ihr Angst. Schnell schaut sie aus dem Fenster. In der Dunkelheit der Scheibe hockt ihr Spiegelbild.
»Meine Großmutter hat mir schon davon erzählt, dass Leute sich gegenseitig töten können«, sagt Iva mehr zu sich als zu Rüdiger und Roy.
»Deine Großmutter ist schon sehr alt, oder?«, fragt Rüdiger.
»Ja, uralt. Aber sie lebt gerne. Sie mag das Atmen, sagt sie immer.«
»Dann wird sie noch lange leben.«
»Warum«, Roy nimmt seine Ferse in die Hand, streckt sein Bein, sodass die Ferse neben seinem Ohr ist, »sortierst du so gerne Buchstaben aus Texten über Ivas Familie, Papa?«
»Nur so.«
»Aber du hättest doch auch andere Texte sammeln können, wenn du gerne liest.«
»Ich hatte meine Gründe.«
»Was für Gründe, Papa?«
»Das Frage-Antwort-Spiel ist jetzt vorbei.« Rüdiger ist streng auf einmal. »Macht eure Jacken zu, wir steigen gleich aus.«
»Nein, sag mal, Rüdiger«, fordert Iva. »Warum nicht über einen anderen Vater?«

»Frag mal deinen Papa, vielleicht sagt der dir was.«
Die Bahn hält an einer Schwebebahnstation. Rüdiger zieht Roys Reißverschluss noch einmal richtig zu, legt den Schal enger um seinen Hals. Schnappt die Hände der Kinder, hält sie fest beim Aussteigen. In der Station riecht es nach Urin.

4

Iva steht neben dem Auto, wartet auf Ismene. Mit dem Finger schreibt sie Shlomos Namen auf die Windschutzscheibe. Das macht sie auch, als sie schwanger ist, sich darauf freut, den Namen endlich aussprechen zu können.
Ismene ist noch nicht da, als der Name fertiggeschrieben ist.
Iva läuft zu den Stolpersteinen vor der Nachbarsvilla. Mit der Sohle ihrer Boots wischt sie den Schnee weg. Damit sie das Gold darunter sieht. Auf dem einen Stein steht »Rosa«, auf dem anderen »Shlomo«. Die Schrift ist so verwittert, dass es aussieht, als wären das S und das H ein einziger verwachsener Buchstabe. Die beiden Os liegen hohl da. Roy liebt Os, weil er sie melancholisch findet, und Iva liebt Ls, weil sie so stabil sind. Ein L wird nicht so leicht umgehauen, rollt nicht weg wie ein O, sondern bleibt stehen, knickt nicht um.
Die Os von Shlomo können nicht wegrollen. Das erste wird vom M gehalten. Das zweite vom Nachnamen, haben Iva

und Roy vor eineinhalb Jahren überlegt. Außerdem fand Roy, dass es mal einen Shlomo geben muss, der einfach so leben kann.
Iva weiß noch, wie Roys Hand sich anfühlt, als sie nebeneinander vor den Rosa-Shlomo-Steinen stehen. Er hat Drachenhaut von der Kälte. Will mit den langen Fingern alles ertasten, was an dem Ort verborgen ist.
Als Iva und Roy so dastehen, küsst sie kurz seine Finger, schaut ihn dann an. Weiß, dass sie sich einig sind.
»Da bist du ja«, ruft Ismene. Sie hat zu dem Pelzmantel noch eine Fellmütze gefunden. Wahrscheinlich kennt Ismene sich schon viel besser im Haus aus als Iva. Heute ist Ismene nicht geschminkt. Ihre runden Augen wirken nur noch eindringlicher.
»Ich dachte, wir treffen uns am Auto«, fügt Ismene hinzu.
»Ja, dachte ich auch«, sagt Iva und läuft Ismene entgegen. »Aber eben schon vor zehn Minuten.«
»Ähm, Iva. Können wir vielleicht vor dem Krankenhaus in meine alte WG fahren und die Sachen holen?«
»Warum?«
»Mein Ex-Mitbewohner hat nicht so lange Zeit und ich bin froh, dass er mich überhaupt reinlässt.«
»Ich würde echt gerne erst zu meinem Vater.«
»Bitte, Iva. Ich komme sonst nicht an meine Sachen.«
»Du bist furchtbar, weißt du das?«
»Ja, ich weiß. Ich bin furchtbar.«
Iva schnallt sich an, wirft Ismene einen skeptischen Blick zu, bevor sie den Motor anstellt. Ismene sitzt kleinlaut da, hat die Füße angewinkelt. Ihre Schuhe stehen auf dem

Sitz, hinterlassen Wasserflecken. Den Kopf hat sie auf die Knie gelegt. Sie wendet den Blick ab von Iva. Kaut an den Fingernägeln.
»Danke, dass du mich noch nicht rausgeworfen hast«, murmelt Ismene leise. Iva fährt von der kleinen Straße ab. Iva schweigt. Schneeregen fällt auf die Windschutzscheibe. Am Rückspiegel baumelt ein stilisierter Schutzengel aus Metall. Er schwingt während der Fahrt hin und her.
»Kannst du was sagen?«, flüstert Ismene.
»Was soll ich sagen?«, fragt Iva.
»Na, weiß ich nicht.«
»Gib mir einfach die Adresse von deiner alten WG.«
»Danke, Iva.«
Ismene nimmt das Navi und tippt.
An einer Ampel bleibt Iva stehen. Bunte Schirme tanzen über den Fußgängerüberweg. Schuhe schlittern über die nasse Straße.
»Und die Sachen, die wir aus deiner WG holen, möchtest du wo genau hinbringen?«, fragt Iva vorsichtig.
Ismene sagt nichts.
»Machst du das eigentlich immer so?«, fragt Iva bestimmt und gibt Gas. Die Ampel ist grün geworden.
»Was?«
»Na, einfach irgendwo auftauchen und dann ...«
»Und dann was?« Ismenes Stimme zittert.
»Bleiben?«
»Nein, nicht immer.«
»Du hast so was also schon einmal gemacht?«
»Das ist lange her.«

Sie fahren durch die Neustadt. Die Altbauten stehen dichtgedrängt nebeneinander. In den Untergeschossen sind kleine Läden, aus den Fenstern der oberen Etagen hängen Transparente. Iva versucht, sie zu lesen, fährt aber zu schnell an ihnen vorbei.
Bürgersteige voll von Menschen, die Kinderwagen schieben. Ein Radfahrer rast zwischen parkenden Autos und Iva vorbei.
Iva hupt. Der Radfahrer dreht sich um und schaut sie wütend an.
»Ist der bescheuert«, ruft Ismene »Das war total gefährlich.«
»Hätte tot sein können, der Typ.«
»Am besten, du hättest ihn umgefahren.«
»Spinnst du, Ismene?«
»Ja, ich glaube schon.«
Ismene wickelt die Arme enger um ihre Beine. Die Schultern zieht sie hoch, um ihren Kopf zu schützen. Vorsichtig legt Iva ihre Hand auf Ismenes Scheitel. Sie spürt, wie Gedanken an die Schädeldecke klopfen. Es nicht schaffen, herauszukommen. Ismene hat keine Worte für sie.
Iva fährt langsamer. Sucht, findet aber keinen Parkplatz, stellt sich vor eine Einfahrt, schaltet den Warnblinker an.
»Du kannst ja einfach hochlaufen und die Sachen holen, und ich warte hier«, sagt sie zu Ismene.
»Das geht nicht.«
»Hast du so viele Sachen?«
»Nein, es sind nur zwei Kisten oder so. Aber ... du musst mit hochkommen.«

Ismene spricht, ohne den Kopf zu heben.
Der Warnblinker leuchtet rot, setzt in kurzen Abständen Signale. Jemand klopft an die Fensterscheibe. Iva kurbelt sie hinunter.
»Ist alles in Ordnung bei euch?«, fragt er und schaut unsicher auf die zusammengekauerte Ismene.
»Ja, danke«, antwortet Iva, lächelt künstlich.
»Ich komme mit nach oben, einverstanden«, entscheidet Iva und legt die Hand zwischen Ismenes Schulterblätter.

Unzählige Namen sind ans Klingelschild geklebt. Auf die Hauswand malt der Warnblinker seine roten Zeichen. Ismene klingelt.
Eine Weile warten sie. Iva guckt nervös zum Auto. Traut sich nicht, zu Ismene zu schauen. Die lehnt an der Tür, wartet, dass sie sie aufdrücken kann. Nach dem Signal.
»Kannst du nett zu meinem Mitbewohner sein?«, murmelt Ismene.
»Ja, klar. Warum sollte ich nicht nett zu ihm sein?«
»Hm. Kann sein, dass ich nicht nett bin.«
Das Signal kommt, Ismene stemmt sich mit ihrem gesamten Gewicht gegen das schwere Portal.
Das Treppenhaus ist leer. Kein einziges Geräusch, nur der Hall der zugeschlagenen Tür. Ein bisschen riecht es nach Fahrradreifen, nach abgestandenem Bier und danach, dass jemand ohne Zuhause in diesem Treppenhaus schon mehrere Nächte verbracht hat.
Die dunklen Holzstufen sind mit Eddingsprüchen beschmiert. Hakenkreuze mit Antifazeichen übermalt wor-

den. An der Wand ein verunglückter Che Guevara. Iva umklammert ihr Asthmaspray. Geruch nach Erbrochenem.
»Schockiert dich das?«, fragt Ismene. Auf einmal ist sie leicht, fröhlich. Wirbelt vor Iva die Treppe hoch.
»Nein, ich habe auch mal so ähnlich gewohnt, als ich studiert habe.«
»Wir müssen in den vierten Stock«, ruft Ismene, steigt schnell Etage für Etage empor.
Aus keiner der Wohnungen dringen Geräusche. Vielleicht schlafen alle. Mag ja sein.
Eine Wohnungstür ist offen. Leere Bierflaschen stehen den gesamten Flur Spalier. Eine Katze schnüffelt daran. Sie huscht schnell zur Seite, als sie merkt: Iva beobachtet.
Aus den alten Mauern kommt Kälte.
Ismene ist schon ein Stockwerk weiter. Iva versucht, hinterherzukommen.
Als Iva Ismene erreicht, steht sie vor einer angelehnten Wohnungstür.
Vorsichtig stößt Ismene die Tür auf, tritt ein. Iva folgt ihr direkt in eine enge Küche. Ein Wäscheständer versperrt den Raum. An der Spüle lehnt ein junger Mann. Mit den Händen wühlt er in Spülmittelschaum.
»Hallo«, haucht Ismene. Der junge Mann dreht sich nicht um.
»Ich hole nur schnell meine Sachen«, fährt sie fort. Diesmal etwas lauter.
»Ist gut«, sagt der Mann. »Ich habe schon zwei Kisten vor deine Tür gestellt. Du hast so was ja bestimmt nicht dabei.«

»Danke«, antwortet Ismene. »Das ist Iva, sie hilft mir.«
Jetzt dreht er sich um. Sein Gesicht ist noch jünger, als Iva es sich vorgestellt hatte. Wahrscheinlich ist er erst neunzehn, denkt Iva und fühlt sich alt.
Überall Getränkedosen, eine vertrocknete Orchidee, ihr Topf ist der Aschenbecher.
»Kannst du dich beeilen? Die Nachmieterin will schon heute einziehen und ich muss gleich los.«
»Ja, wir beeilen uns.« Ismenes Stimmbänder sind kurz davor zu versagen, daher fügt Iva »Wir können sonst auch die Tür hinter uns zuziehen, wenn du schon weg musst und wir noch nicht fertig sind« hinzu.
»Wäre mir ehrlich gesagt nicht so recht«, antwortet der Mann.
Ismene greift Ivas Hand und zieht sie in ihr Zimmer. Es ist höchstens acht Quadratmeter groß. Ein selbstgebautes Hochbett teilt den hohen Raum in zwei Ebenen. Ismene klettert schnell auf das Bett, wirft ein paar Sachen zu Iva hinunter.
Sonst ist da fast nichts. Ein Plattenspieler steht unter dem Fenster, ein Umzugskarton mit Kleidung liegt neben einem Stapel von Notenheften. Den Laptop trägt Ismene vorsichtig das Hochbett hinunter.
In den Ecken steht der Dreck. Staub fliegt durch die Luft. Glänzende Körnchen im Licht der Sonne.
Ismene schaut dem Staub verträumt zu.
Iva nimmt eines der Notenhefte in die Hand. Schlägt es auf, liest die Noten. Denkt an die Großmutter. Die hätte dieses Stück gemocht.

Hohes Gras. Das ist ganz trocken. In dem sitzt die Großmutter als kleines Mädchen. Keiner kann sie sehen. So hoch sind die Halme. Der Boden ist trocken. Staub klebt an ihren Beinen. Das wird Ärger geben am Abend von der Urgroßmutter. Die wird sie sauberreiben mit einem Waschlappen. Bis die Haut rot ist. Die Großmutter hört: Die Urgroßmutter spielt im Haus Klavier. Immer dieselbe Melodie. Ein bisschen nervt die schon.

Der Affe Albert hockt neben der Großmutter im Gras. Kaut an den Halmen herum. Um seinen Hals eine Leine. Das Ende hält die Großmutter in der Hand. Das ist ihr Affe.

Kurz aus dem Gras auftauchen und schauen, wer da läuft ein paar Meter entfernt. Da ist Albert, erkennt die Großmutter. Der Hererojunge. Nach dem hat die Großmutter ihren Affen benannt. Weil dieser Albert so sonderbar ist. Heller als die anderen Herero. Aber nicht hell genug für einen Deutschen, hat ihr der Urgroßvater erklärt. Albert hat grüne Augen und hellbraune Haare. Und die Großmutter versteht nicht: Was hat der liebe Gott sich denn dabei gedacht!

Albert ist schwachsinnig. Kann nicht richtig sprechen. Hat verknickte Knie. Mit denen kann er kaum laufen. Sein Rücken ist zu lang und deshalb krumm.

Einmal hat die Großmutter die Urgroßmutter gefragt: Wo kommt der Albert denn her? Und bekommt eine Ohrfeige als Antwort.

Die Großmutter kennt die Mutter vom Albert. Die ist keine Hererofrau, sondern ein Hereromädchen. Der Großmut-

ter ist aufgefallen, dass die Kinder von Hereromädchen immer heller sind als die von Hererofrauen. Die Mutter von Albert arbeitet im Haus von den Missionaren. Die ist nicht schwachsinnig. Die ist fleißig und immer leise. Sie hat Angst vor Männern. Das finden die Jungen im Dorf lustig, weil man sie so leicht erschrecken kann. Wenn die Jungen ihr etwas zu nah kommen, zuckt sie zusammen und fängt an zu rennen. Wie eine Ameise, die man antippt mit dem Fuß.
Einmal hat die Frau Missionar zur Urgroßmutter gesagt:
»Die wird das Lachen auch nicht mehr anfangen.«
Und die Großmutter versteht nicht, warum. Weil, über den Albert könnte sie doch lachen. Der ist so lustig, findet die Großmutter. Vor allem dann, wenn er mit seinen verknickten Beinen versucht wegzulaufen, vorm Affen Albert.
Neben der Großmutter liegen kleine Steinchen. Ein bisschen getrockneter Rinderkot. Albert ist jetzt nah genug. Albert ist nur noch wenige Meter entfernt. Und hat sie noch nicht gesehen. Die Großmutter legt dem Affen ein Steinchen in die Hand. Die Großmutter nickt dem Affen zu. Und der Affe wirft das Steinchen. Trifft Albert nicht. Aber Albert erschrickt und versucht wegzurennen. Aber das geht nicht mit diesen Beinen. Die klappen nach innen und er fällt ins Gras. Und will sich aufrichten, aber das dauert. Der Affe nimmt ein bisschen Kot. Das schlägt ihm die Großmutter aus der Hand. Rennt weg. Zieht den Affen hinter sich her. Während Albert versucht, wieder aufzustehen.

Iva schlägt das Notenheft zu, will es in die Kiste legen.
»Das lasse ich hier«, sagt Ismene und nimmt Iva das Heft aus der Hand. »Ich kann das nicht mehr ertragen.«
»Verstehe ich«, murmelt Iva.
Ismene schlägt das Heft auf, reißt eine Seite raus. Baut eine Schwalbe. Sie hat ungleich lange Flügel. Ismene öffnet das Fenster. Lässt die Schwalbe fliegen. Die gleitet leicht durch den kahlen Himmel, landet strauchelnd auf dem Boden des engen Hinterhofs.
Die Nässe frisst sich in das Papier, weicht es auf. Ismene schließt das Fenster.
»Haben wir alles?«, fragt sie mehr sich selbst als Iva. Ihr Blick wandert noch einmal durch den Raum.
»Tschüss, kleines Zuhause«, flüstert sie.
Iva nimmt Ismenes Hand, streicht einmal darüber. Ismenes Kopf gleitet zu den Händen. Mit der Wange ertastet sie Ivas Finger, die Wurzel, den Handrücken. Bevor die beiden sich ansehen können, lässt Iva los.

5

Die Straße ist gelb, als sie aus dem Haus kommen. Vor dem Auto steht eine Polizistin, die will einen Strafzettel an das Auto heften. Iva pflückt ihn ihr aus der Hand. Grinst frech. »Ich fahre ja schon weg.«

6

»Darf man in deinem Auto rauchen?«, fragt Ismene, als die beiden über die Elbe fahren.
»Nein, darf man nicht. Mein Sohn fährt hier mit.«
Im Auto riecht es nach Babypuder. Iva stellt sich vor, wie Shlomos Haut gerade riecht. Bald wird sein Babygeruch weg sein, das ist ein bisschen schade. Wenn Iva Shlomo wickelt, singt sie ihm schiefe Lieder vor. Die klingen so besonders, dass Roy nicht aufhören kann zu lachen. Weil Shlomo fasziniert lauscht. Iva küsst nach dem Wickeln die Sohlen seiner kleinen Füße. Das kitzelt Shlomo. Er strampelt sie weg.
»Warum redet dein Mitbewohner nicht mehr mit dir?«, fragt Iva, während sie den Wagen auf den Krankenhausparkplatz manövriert.
»Wir haben uns nie wirklich gut verstanden. Er ist ein Spießer.«
»Deshalb hat er dich so plötzlich rausgeworfen?«
»Nein.«
»Wegen was dann?«
»Warum willst du das so genau wissen?«
»Ich lasse dich gerade bei mir einziehen.«
»Vertrau mir doch einfach.«
»Ismene, was ist der Grund?«
»Er findet, ich bin eine Schlampe.«
»Das ist doch nichts Schlimmes.«
»Er findet, ich bin eine Prostituierte.«
»Wie kommt er darauf?«

»Er hat herausgefunden, dass ich eine bin.«
Ismene schnallt sich ab, steigt aus, schlägt die Tür hinter sich zu. Iva beobachtet ihren Körper. Der ist aus großen Knochen zusammengesetzt. Verloren steht er auf dem Parkplatz. Könnte von jedem Windhauch weggetragen werden.
Ihr Gesicht ist dem Auto abgewandt. Iva kann nur die braunen Haare sehen. Die Spitzen verlieren sich im Pelz. Ismenes Hals versinkt zwischen den großen Schulterblättern. Der Himmel färbt sich rosa. Die Wolken werden von der Nachmittagssonne so beleuchtet, dass sie gelb die Stadt überdecken. Ismene schaut nicht hinauf, kramt lieber aus der Manteltasche ein Kaugummi, wickelt es aus, schiebt es sich in den Mund.
Iva stellt den Motor aus. Sie schaut zu dem Engel am Rückspiegel. Er wippt noch leicht auf und ab, verliert bei jeder Pendelbewegung etwas Schwung. Sie wartet, bis er steht. Dann steigt sie aus. Hakt sich bei Ismene unter. Gemeinsam betreten sie das Krankenhaus.

7

Der Vater liegt in einem tiefen Schlaf. Sein Gehirn hat wieder geblutet. Das hat der Arzt Iva gesagt. Jetzt hält Iva ein Blatt mit den Untersuchungsergebnissen in der Hand. Die Zahlen verschwimmen vor ihren Augen. Sie will sie nicht lesen. Mit den Handschuhen ertastet sie seine Stirn.

Die darunterliegenden Hirnareale liegen als Archipele im ausgetretenen Blut. Vorsichtig lehnt Iva sich vor, hält ihr Gesicht vor die Nase des Vaters. Die wird von einer Maske verdeckt. Sie wünscht sich, er würde ausatmen. Nicht in das Beatmungsgerät, sondern in den Raum, und nicht nur verbrauchte Luft, sondern auch etwas seiner Geschichte. Aber er schläft. Dass er überhaupt atmet, macht eine Maschine. Ob eine Beatmungsmaschine auch Geschichten aus der Lunge filtern kann, überlegt Iva.
Am Bett des Vaters ist ein Schild angebracht. Mit seinem Namen und seinem Geburtsdatum. Einen Moment will Iva darüber nachdenken, was dieses Datum, 14. Mai 1940, bedeutet. Lässt es aber. Nachdenken macht den Vater weder gesünder noch kränker. Iva will gehen, weg von der Intensivstation. Bleibt aber noch einen Moment, weil das anständiger ist. Sie schaut auf das Beatmungsgerät. Wenn sie es ausschalten würde, dann wäre der Vater weg. Für immer. Dann würde da nur noch ein Körper sein, den man beerdigen könnte, und sonst nichts. Und niemand wäre traurig. Vielleicht Mariola, weil sie keine Arbeit mehr hätte. Wenn Iva auf den Schalter drückt, wenn das Beatmungsgerät abgeschaltet ist, dann ist auch die Geschichte vom Vater weg. Ohne dass Iva sie gekannt hat. Ohne dass Iva sie je kennen wird. Die Geschichte würde hängen bleiben im letzten Pumpen der Maschine. Iva lässt die Finger von der Maschine. Streichelt noch einmal über die trockene, rissige Haut. Durch den Plastikhandschuh fühlt sie sich an wie Wachs. Die Augenlider des Vaters sind geschlossen. Vorsichtig streicht Iva darüber. Sie will sie öffnen, schauen,

was in der Iris des Vaters vor sich geht. Die blauen Augen sind in den letzten Jahren trübe geworden. Ein grauer Star hat sich über das sonst so eindringliche Eisblau gelegt. Es besänftigt. Einen Spalt schiebt sie die Lider hoch. Die Iris ist nicht zu sehen. Der weiße Augapfel liegt leer da. Keine Spur von Farbe. Die Adern, die sonst rot schillern, sind grau. Schnell lässt Iva die Augenlider los. Will, dass sie zurückgleiten. Doch sie bleiben, wo sie sind, bis Iva sie mit den Fingern nach unten drückt.

Iva dreht sich um, muss raus.

Im Flur sitzt Ismene und blättert in einer Zeitschrift. Iva lässt sich auf den Stuhl neben sie fallen. Kurz schließt sie die Augen. Der weißgraue Augapfel lässt sie nicht los.

Ismene schweigt. Zieht ein Kaugummi aus der Pelztasche und hält es Iva hin. Iva nimmt es, packt es aus, betrachtet es. Hat keine Worte in diesem Moment. Der keimfreie Ort schweigt.

In der Hand hält Iva das Blatt mit den Werten des Vaters. Sie fotografiert es ab, schickt es Roy.

Eine Weile starrt Iva in ihr Smartphone, wartet auf eine Reaktion. Die kommt nicht.

8

»Ich glaube nicht, dass ich heute Abend schon zurückkommen kann«, sagt Iva. Roy antwortet nicht. Sie weiß, wie sein Gesicht jetzt aussieht.

»Und deine Geschwister? Hast du denen was gesagt?«
»Ich habe von keinem von beiden aktuelle Kontaktdaten.«
Roy seufzt. Versteht nicht, wie Iva so ein Verhältnis zu den Geschwistern haben kann. Wie oft hat er schon gesagt: »Lade doch mal deine Geschwister ein. Das ist doch deine Familie.« Und Iva hat nichts gesagt und nichts gemacht. Roy hat keine Geschwister. Aber Roy hat Familie. Den ganzen Zirkus. Und der ist immer noch Familie, obwohl Roy schon so lange nicht mehr dort lebt. Einmal in der Woche ruft Roy dort an. Einmal im Monat fährt Roy zweihundert Kilometer und besucht seinen Sommerersatzvater. Der wohnt in einer Sozialwohnung. Dem trägt Roy Wasserkästen in die Wohnung, dem montiert er das neue IKEA-Regal. Mit dem sitzt er stundenlang an dem kleinen Tisch und hört zu. Wenn der Zirkus in der Nähe ist, lädt Roy alle zu sich ein. An Abenden, an denen Iva Nachtdienst hat. Roy kocht und alle reden und es ist laut und ein Durcheinander. Und wenn Iva am Morgen nach Hause kommt, sitzen alle noch da und lachen und es riecht nach dem Essen. Roy denkt nie daran, die Dunstabzugshaube anzuschalten.
»Dann musst du es im Internet versuchen. Soziale Netzwerke und so. Du musst wirklich deine Geschwister benachrichtigen«, sagt Roy. Er spricht leise. Shlomo macht gerade ein Nickerchen.
»Ja, muss ich wohl. Ich glaube zwar nicht, dass es sie wirklich interessiert. Aber ja, sie müssen es wissen.«
»Wann hat Alexander deinen Vater eigentlich zum letzten Mal gesehen?«

»Keine Ahnung. Als er ausgezogen ist, war mein Vater nicht da. Davor irgendwann.«
Iva ist sich nicht sicher, ob ausgezogen das richtige Wort ist. Ob abgehauen nicht besser wäre.
Der Vater ist auf Dienstreise. Jette allein in ihrem Zimmer. Wo die Mutter ist, weiß keiner. Iva hockt auf den Stufen, schaut in die Eingangshalle. Da ist es laut, da ist es voll. Da feiern Alexanders Freunde eine Abschiedsparty mitten am Tag. Da dröhnt Musik und prallt an den Wänden ab. Iva hat die Freunde noch nie tagsüber gesehen. Die tauchen sonst nur mitten in der Nacht auf. Machen mit Alexander im Garten Lagerfeuer oder holen ihn ab. Zum Nazisklatschen. An den großen Spiegel hat Alexander den Zettel von der Schule gehängt. Die Bestätigung, dass er die Schullaufbahn auf eigenen Wunsch beendet hat. Alexander hievt einen Karton die Treppe runter. Iva hilft ihm nicht. Seine Freunde auch nicht.
Ein Mädchen mit einem traurigen Gesicht fotografiert sich durch den Spiegel mit ihrer Polaroidkamera. Bis gestern war das Alexanders Freundin. Ist ständig halbnackt durchs Haus gelaufen. Iva kennt ihre Brüste besser als ihr Gesicht, fällt ihr auf. Sie muss lachen. Alexander hat sie verlassen. Weil sie nicht reinpasst, in sein neues Leben. Wie auch immer das sein wird.
»Mach dich nützlich«, zischt Alexander Iva zu. Aber Iva bleibt sitzen.
Vor dem Haus parkt ein Auto. Das hat Alexander gemietet und so unordentlich gepackt, dass die Hälfte seiner Sachen schon wieder rausgefallen ist. Fluchend wirft er sie

auf die Rückbank. Entscheidet, dass er genug eingepackt hat. Geht zurück ins Haus. Schnappt sich Bier. Dreht die Musik lauter. Fängt an, mit den Freunden zu hüpfen. Bis die ausgestopften Tiere vibrieren.
Er küsst das Mädchen mit dem traurigen Gesicht. Sie weint. Deshalb küsst er sie noch mal und sie klammert sich an ihm fest. Und macht ein Foto mit der Polaroid.
Dann irgendwann ist Alexander verschwunden und auch das Auto in der Einfahrt. Iva hätte ihn so gerne mitbekommen, den Moment, in dem Alexander abgehauen ist. Aber sie hat ihn verpasst.

»Geht es Shlomo besser?«, fragt Iva.
»Ja, er schläft den ganzen Tag und heute hat er auch nicht noch mal gekotzt.«
»Zum Glück.«
»Ich habe die Vorstellung für heute abgesagt. Du kommst ja heute Nacht irgendwann wieder und …«
»Ich komme noch nicht, Roy.«
»Ich brauche das Auto hier, Iva. Komm doch einfach nach Hause, bleibe ein oder zwei Tage und fahre dann wieder nach Dresden. Die Pflegerin kann dich doch auf dem Laufenden halten.«
»Die Pflegerin hasst meinen Vater.«
»Ich dachte, mit dem konnte man sich gar nicht mehr unterhalten.«
»Ich glaube, der konnte zeigen, wer er ist, auch ohne Worte.«
»Iva, komm nach Hause.«

»Geht nicht.«
Die beiden schweigen. Iva denkt an den Augapfel des Vaters. Die Großmutter hat ihr einmal erzählt, dass das Sterben in den Augen beginnt.
Iva sitzt im Wohnzimmer und lehnt sich an den grünen Sessel. Unter ihr liegt ein Kamelfellteppich. Die weißgestrichenen Wände sind mit den Jahren gelb geworden. Der Vater hat hier immer geraucht.
Das Telefon hat Iva auf laut gestellt, damit sie es nicht an ihr Ohr halten muss.
»Iva, ganz ehrlich«, beginnt Roy nach drei langen Atemzügen. »Ich glaube nicht, dass Dresden gut für dich ist. Du hast genug Gründe, warum du nie hingefahren bist.«
Iva schaut sich um, sucht die Gründe im Raum. Sie findet keine. Die Stille und das Schweigen der Möbel sind keine, vermutlich.
»Weißt du, Roy, es gibt eigentlich gar keinen Grund, nicht hier zu sein.«
»Wie meinst du das?«
»Na ja, hier ist einfach nur ein Haus und sonst nichts. Das ist ja kein Grund, nicht hier zu sein.«
»Weißt du noch, wie wir einmal im Winter zusammen in Dresden waren?«
»Und wir den Shlomo-Stein entdeckt haben?«
»Ja.«
»Da war es ein bisschen schwierig. Aber das lag nicht an mir. Für dich war es doch viel schlimmer, oder nicht?«
»Ich dachte, es wäre für uns beide schlimm gewesen.«
»Geteiltes Leid ist doppeltes Leid, Roy.«

»Ach, Iva. Komm einfach wieder zurück. Wir wollten doch nicht, dass Dresden was mit unserem Leben zu tun hat.«
»Ja, das wollten wir nicht.«
»Und jetzt wühlst du trotzdem wieder in Dingen herum, die uns nichts angehen.«
»Ich wühle nicht. Ich bin einfach nur hier.«
»Das ist leider dasselbe, Iva.«
»Hör auf, Angst zu haben, Roy!«
Roy antwortet nicht. Iva weiß, dass er gerade auf der Kommode sitzt, sich dehnt. Durchs Telefon hört sie seine Hüftgelenke knacksen.
»Ich ruf dich morgen an, einverstanden?«, sagt Iva.
»Also ist es beschlossene Sache, dass du heute noch nicht kommst.«
»Ja.«
»Ach, Iva.«
»Ach, Roy. Ich freue mich, wenn ich wieder bei euch bin.«
»Bleib, wie du bist, okay?«
»Nicht melodramatisch werden, Lieblingsmann.«
Er legt auf.
Mit den Fingern tastet Iva das Kamelfell ab, fragt sich, warum in diesem Haus alles aus Leichen gemacht ist.
Iva richtet sich auf. Das Wohnzimmer ist dunkel. Die schweren Vorhänge hat Iva nicht zur Seite gezogen. Sie kennt das Zimmer nur so.
Hier liegt die Mutter den ganzen Tag. Ertastet manchmal stundenlang das Kamelfell. Jedes einzelne Haar. Die Wohnzimmertür ist immer geschlossen. Iva schaut durchs Schlüsselloch. Beobachtet den kleinen Körper der Mutter.

Der liegt fast reglos da. Die langen blonden Haare sind auf dem Teppich ausgebreitet. Das Gesicht zur Zimmerdecke. Einmal, als Iva dreizehn ist, öffnet sie die Tür. Betritt das Zimmer. Obwohl sie das eigentlich nicht darf, oder? Durch den Türspalt dringt etwas Licht.

»Kannst du das Licht bitte ausmachen, Iva«, sagt die Mutter, ohne hinzusehen.

Iva sperrt den Lichtstrahl aus. Schließt die Tür. Ist allein mit der Mutter. Mit ihrem Geruch. Angstschweiß, immer. Egal wie entspannt die Mutter daliegt. Sie schwitzt. Und eine Iva, die nicht weiß, was sie machen soll. Die nur dastehen kann, sonst nichts.

»Was willst du denn, Iva?«, fragt die Mutter.

Iva will antworten. Findet ihre Stimme nicht. Vielleicht, weil es so dunkel ist.

»Willst du bei mir sein?« Die Worte der Mutter fließen langsam aus ihr heraus. Sind weicher, als Iva sie kennt. Die Mutter ist bleich. Fast transparent. Wie die Großmutter vor dem Sterben. Aber die Mutter stirbt nicht, oder?

»Soll ich dir eine Geschichte erzählen, Iva?«, beginnt die Mutter so leise, dass Iva sie kaum versteht.

»Ich weiß nicht«, haucht Iva.

»Ich erzähle sie dir, ja? Das machen gute Mütter so. Die erzählen ihren Kindern Geschichten. Und ich bin eine gute Mutter.« Sie kichert. Tief im Hals. Und Iva denkt: Am besten weggehen. Aber sie kann nicht.

»Setz dich hin, Iva. Setz dich hier ganz nah zu mir.« Die Mutter packt Ivas Hand, zieht Iva auf das Kamelfell. Bis Iva dahockt. Und nichts mehr riecht außer den Schweiß.

»Es war einmal ein Mädchen. Das war ganz jung. Und das war ganz schön. Das stand auf einer Brücke, an einem Fluss in einem Park. Und das hatte ein Brautkleid an. Das war noch schöner als das Mädchen. Und neben dem Mädchen stand ein Mann. Der war ganz alt, fand das Mädchen. Der war schon vierzig und das Mädchen achtzehn. Und der Mann war nie alleine. Da war immer eine alte Frau. Die war auch an der Brücke und die brüllte das Mädchen an. Damit es schöner lachte auf dem Foto. Und es lachte so schön, wie es konnte, aber das reichte nicht. Und der Mann, der lachte nicht und der musste auch nicht lachen. Der ist ja ein Mann. Der legte einen Arm um das Mädchen. Der Arm war so schwer. Viel zu schwer. Der erdrückte das Mädchen fast. Kann sein, dass das Mädchen immer noch einen blauen Fleck hat an der Stelle. Was glaubst du, Iva?«
»Ich weiß es nicht.«
»Und das Mädchen dachte: Der Arm ist so schwer, weil er das Mädchen so sehr liebt. Und deshalb hielt das Mädchen das aus. Weil es verliebt war, oder nicht?«
Iva will aufstehen. Ivas Beine sind zu schwer. Sie muss sitzenbleiben.
»Du wirst dich nie verlieben, Iva, nicht wahr?«
»Ich weiß nicht.«
»Das Mädchen stand auf der Brücke und der Fotograf sprang um es herum. Und dem lief der Schweiß, es war so schwül. Und das Mädchen schaute einmal runter von der Brücke in das Wasser. Und da sah es sich. Das Gesicht, den Hals, die Schultern. Und das Spiegelbild zitterte. Das war nicht schön, das war so verformt, das sah so anders aus

als am Morgen im Spiegel. Und dann kam eine Welle. Und das zitternde Bild von dem Mädchen war weg.«
Das Kamelhaar pikst Iva.
»Versprich mir, dass du dich nie verliebst, Iva.«
»Ich verspreche es.«
»Komm mal her zu mir, Iva«, haucht die Mutter. Schiebt Iva ihre Hand entgegen. Vorsichtig beugt Iva sich zu ihr vor. Legt ihren Kopf auf den Bauch der Mutter. Der ist ganz kalt, aber Iva wird warm.

9

In Alexanders altem Zimmer duftet es nach Hyazinthen. Die hat Mariola für Ismene hingestellt. Iva und Ismene sitzen auf dem schmalen Bett, den Laptop aufgeklappt. Ismene hat ihre Schulter an Ivas angelehnt. Müde durchsuchen sie das Internet nach Alexander und Jette.
Neben den beiden steht ein Teller mit Butterbroten. Das ganze Bett ist voller Krümel, aber Ismene sagt, dass sie das nicht stört. Dampfender Tee in einer Kanne auf dem Boden. Eine kleine Pfütze daneben. Das war Ivas Schuld.
Informationen über Alexander zu finden ist nicht schwer. Zeitungsmeldungen über Autounfälle, Kommentare in sozialen Netzwerken, die veraltete Homepage seiner Partei. Mit den Augen überfliegen Ismene und Iva den kurzen Text, der das übersichtliche Wahlprogramm beschreibt:

das Verbot von Latex und mehr Fördermittel für die Entwicklung rein pflanzlicher Kondome.
Ismene grinst, als sie das liest. Iva wundert sich nicht.
Als sie weiterklickt, findet sie die Homepage von Alexanders Plattenfirma. Eine graue, billig produzierte Website voll von Rechtschreibfehlern. Krude, unverständliche Texte, ein Bild von Alexander. Ismene guckt ein bisschen besorgt, als sie das fahle, kantige Gesicht sieht.
Iva scrollt nach unten und liest das Profil der Produktionsfirma. Da steht was über die Latexverschwörungstheorie, den Flächenbrand, den Alexander mit seiner Musik auslösen will, einen Informationskrieg gegen die Medien. Ein Aufruf, dass sich alle Künstler und Künstlerinnen an ihn wenden sollen, die noch frei sind. Die mutig genug sind, über die Missstände Musik zu machen. Alexander sucht Gleichgesinnte. Menschen, die antiimperialistisch sind, Anarchie und Freiheit feiern.
Bis jetzt veröffentlicht Alexander nur seine eigene Musik.
»Soll ich?«, fragt Iva. Sie zögert, auf die Soundprobe von ihm zu klicken.
»Mach mal.«
Iva klickt. Aus den Lautsprechern des kleinen Computers kommt das Stöhnen einer E-Gitarre. Dazu erklingt Alexanders Stimme verzerrt:
»Den Stoff, aus dem die Leichenbahnen sind, wickel ich um meine Hand. Ich red nicht mit den Bergen, ich red nicht mehr mit diesem Land. Im Süden war der Westen, und in der Wüste wart ihr nicht. Bis sie euch hineintrieben, mit Waffen und Hieben.

Den Stoff, aus dem die Leichenbahnen sind, den webt doch meine Oma. Und hängt ihn in den Wind. Auf dass er fliegt über euer Heimatland. Das weiße Tuch erstickt euch. Und ich denke nur: Oma. Weißt du, was du tust. Aber Omas sind so tot wie Akten, die keiner liest. Die schlafen in Archiven, wie meine Wahrheit, die ist ein stummer Baum, einbetoniert in Merkwürdigland. «

Iva spürt, wie ihre Hände bleiern werden, wie sie es nicht schaffen, die Datei anzuhalten. Den Krach, die überreizten Stimmbänder. Alexander schreit den Text immer und immer wieder. Iva stellt sich vor, wie er während der Aufnahme Nasenbluten bekommt, wie er sich danach auf einen Stuhl fallen lässt.

Dass die Wand an Ivas Rücken kalt ist, bemerkt sie jetzt erst. Und dass ihre Knie seltsam verrenkt sind, tut ihr jetzt erst weh. Zwischen Haut und Blutgefäßen sticht sie das Waterberggras. Durch ihre Ohrmuschel pfeifen weit entfernte Schreie, schlurfen große Füße durch hohes Gras.

Iva legt ihr Kinn auf das Schlüsselbein. Sie hört, wie sich das Laub in ihrer Lunge zum Flug bereitmacht. Abgestorbenes Blatt für abgestorbenes Blatt löst sich von dem Laubhaufen. Iva versucht, den Atem zu beruhigen. Dann muss sie husten.

10

Der Teller mit den Broten ist leer. Das Licht im Raum ist schummrig. Ismene ist eingeschlafen. Angeschmiegt an Iva. Als Ismene so ruhig daliegt, kann Iva sich kaum vorstellen, dass sie tagsüber so viel Energie versprüht, dass sie die ganze Zeit aufgewühlt ist. Es nie schafft, vollkommen stillzuhalten. Ismenes Hüften ragen in das Zimmer hinein. Früher wollte Iva auch so aussehen. So stark und unzerstörbar. Aber sie war schon immer dürr. Ein Gerippe mit Kopf.
Den Laptop hält Iva auf den Knien. Sein Bildschirm zeigt immer noch Jettes Gesicht. Sie strahlt. In Iva flackern einzelne Szenen aus dem Video wieder auf. Jette, die über einen weißen Strand läuft nur im Bikini. Jette, die sich an eine Palme lehnt und ihr Gesicht scharf stellt. Jette, die anfängt zu reden, über die Trennung von ihrem Freund, über ihre Tochter, über die Monate in Bangkok. Darüber, wie froh sie ist, wieder an diesem Strand zu sein, in dieser Gemeinschaft. An dem Ort, an dem alle zusammenhalten.
Iva denkt an die Sommersprossen in Jettes Gesicht. An ihre Haut, die an den Schultern verbrannt ist. Daran, dass sie so ganz anders aussieht als früher. Ihre Augen strahlen, ihre Gesichtszüge sind entspannt.
Iva scrollt unter das Video, klickt auf: »Öffentlich kommentieren«.
»Liebe Jette, hier ist Iva. Bitte melde dich bei mir. Es ist dringend.«
Dann schreibt Iva noch ihre E-Mail-Adresse darunter, an die sie sonst nur Newsletter senden lässt.

Iva klappt den Laptop zu. Die einzige Lichtquelle im Raum. Ismene bewegt sich im Schlaf, dreht ihren Kopf in eine andere Position. Iva steht auf, geht zum Fenster. Schaut hinaus. Es regnet winzige Tropfen. Sie sind so leicht, dass sie nicht prasseln. Landen still auf der Fensterscheibe.
Iva zieht den Vorhang zu. Etwas Staub fällt raus. Der Raum wird dunkel. Die Umrisse Ismenes verschwinden im Schwarz. Iva geht zurück zum Bett, legt sich neben Ismene. Sie riecht ungewohnt vertraut. Iva schließt die Augen. Die brennen noch mehr. Aber sie hält es aus. Ein paar Tränen sammeln sich hinter dem Lid, wollen den Augapfel beschützen. Iva hofft, dass die Augen des Vaters dasselbe für ihn tun.
Vorsichtig dreht Iva sich um. Legt sich nah an Ismenes Mund. Aus ihm fließt süßlicher Atem. Die warme Luft trocknet Ivas Wimpern. Die Augen beruhigen sich. Iva kann schlafen.

DRITTER TAG

1

Verklebte Augen. Die bekommt Iva nicht gleich auf. Die getrockneten Tränen und die Schweißperlen halten die Wimpern aneinander. Mit der Hand fährt Iva sich über die Stirn. Die ist nass vom Schweiß. Iva nimmt ein Taschentuch, tupft die Stirn trocken. Ismene ist nicht mehr da. Iva liegt alleine in Alexanders Bett. Das Fenster ist geöffnet. Nachtwind kommt herein, der riecht bitter. Es ist dunkel. Unsicher tastet Iva nach ihrem Handy, schaut auf die Uhr. Es ist halb fünf am Morgen. Die Kleidung klebt am Körper, die Haare drücken auf die Kopfhaut. Iva fühlt sich ekelig, schiebt die Bettdecke weg. Unter ihr liegen plattgelegene Brotkrümel. Manche davon haften an der Kleidung. Iva wischt sie weg, steht auf. Ihre Füße sind wackelig auf dem Boden. Sie ist so müde, wankt zum Fenster. Hält den Kopf hinaus. Die Laternen leuchten mürbe. An den Köcherbäumen huscht eine Katze vorbei. Die kann Iva nur sehen, weil sie weiß ist. Iva schaut auf die kleine Straße. Eine Laterne flackert. Iva erinnert sich, wie Roy als Kind immer versucht, Laternen und Ampeln auszupusten. Wie er dasteht, wenn die Ampel Rot zeigt, und pustet und pustet. Wenn die Ampel auf Grün springt, sagt er: »Guck, Iva, ich habe recht.« Und lacht.

Seit dem geteilten Pinocchioeis gehen Iva und Roy den Weg von der Schule bis zur Schwebebahnstation gemeinsam. Roy bricht unter dem Gewicht seines Schulbeutels fast zusammen. Iva nimmt ihm den Beutel ab. Beim Warten auf die Schwebebahn hüpft er auf und ab, tänzelt herum, springt auf die Bänke. Das lange Sitzen in der Schule ist nichts für ihn. Roys Schwebebahn kommt vor Ivas. Und jeden Tag vergisst er fast seinen Beutel. Den wirft Iva ihm kess zu, kurz bevor die Türen schließen. Bevor Roy wegfliegt. In die entgegengesetzte Richtung von Iva.

An einem Mittag im Januar steigt Iva mit Roy in die Bahn. Rüdiger hat gesagt: »Ich koche für euch beide.« Und Roy glaubt es nicht. Weil es mittags eigentlich immer nur Brote gibt. Und Kochen am Sonntag für Rüdiger Aufwärmen in der Mikrowelle meint. Wenn Rüdiger die ganze Nacht Buchstaben sortiert, muss Roy alleine schauen, wie er satt wird.

Iva weiß, dass Roy das peinlich ist. Eigentlich nicht will, dass sie mitkommt in die kleine Wohnung im Hochhaus. Iva war noch nie in einem Hochhaus.

Iva ist nervös. Knibbelt an ihren Fingernägeln. Ihr hellroter Pullover kratzt. Kommt ihr eng vor am Hals. Iva mag Rüdiger. Iva mag, wie er sie anlächelt, wenn sie sich sehen, wie er ihren Namen ausspricht, so sacht. Als wären drei Buchstaben hintereinander eine Sammlung wertvoller Laute. Jedes Mal, wenn Iva Rüdiger trifft, sieht er anders aus. Ein Gesicht hat je nach Tageslicht und Windgeschwindigkeit eine andere Form. Das sagt zumindest Roy. Und der muss es ja wissen. Rüdigers Augen können Orte aufwärmen. Das kann Roy auch. Das hat er geerbt, glaubt Iva. Fragt sich kurz, was sie von ihrem Vater geerbt hat, außer die blauen Augen und hellen Haare. Vielleicht, dass sie manchmal nicht so ganz da ist, in den Momenten. Roy und Iva schweigen, während die Bahn schwebt. Hängen in ihren Gedanken in der Luft. Über der Wupper.

An der Wohnungstür steht Rüdiger. Wartet darauf, dass die beiden die Treppe hochgeschnauft kommen. Um den Bauch trägt er eine Schürze mit einer nackten Frau. Roy ruft: »Papa!« Und versucht, mit den Händen das Bild zu verdecken.
»Mach das ab, Papa.« Roy wird rot. Rüdiger schaut an sich runter. Schlüpft aus der Schürze. Murmelt: »Entschuldigung.« Und ist ganz unsicher auf einmal. In der Wohnung pfeffert Roy seinen Beutel in die Ecke, streift die Schuhe ab. Seine Socken sind löchrig.
Vorsichtig hockt Iva sich hin, bindet ihre Schnürsenkel auf, stellt die Schuhe vor der Wohnung ab.
»Habt ihr schön gelernt heute?«, fragt Rüdiger und nimmt Iva unbeholfen die Jacke ab.
»Nein, Schule ist nie schön.«
»Systematische Unfreiheit, mein Sohn. Daran musst du dich gewöhnen.«
»Werde ich nicht.«
»Wirst du doch. Am besten so schnell wie möglich.«
»Nie im Leben.«
Roy geht in die Küche. Iva schleicht hinterher. Will nicht auffallen in der Wohnung. Die Wohnung ist klein, eng. Überall Bücher. Nicht in Regalen, sondern gestapelt

an den Wänden. Es riecht nach Essen. Nach intensiven Gewürzen. Die kennt Iva nicht. Findet, die riechen hellgelb. Die riechen nach Osten, nach dem heißesten Sommertag und einem Morgen in einer großen Stadt. Nach alten massiven Mauern, dicht aneinandergebaut.
»Guckt mal, Kinder.« Rüdiger hebt den Deckel hoch.
In passierten Tomaten schwimmen Eier. Bedeckt von frischen Spinatblättern. Iva saugt den Duft ein.
»Schon wieder Schakschuka?«, murrt Roy.
»Na klar, das mache ich doch immer, wenn wir Besuch haben«, erklärt Rüdiger.
»Zum Glück haben wir nicht oft Besuch.« Roy betrachtet skeptisch die schwimmenden Eier, den dunkel gewordenen Spinat.
Iva schaut sich in der Küche um. Ein alter Herd, ein dunkelbrauner Schrank, ein weißer Tisch. An einer freien Wand hängen Kochlöffel und Fotos von Roy als Baby. Auch ein Foto von Rüdiger in jünger und einer Frau. Die ist ganz dünn und klein, trägt ein ausgefallenes Kleid. Die Frau hat das gleiche Kinn wie Roy.
Der Tisch steht am Fenster. Rüdiger hat drei Stühle um ihn gedrängt. Vorsichtig setzt Iva sich. Berührt mit dem linken Knie Roys Knie und mit dem rechten Rüdigers Bein. Drei Teller und drei Gläser mit Wasser. Ein überquellender Aschenbecher in der Mitte. Den lässt Roy schnell verschwinden. Hinter der Gardine. Und wird schon wieder rot.
Rüdiger verteilt das Essen. Iva schaut auf ihren Teller, hält es kaum aus, nicht gleich mit dem Essen anzufangen.

»Schakschuka hat mir mein Vater beigebracht. Und der kennt das von seinem Freund Shlomo«, sagt Rüdiger.
»Erzähl das jetzt nicht, Papa.«
Iva weiß, dass die meisten Kinder die Geschichten und Anekdoten von ihren Eltern auswendig kennen. Weil die meisten Eltern nur ein paar Geschichten haben, die sie immer und immer wieder erzählen. Bis die Pointen stumpf sind und keiner mehr lacht. Und die Kinder schon die Augen verdrehen, wenn die Geschichte losgeht. In Ivas Familie gibt es das nicht. Weil die Eltern lieber schweigen. Weil sie so viel ans Jetzt denken. Manchmal wünscht Iva sich, dass der Vater auch eine Geschichte erzählt. Beim Geschichtenerzählen wird nämlich die Stimme anders, ist Iva aufgefallen. Wie würde die Stimme vom Vater dabei klingen? Hat der Vater überhaupt eine Geschichte zu erzählen?
Sie sticht die Gabel ins Ei. Der Dotter läuft über die Spinatblätter.
Noch nie hat Iva etwas gegessen, das so leicht schmeckt. Iva lächelt Rüdiger an. Er strahlt zurück.
Roy stochert zwischen den Spinatblättern herum.
»Du weißt doch, dass ich keine Eier mag«, nörgelt er.
»Du kannst sie ja liegen lassen, Roy. Also, Iva, dieses Gericht, das ist doch wirklich etwas Besonderes, oder nicht?«
»Ja.«
»Wir können Shlomo dankbar sein.«
»Ist Shlomo ein Name? Ein Vorname?«
»Ja, genau. Mein Vater war einige Zeit eingesperrt, als er sehr jung war, und da hat er Shlomo kennengelernt.«
»Dein Vater war im Gefängnis?« Iva bekommt Angst.

»Nein, in einem Lager. Dein Vater hat dir wohl noch nichts von der Zeit erzählt, in der viele Menschen in Lager kamen. Einfach so und arbeiten mussten oder umgebracht wurden.«
»Nein, hat mein Vater nicht gemacht.«
»Deine Großmutter auch nicht?«
»Nein. Meine Großmutter redet nur von Afrika. Von mehr nicht.«
»Sie kommt aus Namibia, oder?«
»Ja.«
»Schade eigentlich, dass sie dir nichts über die Zeit der Lager erzählt. Sie weiß viel darüber.«
»Meine Großmutter hat schon viele Sachen vergessen.«
Rüdiger lacht.
»Das kann ich verstehen. Nachdem die Zeit mit den Lagern vorbei war, haben viele Leute auf einmal alles vergessen. Erinnerungen, die nur ein oder zwei Jahre zurücklagen, waren einfach weg. Wahnsinn, oder?«
Iva zuckt die Achseln, kann nicht weiteressen.
»Was erzählt deine Großmutter über deinen Großvater?«
»Gar nichts.«
»Wirklich nichts?«
»Nein. Er ist schon lange tot. Vielleicht hat sie den vergessen.«
»Das glaube ich nicht, Iva-Kind. Mein Vater ist auch schon vor sehr langer Zeit verstorben, und ich habe ihn nicht vergessen. Shlomo ist sogar noch viel länger tot, und heute denken wir an ihn.«
»Wir sind auch schlau«, wirft Roy ein.

Rüdiger streichelt ihm über den Kopf.
»Das hat damit leider nicht viel zu tun.«
»Sag Iva doch, dass Shlomo getötet wurde. Du musst nicht so eine lange Geschichte draus machen.« Roy legt die Gabel weg. Schaut genervt auf den Teller.
»Roy, es reicht mir, wenn du noch einmal so was sagst, gehst du in dein Zimmer.«
»Ich habe doch gar kein Zimmer!«
»Aber ein Schlafsofa. Wenn du weiterhin so dumme Sachen sagst, kannst du mal da hingehen und nachdenken.«
»Ich will nicht immer nur nachdenken! Ich bin Artist! Ich muss mich bewegen! Ich will auch nicht nur so ekelige Sachen essen!«
Roy schreit. In seinen Augen Wuttränen. So hat Iva Roy noch nie gesehen.
Rüdiger sagt nichts.
Iva weiß nicht, wohin mit ihren Augen.
»Beruhigst du dich jetzt, Roy, und entschuldigst dich für deinen dummen Spruch?«, fragt Rüdiger.
»Nein! Mach ich nicht.«
»Dann gehst du jetzt nach draußen und rennst zwei Runden um den Block, bis du wieder bei Verstand bist.«
Roy springt auf. Stürmt aus der Küche, zieht die Schuhe über, knallt die Tür hinter sich zu. Und Iva ist alleine mit Rüdiger.
Sie vergräbt ihre Hände unter den Oberschenkeln.
»Entschuldige, Iva«, nuschelt Rüdiger. »Jeder streitet sich manchmal.«

Iva nickt.
»Iss weiter, dein Essen wird kalt«, sagt er sanft. Steht auf, als Iva isst, dreht den Wasserhahn auf und wäscht sich einmal kalt das Gesicht ab. Danach lächelt er künstlich.
Iva fällt eine Tomate von der Gabel.
Rüdiger trommelt mit seinen Fingern auf die Tischplatte.
»Du hast mir die Geschichte noch nicht richtig erzählt«, sagt Iva.
»Die Geschichte von Shlomo?«
»Ja.«
»Die ist schnell erzählt. Viel zu schnell, finde ich. Kennst du das, wenn Geschichten einfach zu kurz sind?«
Iva schüttelt den Kopf.
»Es gibt nur ganz wenige Informationen über ihn. Shlomo war Ingenieur. Er ist in Dresden groß geworden und hat mit seinen Eltern in einem riesigen Haus gewohnt. Da wo die Fliederbüsche im Sommer blühen, nah an einem Wald mit einem kleinen Teich, hat er gesagt. Und dann kam er ins Lager.«
»Warum?«
»Er hatte eine Religion, die den meisten Menschen damals nicht gefiel.«
Iva weiß nicht, was sie sagen soll. Rüdigers Worte werden in ihrem Kopf zu zusammenhangslosen Fetzen. Sie kann sie nicht verbinden, egal wie viel sie nachdenkt.
»In dem Lager hat er dann meinen Vater kennengelernt. Weißt du, er war Journalist.«
»Hatte er die gleiche Religion wie Shlomo?«
»Nein, er hatte einfach eine andere Meinung und er hat

geschrieben, was er richtig fand. Im Lager sind Shlomo und mein Vater Freunde geworden. An einem Abend hat Shlomo meinem Vater von Schakschuka erzählt. An einem anderen Abend war Shlomo dann tot.«

Ivas Kopf ist schwer. Sie schiebt den Teller beiseite, legt ihren Kopf auf die Tischplatte. Mit den Händen schützt sie ihre Augen. Sie will die Bilder nicht, die die Geschichte macht. Sie will die Geschichte nicht im Kopf haben. Und das Essen nicht mehr im Magen.

Rüdiger steht auf, räumt die Teller ab, wäscht sie mit der Hand.

»Weißt du, mein Vater war sehr alt, als ich geboren wurde.«

»Mein Vater ist auch alt.«

»Ja, ich weiß, Iva. Deswegen wäre es für dich sehr interessant, ihm zuzuhören.«

»Er sagt fast nichts.« Iva ist so müde. Will auch rausgehen und zu Roy. Und mit ihm eine Runde rennen, um den Block.

»Frag ihn doch mal etwas.«

»Was denn?«

»Frag ihn, was dein Großvater früher gemacht hat.«

»Der war ein Beamter, glaube ich.«

»Aber was für ein Beamter war er?«

»Hm.«

»Sieht dein Vater deinem Großvater eigentlich ähnlich?«

»Weiß ich nicht.«

»Hast du schon einmal ein Foto von ihm gesehen?«

»Glaube schon. Meine Großmutter hat ein Album.«

»Würdest du ihn wiedererkennen, wenn ich dir ein Foto zeigen würde?«
»Alte Leute sehen fast alle gleich aus.«
»Wir versuchen es, einverstanden?«
Rüdiger verlässt das Zimmer. Der Spülmittelschaum knistert leise. Am Schrank über der Spüle hängt eine Zeichnung. Die hat Iva vorher noch nicht gesehen. Die ist in Klarsichtfolie verpackt. Dünne Bleistiftstriche formen zwei alte Männer. Die sitzen auf einer Bank, die Arme umeinandergelegt, die Gesichter abgewandt. Obwohl sie in unterschiedliche Richtungen schauen, sind sie sich nah, findet Iva.
Rüdiger kommt wieder. Mit einem dicken gelben Ordner. Auf dem Rücken steht »Bal«.
»Schau mal, Iva.« Rüdiger durchblättert eilig den Ordner. Iva kann vorbeifliegende Schwarz-Weiß-Fotos sehen. Und Texte. Alles sorgfältig hintereinandergeheftet. Rüdiger findet, was er sucht, legt Iva den Ordner hin. Ein Schwarz-Weiß-Bild und darum Buchstaben, die mit einer Schreibmaschine geschrieben wurden. Iva kann sie so schnell nicht lesen. Rüdiger überdeckt die Schrift mit einem Blatt. Deutet mit dem Zeigefinger auf das Foto.
Das ist blass. Nur schwache Umrisse. Eine Gruppe Leute dichtgedrängt auf einem abgeernteten Feld, halten die Hände in die Höhe. Vor ihnen eine Reihe von Männern in Uniformen. Die richten Gewehre auf sie. Einer von ihnen dreht sich um, schaut in die Kamera.
»Ist das dein Großvater?«, fragt Rüdiger.
Iva schüttelt den Kopf.

»Mein Großvater hatte bestimmt kein Gewehr.«
»Schau noch mal richtig hin, Iva. Schau auf das Gesicht.«
Iva versucht, das Gesicht zu erkennen. Hält ihr Gesicht nah an das Foto. Bis das Bild verschwimmt. Nur noch Graustufen und keine Gesichter. Iva kann nichts sagen.
»Schau auf das Gesicht. Der könnte doch dein Großvater sein.«
»Nein.«
»Aber sieht er dem Foto ähnlich, das deine Großmutter dir gezeigt hat?«
»Weiß ich nicht.«
»Iva, komm schon.«
Rüdiger presst seine Hand auf Ivas Rücken.
»Es ist nicht mein Großvater«, sagt Iva schnell. Er soll sie loslassen. Sie drückt gegen die Hand. Rüdiger zieht sie weg. Sagt: »Entschuldige, Iva-Kind.«
Iva ist schwindelig. Sie will das Bild aus den Augen bekommen. Zwinkert drei, vier Mal. Aber das Bild bleibt.
Haut wird abgelichtet und auf Papier gewaschen. Gewehre schießen und Körper fallen.
Iva stellt sich hin. Und weiß nicht, warum. Hält sich fest am Küchenstuhl.
»Willst du kurz rausgehen, Iva-Kind? Zu Roy?«

Draußen rennt Roy Runden um einen Blumenkasten. Der wurde aus Beton gegossen. Kränkelnde Büsche ragen heraus. Eine dürre Katze hockt auf einem Baum, beobachtet sie. In ihrer Winterjacke steht Iva verloren zwischen den vielen Hochhäusern.

Roy bemerkt sie nicht, sprintet weiter. Bis er keuchend stehenbleibt.
»Versteckst du dich?«, fragt er und deutet auf Iva. Die hat ihren Anorak so hochgezogen, dass nur noch die Augen herausschauen. Sie nickt. Roys Gesicht ist rot, nass vom Schwitzen. Leuchtet, sieht wieder aus wie Roy, denkt Iva. Erschöpft lässt er sich auf den Blumenkübel fallen. Ein Buschzweig sticht ihm in den Nacken. Roy hält das aus. Iva bleibt, wo sie ist, schaut zu Roys dampfendem Körper.
»Mein Papa nervt manchmal mit früher, das tut mir leid«, sagt Roy trocken.
»Muss dir nicht leidtun.«
»Tut es mir aber. Meine Mama sagt, wenn er nicht damit aufhört, darf ich in den Wintern nicht mehr kommen.«
»Das meint sie nicht ernst, glaube ich.« Iva setzt behutsam einen Fuß vor den anderen. Nähert sich dem Blumenkübel.
»Hoffe ich. Seit Papa mich die Texte in seinen Ordnern nicht mehr lesen lässt, streiten sie sich weniger.«
»Was sind das für Texte?«
»Keine Ahnung.«
»Aber du hast sie doch gelesen.«
»Ja, habe sie einfach nicht verstanden.«
»Dann ist ja auch egal, ob du sie liest, oder nicht?«
»Das sagt mein Papa auch, aber meine Mama glaubt das nicht.«
»Ist dein Papa doch alt?«
»Nein.«
»Wirklich nicht?«

»Nein. Mein Papa ist jung. Mein Papa ist erst neunundzwanzig. Ich bin genau zwanzig Jahre später als mein Papa und siebzehn Jahre später als meine Mama geboren. Und du?«
»Weiß ich nicht genau. Aber sehr viel später als mein Vater und ein bisschen später als meine Mutter.«
»Warum reden die nicht über früher?«
»Das mögen sie nicht, sagen sie. Meine Mutter mag keine alten Sachen. Die mistet auch ständig aus. Damit das alte Zeug rauskommt.«
Roy nickt. Iva ist bei ihm angekommen, setzt sich neben ihn. Überlegt, ob sie sich an ihn lehnen kann. Ob man das machen darf. Sich an einen Roy lehnen, der dampft.
»Mein Papa will, dass ich später auch Buchstaben sortiere, wenn ich groß bin.«
»Würde ich nicht machen.«
»Mach ich auch auf keinen Fall.«
Und beide sind still.
»Kommst du noch mal zu Besuch, Iva?«
»Ja, klar.«
»Auch, wenn mein Papa da ist?«
»Ja.«
Roy lächelt. Sie schaut an ihm vorbei. Guckt sich ihr Spiegelbild an in der Scheibe der Hochhaustür. Das wird durchtrennt von dem langen Türgriff.
Roy tippt auf Ivas Schulter, ruft: »Fang mich!«
Rennt los und Iva hinterher.

Die Nacht lungert im Vorgarten herum. Der Schweiß auf Ivas Haut ist getrocknet, ihre Augen haben sich beruhigt. Aus der Ferne dringt das Rauschen einer großen Straße. Manchmal wundert sich Iva, dass es immer irgendwelche Geräusche gibt.
Unter der flackernden Laterne sieht Iva einen Schatten. Er hat Ismenes Form. Nur ein bisschen verzerrt. Ismene hat sich auf den Boden gesetzt und sich an den Laternenpfahl gelehnt.
Iva verlässt das Fenster, wirft sich Jacke und Schal um. Geht aus dem Haus.

2

Die Dezembernacht ist herber, als Iva gedacht hätte. Der Wind schneidet die Gesichtszüge schärfer. Iva versteht nicht, wie Ismene das aushält. Das Aufdembodensitzen.
»Willst du erfrieren?« Iva steht hinter Ismene.
»Nee, eigentlich nicht.«
Die flackernde Laterne beleuchtet bei jedem Aufblitzen eine andere Stelle von Ismenes Körper.
»Setz dich zu mir, Iva.«
Iva schüttelt den Kopf. An den Stoßstangen der Autos hängen Eiszapfen.
»Wie hält dein Mann das eigentlich aus?«, fragt Ismene. Sie zündet sich eine Zigarette an. Das Feuer färbt ihr Gesicht für einen kurzen Moment rot ein.

»Was meinst du?«
»Wenn du schläfst, bist du echt krass.«
»Ich hoffe, ich habe dich nicht aus Versehen geschlagen. Wenn ja, tut es mir leid.«
»Macht nichts, ich bin es gewohnt, geschlagen zu werden.« Ismene zuckt die Schultern. Schaut Iva so direkt ins Gesicht, dass Iva das nicht aushält.
»Nervt dich das nicht?«, fragt Iva schnell, deutet auf die Lampe.
»Doch, total.«
»Du bist komisch, Ismene.«
»Du auch, Iva.«
»Wann geht wohl die Sonne auf?«, fragt Ismene, zieht an der Zigarette.
»Das dauert bestimmt noch ein paar Stunden.«
Ismene nickt. Sie sitzt auf dem Pelz, die Fellmütze auf ihrem Kopf. Legt den Kopf in den Nacken. Iva guckt hoch. Da sind Sterne. Dichtgedrängt nebeneinander. Ein bisschen schüchtern sehen sie aus, findet Iva.
»Wollen wir in die Stadt spazieren?«, fragt Iva, den Blick noch im Himmel.
»Ja, ich will eh nicht mehr schlafen heute Nacht.«
»Es ist eigentlich schon morgens.«
»Ja, eigentlich schon.«
Iva reicht Ismene die Hand, zieht sie auf die Beine. Die kalten Knochen knacksen. Ismenes Hände sind eisig. Iva schnappt sich die rechte, und Ismene lässt das Handkonstrukt in der Pelztasche verschwinden. Gegenseitig wärmen sich die Finger auf.

Langsam laufen sie los. Sie gehen mitten auf der Straße. Zu sprechen brauchen sie nicht. Das alte Straßenpflaster wird vom Frost zusammengehalten. Irgendwo scheint der Mond. Ismene und Iva haben keine Lust, sich nach ihm umzuschauen. Kurz muss Iva stehenbleiben, das Asthmaspray aus der Tasche ziehen, es an den Mund halten. Danach fällt ihr das Laufen leichter. Die Hände, die gemeinsam in der Jackentasche liegen, passen perfekt ineinander. Ismenes kurze, rundliche Finger werden von den langen, dünnen Ivas umschlossen. Iva wünscht sich, ihr ganzer Körper könnte so warm sein.
Die leichten Schuhe halten die Kälte nicht auf. Sie klettert Vene für Vene an Ivas Beinen hinauf. Ismene muss es genauso gehen, denkt Iva. Unter dem Pelz trägt sie nur ihre Pyjamahose und einen Strickpullover. Die Füße hat sie in Wollsocken und Winterschuhe verpackt. Obwohl sie frieren, laufen sie weiter.
»Wie meintest du das eigentlich?«, fragt Iva irgendwann.
»Was meinte ich wie?«
»Na, du hast gestern im Auto so was erzählt.« Iva findet kaum Worte. Vielleicht liegt das am Frost. Oder an der Tageszeit?
Mittlerweile sind schon viele Fenster beleuchtet. Fahrräder und Autos auf dem Weg zur Arbeit. Von irgendwo hört man das schwere Schnaufen der Müllabfuhr. Iva und Ismene laufen auf dem Bürgersteig.
»Du meinst ...«, will Ismene eine Antwort beginnen, bricht ab. Beleuchtete Straßen eignen sich nicht zum Sprechen.
»Ich will Kaffee«, sagt Ismene einfach.

Um die schmalen Bistrotische sitzen schon die ersten Kaffeetrinker. Die Bäckerei ist eng. Es riecht nach aufgeschäumter Milch, nach industriellen Backwaren. Eine Frau steht hinter der Auslage und füllt Kaffee in Pappbecher. Ein Mann in einem Anzug legt ihr Geld hin, greift nach den Bechern, stürmt aus der Bäckerei. Um sich an den Tisch setzen zu können, müssen Iva und Ismene sich loslassen. Iva spürt der Berührung nach.
Ismene lässt sich in den Kunstlederstuhl sinken. An den rotgestrichenen Wänden hängen Fotos von Kaffeekannen. Iva geht zur Theke, bestellt: »Zwei Cappuccino zum Hiertrinken.«
Die Verkäuferin nickt, dreht sich der Kaffeemaschine zu, die mit großem Getöse Bohnen mahlt. Den fertigen Kaffee trägt Iva zum Tisch.
Iva kann von ihrem Platz aus durch die bodentiefe Fensterscheibe schauen. Es ist immer noch vollkommen finster. Als Iva die Tasse an ihren Mund hält, fährt der erste Schulbus vorbei.
Ismene lächelt. Unter den Augen hat sie tiefe Ringe, erkennt Iva in der Bäckereibeleuchtung. Und wie zerzaust ihr braungelocktes Haar ist.
Mit dem Löffel malt Ismene ein fröhliches Gesicht in den Milchschaum. Dann lässt sie Zucker auf ihn rieseln. Der vertreibt den Schaum. Gibt den dunklen Kaffee frei.
»Du willst wissen, wer da eigentlich in deinem Haus übernachtet?« In Ismenes Stimme liegt das Zögern.
»Nein, ich will nur wissen, was du da gestern gemeint hast.«

»Prostituierte habe ich gemeint, Iva. Ist doch nicht so schwer zu verstehen.«

»Für mich schon.«

Ismene holt ihr Smartphone aus der Tasse, öffnet ihre Suchmaschine und tippt *Prostituierte* ein. Sie hält Iva den Wikipediaartikel dazu hin.

»Verstehst du es jetzt?«, fragt sie frech. Iva verdreht die Augen.

»Du weißt doch, wie ich das meine.«

»Du fragst dich, wie das denn mit mir zusammenpasst?«

»Ja, und wieso dein Mitbewohner dich deshalb rauswirft.«

»Ach, dieser Mitbewohner, lass uns nicht mehr über den sprechen.«

Iva nimmt einen Schluck aus der Tasse.

»Alles klar, Iva. Jetzt hörst du alles, die ganze Geschichte. Ich bin als Kind von einer Bande Menschenhändler aus der Ukraine verschleppt worden und wurde dann von einer kranken Sekte in einem Keller als Sexsklavin gehalten. Als ich sechzehn war, bin ich ihnen zu alt geworden und sie haben mich an einen Zuhälter in München verkauft. Da war ich dann so lange als Nutte beschäftigt, bis ein reicher Mann mich freigekauft hat und mir mein Musikstudium finanziert hat. So war es. Die ganze Wahrheit, so war mein Leben.«

Iva guckt sie starr an. Ismene lacht laut.

»Nein, so war es nicht«, grinst sie, steht auf und schlendert zur Theke. Kauft zwei Schokocroissants.

Iva schaut aus dem Fenster, sieht einen Mann, der mit

einem Zweijährigen an der Hand den Bürgersteig entlangtrottet. Sie weiß, dass Shlomo jetzt schon wach ist.
Ismene stellt den Teller mit den Croissants in die Mitte des Tisches. Schnell greift Iva nach einem, beißt hinein. Die Schokolade im Inneren ist flüssig, läuft über Ivas Lippen.
»Was hast du für Geheimnisse?«, fragt Ismene fordernd.
»Ich habe keine Geheimnisse.«
»Ach, nicht. Bist du so ein transparenter Neuzeitmensch?«
»Ich fürchte schon.«
»Sag mir dein Geheimnis.«
»Du hast mir deins auch nicht gesagt, Ismene.«
»Ja, aber ich habe Croissants gekauft. Also bitte, Iva, leg los.«
»Ich habe Shlomo nur bekommen, weil Roy das wollte.«
»Ach, Iva.« Ismene spielt enttäuscht. »Das habe ich mir eh gedacht. Das ist doch kein Geheimnis und wirklich nichts Außergewöhnliches. Du hast sicher nur Sex mit deinem Mann, weil er das will.«
»Nein.«
Flüchtig leckt Ismene Schokolade von ihrem Finger.
»Ob es ein gutes oder ein schlechtes Geheimnis ist, war kein Kriterium. Du bist wieder dran, Ismene.«
»Alles klar. Wenn du mein Geheimnis hören willst, bitte. Auf eigene Gefahr.«
Albern hält Ismene die Hände hoch, als wollte sie sich ergeben. Iva muss an das Schwarz-Weiß-Bild denken. Schnell zwinkert sie es weg. Es hat das Laub in der Lunge schon aufgewirbelt.

»Ich war verliebt, verliebt, verliebt«, säuselt Ismene überdreht. Theatralisch schielt sie durch den Raum.
»Wirklich«, fährt sie fort. »Eigentlich ist mir nichts passiert, außer dass ich ein kleines Mädchen war, so klein.« Bei ihren letzten beiden Worten spricht sie piepsig, markiert mit Daumen und Zeigefinger einen kleinen Abstand. Dann spricht sie weiter.
»Und dann, und dann, war da ein so kleines verliebtes Mädchen und ein so großer verliebter Junge. Die ganze Welt war mit ihnen verliebt, und wenn sie nicht gestorben sind, dann leben sie noch heute, oder nicht, oder nicht.« Ismene verfremdet die Stimme weiter.
»Ismene, was war in deinem Kaffee drin?«
»Die Geschichte war darin. Wusstest du das, Iva, dass die Geschichten alle durch die Gegend schwimmen und im Wasser Melodien machen?«
»Melodien?«
»Ja, manchmal höre ich den Kaffee singen oder die letzten Wassertropfen in meinem Haar, wenn es geregnet hat. Es gibt so Geschichten, die kleben einfach überall.«
Ismene bricht ab. Iva schaut sie ruhig an. Dann sagt sie leise: »Ich spüre manchmal Gras unter den Füßen.«
»Ja, normal. Die einen haben Gras unter den Füßen, die anderen Melodien. Die meisten geben es nur nicht zu.« Ismene schnappt sich ihr Croissant und tunkt es in den restlichen Kaffee. Der lockere Blätterteig saugt sich damit voll.
»Roy kennt das nicht.« Iva merkt auf einmal, wie müde sie ist.

»Der ist ein glatter, unverwundeter Typ. Daran liegt es.«
»Nein, ist er nicht.«
»Musst du wissen. Du kennst ihn ja gut, der ist ja dein Mann. Und da weißt du natürlich alles über ihn.«
»Ach, Ismene.«
»Auf jeden Fall war ich verliebt, Iva. Und dieser Junge, der mich so geliebt hat, hat irgendwann angefangen, mir Geld dazulassen. Einfach so, weil er sich bedanken wollte für meine Liebe. Ich dachte mir damals: Ach, Geld schadet ja nie. Mehr habe ich mir nicht gedacht. Und auf einmal war da auch sein bester Freund, der mir Geld gegeben hat, und noch ein Freund und noch ein Freund und so weiter. Ja, Iva, das war jetzt die wahre Geschichte.«
»War sie nicht.«
»Nein, natürlich nicht. Es ist viel zu früh für die Wahrheit, oder nicht?«
»Mittlerweile ist es zwanzig nach sechs.«
»Eben, sag ich doch.«
Ismene legt ihren Kopf auf den Tisch, murmelt in ihre Armbeuge. »Oder meine Geschichte war genau so: Ich bin eigentlich nie eine Prostituierte gewesen, sondern ein Wunderkind für Musik. Aber Wunderkinder haben auch ihre Schwächen, nicht wahr? Ich zum Beispiel habe nie die Bedeutung mancher Wörter verstanden. Also, wenn ich Prostituierte sage, meine ich eigentlich Pianistin.«
»Na klar, Ismene. Das war jetzt die Wahrheit«, grinst Iva.
»Alle drei Geschichten waren die Wahrheit, Iva.«

3

Mariola streut Salz in die Einfahrt. Sie trägt dicke Winterstiefel, eine silberfarbene Steppjacke. Als Ismene und Iva den Vorgarten betreten, winkt sie ihnen zu. Ismene umarmt Mariola, drückt ihr eine Tüte mit dem Croissant in die Hand. Iva steht unschlüssig neben den beiden, stammelt ein paar Worte. Geht dann ins Haus, hört, wie Ismene und Mariola fröhlich anfangen zu sprechen.
Auf der Treppe zum Haus liegt ein totgebissener Vogel. Iva geht in die Knie, betrachtet ihn. Die Katze aus der Nacht muss ihm ihre Zähne direkt in den Hals gerammt haben. An den Flügeln sind Kratzspuren. Vorsichtig nimmt Iva den Vogel hoch. Sein Körper ist starr, eiskalt. Das kleine Köpfchen ist abgeknickt. Iva legt ihn auf die gefrorene Erde. An die Köcherbaumwurzel. Einen kurzen Moment schaut sie ihn an, dann geht sie ins Haus. Wäscht sich die Hände.

4

Die Mittagssonne klettert über das Haus. Sticht die Wolken auf. Im Haus ist es still. Ismene hat sich noch einmal hingelegt. Mariola ist zum Supermarkt gefahren. Iva steht im Flur im zweiten Stock. Die Wände sind weiß tapeziert, sehen grau aus. Iva berührt sie. Die raue Faser reibt an ihrer Handfläche. Die Bilder, die vor Jahren im Flur hingen, sind verschwunden. Vielleicht hat die Mutter sie entsorgt, oder Alexander hat sie auf dem Flohmarkt vertickt, als er pleite war. In den Jahren, die Alexander in dem Haus lebt, kommt es öfter vor, dass Möbelstücke, Geschirr oder Gemälde verschwinden. Niemand kommentiert das und niemandem scheint es wirklich aufzufallen. Als Kind denkt Iva: Die Möbel halten es hier auch nicht aus. Die hauen einfach ab. Warum können Möbel leichter abhauen als Menschen?

Jette sagt jeden Abend: »Morgen ziehe ich aus.« Und bleibt dann immer. Traut sich irgendwann nicht mehr, das Haus zu verlassen. Auch nicht, um in die Schule zu gehen. Jeden Morgen Drama, weil Jette nicht mitgehen will, zur Bushaltestelle. Die Mutter, die zu müde ist für Diskussionen. Die einfach ein Taxi ruft. Das fährt bis zur Haustür und die Mutter drückt Jette auf die Rückbank. Das macht Alexander wütend. Der soll Bus fahren. Steht mit Iva an der Bushaltestelle, als Jette im Taxi vorbeirauscht. Wird so wütend, dass er mit der Hand die Glasscheibe vom Fahrplanschaukasten zerschlägt.

Als Iva auf die leeren Wände starrt, fragt sie sich, wann Alexander Möbel aus dem Haus geschafft hat. Wahrscheinlich nachts, oder an den Wochenenden, an denen die Eltern verreist sind. Da machen die drei, was sie wollen. Jette hört Janis Joplin und Jimi Hendrix. Die hat der Vater eigentlich verboten. Und Iva ist im Wald. Den ganzen Tag.

Iva weiß nicht mehr, wann sie das Zimmer am Ende des Gangs das letzte Mal betreten hat. Weiß nur noch: Hier

bittet die Großmutter sie einmal herein. In das große, helle Zimmer mit schweren Gardinen. In denen hängt Staub. Der massive Schreibtisch mitten im Zimmer. Und darunter ein Teppich in Braun. Der ist weich, der kratzt nicht. Iva ist zwölf. Die Großmutter kurz vor dem Sterben. Schon transparent. Sitzt trotzdem so aufrecht, wie sie kann, im Rollstuhl. Sanft legt Iva ihre Hände auf die Großmutterschultern. Die sind spitz, sind wie morsches Holz. Brechen gleich ab, wenn man sie nicht festhält, denkt Iva. Saugt ihren Geruch ein. Alter Atem, gemischt mit Lavendelöldüften und Vitamin-D-Saft-Dämpfen. Im Gesicht hat die Großmutter offene Stellen. Da wächst keine Haut mehr drüber, die werden so bleiben, bis die Großmutter stirbt. Das sagt die Mutter. Die Decke rutscht der Großmutter von den Knien. Schnell bückt sich Iva, hebt sie auf, packt die Großmutter wieder darin ein.
Auf dem Tisch liegt das Fotoalbum. Im Ledereinband. Die Großmutter deutet mit dem Blick dahin. Iva soll es ansehen. Iva atmet flattrig. Berührt vorsichtig das feine Papier. Die schwarzen Seiten, die von einer Schicht Seidenpapier geschützt werden. Die Fotos sind dicht aneinandergeklebt. Jahreszahlen und Orte sind mit Bleistift danebengeschrieben. Manchmal auch Namen. Die Bilder sind klein, ausgeblichen. Manchmal kann man die abgelichteten Menschen kaum noch erkennen. Iva blättert. Bis die Großmutter mit einem Blinzeln anzeigt, dass Iva anhalten soll. Auf einer Seite mit nur einem Bild. Das klebt ganz am Rand. Das ist mehrfach geknickt und aus dem Album gerissen worden. Auf dem Foto ist ein Mäd-

chen. Vielleicht ist es fünf oder sechs. Mit dicken, geflochtenen Zöpfen. Einem Sonnenhut. Das guckt erschrocken aus dem Bild heraus. Hinter ihm ein schwarzer Berg, eine weiße Sonne, ein anderes Kind. Das ist kleiner als das Mädchen. Das hat dunkle Haut. Den Kindern reicht das Gras bis zu den Knien. Die Großmutter blinzelt wieder. Und Iva blättert weiter.

Iva öffnet die Tür. Die kalte Klinke liegt seltsam in der Hand. Das Zimmer, das früher so hell war, ist dunkel. Die Vorhänge zugezogen. Schnell schiebt Iva sie beiseite, lässt die Mittagssonne herein. Vor dem Fenster schwanken Birken leicht hin und her. An ihren kahlen Ästen lungert ein wenig Schnee herum. Das Zimmer hat sich nicht verändert. Der Vater hat keine Veränderungen an den Großmuttersachen zugelassen. An den Wänden lehnen rustikale Schränke mit Glasvitrinen. Die sind voll von Büchern und Bildbänden. Die meisten in Sütterlin. Der Schreibtisch ist vollkommen leer. Iva geht zu einem der Schränke, öffnet die verglaste Tür. Er riecht nach Holzwurm. Iva zieht ein Buch heraus. Tote Mottenlarven kleben an der Unterseite. Angewidert legt Iva das Buch zurück. Mit den Augen tastet sie die langen Reihen ab, hält nach dem Lederalbum Ausschau. Findet nichts aus Leder, alle Bücher sind in Karton gebunden. Iva geht zum Schreibtisch, lässt sich in den Sessel fallen.
»Was machst du denn da Schönes?« Ismene steht im Türrahmen. Lächelt verwegen.
»Ich such was.«

»Und was?«
»Das Fotoalbum von meiner Großmutter.«
»Hast du Nostalgie, Kleines?«
»Nee, ich such wirklich was.«
»Dafür, dass du suchst, sitzt du aber ganz schön entspannt auf diesem Stuhl und starrst den Teppich an.«
Iva öffnet eine der kleinen Schranktürchen im Schreibtisch. Ein paar Zeichnungen fallen heraus. Ismene tritt heran, sammelt sie auf.
»Wahnsinn«, kommentiert sie. »Hat das deine Omi gemalt?«
»Ja.«
Ismene legt die Zeichnungen ordentlich auf den Tisch. Iva mag ihre zarten Berührungen.
Während Ismene die Zeichnungen bewundert, sie in verschiedenen Reihenfolgen auslegt, durchsucht Iva den Schreibtisch.
»Schau mal«, sagt Ismene. Iva guckt hoch. Alle Zeichnungen zeigen eine alte Farm. Die ist aus dünnen Bleistiftstrichen zusammengesetzt. Die Großmutter muss sie als erwachsene Frau gezeichnet haben. In den rechten Ecken der Bilder steht: »Waterberg/Zuhause«.
Ismenes Blick bleibt an den Zeichnungen haften. Sie unterscheiden sich minimal voneinander. Es gibt verschieden viele Fenster, oder die Anzahl der Dachziegel ist nicht gleich. Zeichnungen, auf denen Gardinen die Fenster verhängen. Manchmal nur blankes Glas.
In der hintersten Ecke des Schreibtisches findet Iva endlich das Fotoalbum. Es ist staubig.

Mit dem Buch geht Iva ans Fenster, setzt sich auf den Boden, öffnet es. Ismene beachtet sie nicht.
Der Einband ist schrumpelig. So als wollte das Leder sich zurückziehen, verschwinden, sich aus dem Staub machen und nichts zurücklassen als schwachkontrastierte Fotos. Iva blättert das Album durch. Sucht die Seite von damals. Ob sie noch da ist? Schließlich hat Iva sie seit zwanzig Jahren nicht mehr gesehen. Es könnte doch sein, dass Bilder verschwinden, wenn niemand sie mehr braucht. So wie Alexander verschwunden ist. Und Jette. Und die Mutter.
Zweimal dreht Iva jede Seite um, lässt das Papier über ihren Daumen springen. Dann sieht sie den fast leeren Bogen. Die Fotografie hat sich vom schwarzen Untergrund gelöst. Das so oft geknickte Foto hängt zwischen Seidenpapier und Buchfalz. Iva nimmt es in die Hand. Schaut die Kinder an. Sie erkennt die Großmutter. Die steht als Fünf- oder Sechsjährige vor dem Waterberg. Das hohe Gras umspielt ihre Knie. Das Hererokind im Hintergrund ist noch erschrockener als die Großmutter. Iva verfolgt die Knicke im Papier. Viermal wurde das Foto in unterschiedliche Formen gefaltet. Mit dem Finger zieht Iva die Knicklinien nach. Die Großmutter hat es mit sich herumgetragen.
Iva dreht das Foto um. Auf der Rückseite sind Kleberspuren. Säuberlich sind sie in die Ecken gesetzt. Das restliche Feld ist dunkel. Der schwarze Karton hat Farbe abgegeben. Im Sonnenlicht bemerkt Iva, dass die Großmutter etwas auf die Rückseite gezeichnet hat. Mit schwarzer Tinte. Die sieht man nur, weil die Großmutter die Mine

fest in das Papier gedrückt hat. Mit den Augen fährt Iva die Linien entlang. Ein kantiger Körper. Der erinnert an das Hererokind auf der Vorderseite. Ist nur viel dünner, viel schwächer. Und liegt. Die Beine angewinkelt. Arme neben dem Körper. Große Augen, Fliegen darin. Das gezeichnete Kind ist tot. Iva wendet das Foto, schaut in die lebendigen Augen, auf das hochstehende Gras. In der Zeichnung auf der Rückseite ist kein einziger Halm. Nur hartes, trockenes Land.
Ismene schaut Iva über die Schulter. Iva gibt ihr das Foto. Ismene wendet es hin und her. Gibt es Iva zurück, die knickt es, schiebt es in ihre Hosentasche. Da fühlt es sich sperrig an, das alte Papier.
Ismene blättert das Fotoalbum durch. Das Seidenpapier raschelt.
Iva fragt sich, wann die Großmutter das Kind gezeichnet hat. Ob sie schon erwachsen war oder gerade erst ein Mädchen. Ob es auf der Überfahrt entstanden ist. Von Afrika nach Europa.
Das Bild von einer jungen Großmutter. Die steht nach dem verlorenen Krieg an der Reling. Mit der Urgroßmutter und den Geschwistern. Salzwasser spritzt in ihr Gesicht. Dünne Sorgenhaut. Und nichts in der Hand als den Füller mit der harten Mine und das Foto von sich selbst als Kind. Nur eine Rückseite Platz für diese Erinnerung. Eine Überfahrt schreibt alles neu, oder nicht?
»Guck mal«, sagt Ismene und hält Iva ein Foto hin. Es ist schlecht entwickelt. Vielleicht zu lange belichtet worden oder zu kurz. Außer verschiedener Schwarztöne ist kaum

etwas zu erkennen. Nur eine Kontur. Vielleicht ist das ein Porträt.
»Wer ist das wohl?«, fragt Ismene, streckt den Arm aus, um das Bild aus der Ferne anzusehen.
Iva zuckt die Schultern.
»Warum klebt deine Omi ein Bild von jemandem ein, den man nicht erkennen kann?«
»Weiß ich nicht. Ist doch egal, oder?«
»Na klar, egal ist das alles.«

5

Im E-Mail-Postfach ist keine Mail. Weder von Jette noch von Alexander. Enttäuscht klappt Iva den Laptop zu. Der Koffer ist schon halbgepackt. Sie muss nur noch ihren Kulturbeutel hineinwerfen. Dann könnte sie fahren. Iva bleibt sitzen. Denkt an das Foto von Alexander auf seiner Homepage. Das harte Gesicht. Das sieht dem vom Vater so ähnlich.
Iva erinnert sich; ein Vater, der zurückkommt von seiner Dienstreise und merkt: Alexander ist nicht mehr da. Iva steht in der Küche, macht sich Brote. Sorgt sich kurz um Jette. Die hat nicht reagiert, als Iva an ihre Tür geklopft hat. Der Vater taucht in der Eingangshalle auf. Die ist noch verwüstet. Da liegen die zerschlagenen Bierflaschen, da sind Spuren von schlammigen Schuhen. Der Vater stellt seinen Koffer ab. Schaut sich die ausgestopften

Tiere an. Manche sind buntbesprüht. Iva schleicht aus der Küche, drückt sich an den Türrahmen.
Der Vater schaut sie an.
»Warst du das?«, fragt er sachlich. In seinem feingemeißelten Gesicht ist keine Regung. Iva fragt sich, ob seine Haut zu eng um seinen Kopf gespannt ist. Ob er deshalb keine Mimik hat.
Iva schüttelt den Kopf.
»Das waren Alexanders Freunde, oder? Wo ist er?«
»Der ist ausgezogen.«
»Was hast du gesagt?«
»Alexander ist gestern ausgezogen.«
»Der kann nicht einfach ausziehen.«
Iva zuckt die Schultern. »Ist er aber. Er hat einen Transporter gemietet und ist jetzt in Wien.«
»Hast du deine Mutter benachrichtigt?«
»Nein.«
»Warum nicht?«
»Warum sollte ich?«
»Iva, du benachrichtigst jetzt deine Mutter und rufst die Putzfrau an. Hier muss jemand saubermachen.«
Der Vater nimmt seinen Koffer, trägt ihn die Treppe hinauf. Keucht. Iva sieht seinen Körper. Dem fällt es schwer, bis in den ersten Stock zu kommen. Jetzt ist er richtig alt, denkt Iva. Geht zurück zu den Broten. Die Mutter wird sie nicht anrufen. Auf keinen Fall.

Iva erinnert sich daran, wie die Eingangshalle wieder hergerichtet ist. Nach Alexanders Auszug. Wie es nach schar-

fem Putzmittel riecht. Der Vater hat für den Abend Gäste eingeladen. Iva hockt auf den Stufen, starrt auf die toten Tiere. Weiß nicht, wohin mit sich. Die Wochenenden verbringt sie mit Lernen und mit Träumen. Ihren Körper hat sie in einem weiten Pullover versteckt. Die Hände in den Ärmeln vergraben. Iva will sich unsichtbar machen. Erst wieder auftauchen, wenn sie einen richtigen Erwachsenenkörper hat. Einen schönen, starken Körper, mit dem sie durch die Straßen einer lebendigen Stadt ziehen kann. Mit Freunden in ihrem Alter, mit denen sie lachen kann. Ivas Haare hängen brav vom Kopf bis auf die Schultern. Ihre Haut ist ungeschminkt. Sie bleibt ja eh zu Hause. Sie ruft ja eh keiner an, um mit ihr etwas zu unternehmen. Iva wird nur angerufen, wenn die Mitschülerinnen Hilfe bei den Hausaufgaben brauchen. Eigentlich ist Iva das egal. Eigentlich ist Iva schon gar nicht mehr in Dresden. Eigentlich sitzt sie nur noch Zeit ab, wartet darauf, dass das Lebendigsein endlich losgeht. Iva findet, dass das Jugendlichsein nichts für sie ist. Dass sie diesen Abschnitt einfach über sich ergehen lassen muss und dass manche Phasen einfach zum Vorbeiziehen gemacht sind.
An diesem Abend mag Iva die ausgestopften Tiere. Die sind ihr so ähnlich. Die wollen durch Wälder streifen, wollen Beute erlegen und hängen da und können nichts machen. Manchmal stellt Iva sich vor, eines der Tiere würde zum Sprung ansetzen, die Zähne blecken und plötzlich wieder ein Raubtier sein.
Iva zieht den Rollkragen über das Kinn, als die Gäste eintreten. Überfordert nimmt der Vater ihnen die Mäntel ab,

hängt sie unordentlich auf. Wuselt umher. Ist nicht so starr und unzerstörbar wie sonst. Er ist allein. Die Mutter ist weg.

Unter den dicken Jacken tragen die Männer Anzüge. Schwarze, weiße, rote Einstecktücher an der Brust und Eiserne Kreuze um den Hals. An der Hand halten sie kleine unscheinbare Frauen. Rosa Lippenstift auf grauer Haut. Um dürre Fingerknochen winden sich massive Eheringe. Die Hüften in konservative Röcke gesteckt.

Nach Händeschütteln und fröhlichen Grußworten führt der Vater die Gäste ins Esszimmer.

Iva spießt etwas Kartoffelgratin auf die Gabel. Das hat sie in der Tiefkühltruhe gefunden. Das hat die Mutter irgendwann gemacht. Vor Monaten. Es schmeckt pappig. Nur nach Sahne, nach alten Kartoffeln mit zu viel Salz.

Iva hört, wie die Tür zum Esszimmer quietscht. Klackernde Schritte schallen auf dem Steinboden, erreichen die Treppe, steigen hinauf.

Eine der Frauen kommt Iva entgegen. Iva hat sie schon hundertmal gesehen, sie setzt sich in die Mitte der Stufe. Das Bein streckt sie aus.

»Guten Abend, Jette«, sagt die Frau. Ihre Stimme ist piepsig. Die Stirn in Falten, schaut sie sie an, als wäre Iva ein kleines Kind.

»Ich bin Iva.«

»Ach, entschuldige bitte, Iva. Lässt du mich kurz durch?«

»So dick bin ich nicht. Steigen Sie doch einfach über mich drüber.«

»Nimm mal das Bein weg und rutsch zur Seite.«

»Das wird auch so gehen.«
Die grellen Augen der Frau funkeln Iva an. Dennoch lächelt sie. Schweigend versucht sie, sich den Weg zu bahnen. Will sich an Iva entlangwinden. Die rutscht schnell eine Stufe hoch, kreuzt die Beine zu einem Schneidersitz.
»Was besprechen Sie denn heute Abend?«
»Wir werden über die Vergangenheit reden.« Die Frau ist genervt. Iva lässt sie nicht entkommen.
»Über die Vergangenheit Ihrer Eltern?«
»Ja, genau so, wie wir das immer machen. Was fragst du, wenn du schon alles weißt.«
»Was wollen Sie denn über Ihre Eltern erzählen? Das, was man auch in Büchern über sie lesen kann? Letztens ist ein neuer Artikel über Ihren Vater erschienen. Kennen Sie den?«
Die Frau betrachtet die Treppe, überlegt, wo sie ihre Füße hinsetzen könnte.
»Du bist genauso unverschämt wie dein Bruder.«
»Haben Sie den Artikel gelesen? Der stellt Ihren Vater ja nicht so gut dar. Man könnte meinen, er wäre ein Sadist gewesen.«
»Du solltest nicht alles glauben, was so geschrieben wird.«
»Aber es stimmt doch, oder nicht?«
»Dein Vater tut mir leid, dass er zwei so unverschämte Kinder hat. Wenigstens ist deine Schwester brav.«
»Wieso sagen Sie nicht noch etwas zu Ihren Eltern? Meinem Vater erzählen Sie ja auch davon.«
»Der ist auch erwachsen und vernünftig und nicht so ein dummes Kind wie du. Also, lass mich durch jetzt!«

»Wie soll ich denn erwachsen und vernünftig werden, wenn niemand mit mir redet?«
»Schluss jetzt mit deinen Kindereien, rück zur Seite!«
Iva stellt sich vor, dass sie sich vor der Frau aufbaut. Dass sie sie anbrüllt. Dass sie ihr den Artikel vor die Nase hält. Und die Frau ihn liest und die Bilder anschaut, die dort abgedruckt sind. Und sie sich erschreckt und sich neben Iva setzt. Sie anguckt und erst gar nichts sagt und dann, irgendwann, ganz leise redet. Über den Artikel und über die Bilder und über die Sätze, die Iva sich markiert hat. Und Iva aufspringt und sich vor sie hinstellt. Wütend anfängt, zu reden. So wütend, dass die Frau ebenfalls aufspringt, sich mit der Hand übers Gesicht fährt. Vielleicht hat sie ja sogar geweint. Damit Iva Mitleid hat mit ihr. Aber das hat Iva nicht. Iva tobt und Iva beschimpft sie. Weil die Frau mit dem Vater und den anderen anstößt, auf die Vergangenheit. Und Iva wird so böse und so laut, dass die Frau die Treppe herunterstolpert, ihren Mantel von der Garderobe pflückt und durch das Portal verschwindet. Aber Iva weiß, dass die Frau nicht ausweichen, nicht zusammenzucken, nicht weinen und nicht die Treppe hinunterstolpern würde. Weil die Frau Iva einfach nach ihrer Großmutter fragen könnte. Ob Iva denn über ihre Großeltern genauso viel weiß wie über die Familie der Frau. Ob Iva denn gerne in einem schönen Haus wohnt und ob Iva die Artikel über ihren eigenen Großvater gelesen hat. Oder ob sie da mit Absicht weitergeblättert hat, um lieber den Artikel über die Familie der Frau zu lesen. Iva ist still. Iva rutscht zur Seite. Ganz unauffällig. Die

Frau huscht an ihr vorbei. Verschwindet Richtung Toilette. Iva sitzt da und starrt auf ein totes Eichhörnchen. Das setzt gerade zum Sprung an. Aber das bleibt, wo es ist. Es hat keine Organe mehr und keine Nerven. Das ist einfach nur eine ausgestopfte Hülle.

6

Mariola schaut in den Kochtopf. Von den Dämpfen beschlägt ihre Brille. Ismene hockt auf der Arbeitsfläche, zupft eine Melodie auf dem Eierschneider. Iva sitzt am Tisch. Ist doch noch nicht gefahren. Weil die Suppe so gut riecht. Und Ismene so witzig singt.

»Übst du für einen Auftritt?«, fragt Mariola amüsiert und stellt den Herd aus. Die Suppe ist fertig.

»Ja, das wird meine neue Show: Ismene und der Eierschneider.«

»Gute Idee«, lacht Mariola.

Iva schaut aus dem Küchenfenster. Ein Eichhörnchen flitzt an den Birken empor. Springt hin und her.

»Das ist wie du«, grinst Ismene, die Ivas Blick gefolgt ist.

»Überhaupt nicht.«

»Doch, das ist wie Sie, Iva«, stimmt Mariola zu. »Mal hier, mal da. Immer in den Wolken, kein Fuß auf dem Boden.«

»Und immer auf der Flucht«, fügt Ismene hinzu.

»Wer ist denn immer auf der Flucht, Ismene?«

Ismene schweigt.

»Wann hast du den nächsten Auftritt?«, fragt Mariola. Sie trägt den Topf auf den Tisch. Iva hat Teller hingestellt, verteilt drei Löffel. Ismene springt von der Arbeitsfläche und hüpft zu ihrem Platz.

»Das dauert noch.«

»Wenn du einen Auftritt hast, komme ich«, fügt Mariola hinzu. Dann füllt sie die drei Teller mit Suppe.

»Ich muss erst üben, bis ich wieder auftreten kann. Meine Stimme ist gerade nicht so stark. Ich muss sie schonen, glaube ich. Ja, ich muss sie schonen«, weicht Ismene aus.

»Was ich fragen wollte«, beginnt Mariola unsicher, als die drei essen. »Ihr Vater, Iva.« Sie druckst herum. »Gerade braucht er mich nicht. Gerade arbeite ich nicht.«

»Sie werden weiterhin bezahlt, Mariola. Wir wissen eben nicht, wie lange es mit meinem Vater noch so geht.«

»Fährst du heute noch ins Krankenhaus, Iva?«, fragt Ismene.

»Nein. Ich rufe nur kurz im Krankenhaus an und frage nach. Aber ich will gleich nach dem Essen nach Hause.«

»Ja, Ihr Sohn wartet auf seine Mama.«

»Das hoffe ich zumindest«, lacht Iva.

»Wann siehst du deine Tochter wieder?«, fragt Ismene Mariola.

»Ach, wer weiß, wer weiß.«

»Vielleicht erst, wenn Ivas Vater tot ist«, rutscht es Ismene heraus.

»Wie geht es Ihrer Tochter?«, überspielt Iva Ismenes Kommentar.

»Ganz gut«, murmelt Mariola.

Iva zuckt die Achseln.
»Aber genug. Bin nicht privat hier, sondern wegen der Arbeit«, sagt Mariola lauter als zuvor.
»Man ist immer privat, Mariola«, grinst Ismene.
»Du wohl vielleicht. Weil du so jung bist.«
»Ich bin schon achtundzwanzig. Vielleicht sollte ich mal eine richtige Erwachsene sein.«
»Ach was«, lacht Mariola. »Das kommt schneller, als du denkst.«
»Iva, du wirst im Mai dreiunddreißig, nicht wahr?«, fragt Ismene.
»Ja, woher weißt du das?«
»Ich habe deinen Personalausweis gesehen, als ich mir letztens Geld aus deinem Portemonnaie genommen habe.«
»Aha«, macht Iva nur.
»Ich gebe dir das Geld zurück, wenn du wiederkommst, einverstanden?«
»Mir bleibt ja nichts anderes übrig.«

7

Iva und Ismene umarmen sich lange. Drücken die Wangen aneinander. Der Atem der einen fließt in das Ohr der anderen. Es braucht keine Worte.
Als Iva Ismene loslässt, schauen die beiden sich kurz an. Dann steigt Iva ein.
Mariola steht an der Eingangstür, winkt flüchtig.

Die Sonne geht gerade unter, hüllt den Berg mit den Villenstraßen in warmes Orange. Die Wolken sind rosa. Iva freut sich darauf, Shlomo irgendwann zu erzählen, dass die Engel Plätzchen backen, wenn die Wolken so über den Winterhimmel ziehen. Im Innenraum des Wagens ist es kalt. Das Lenkrad fühlt sich frostig an. Iva lässt die Handschuhe zum Fahren an. Wenigstens für die ersten fünfzig Kilometer. Im Rückspiegel sieht sie, wie Ismene zurück ins Haus geht. Iva fährt vorsichtig, die Straße ist vereist. Sie hat Angst zu rutschen. Seitdem es Shlomo gibt, fährt sie vorsichtiger als vorher.
Als Iva die schmale Villenstraße verlässt, kann sie leichter atmen. Lächeln, sich auf die Badewanne freuen. In der will sie mit Roy liegen. Zuschauen, wie sich seine Locken mit Wasser vollsaugen. Will mit ihren Lippen über seinen Körper streifen. Iva fährt schneller. Will nach Hause.

8

Die Sonne ist vollkommen verschwunden. Die Autobahn drängt sich durch die Landschaft. Auf ihr unendlich viele Reisende. Das Radio hat Iva ausgeschaltet. Sie hat schon stundenlang Musik gehört und Nachrichten. Jetzt braucht sie Ruhe.
Lärmschutzwände kesseln die Autobahn ein. Von der Umgebung ist kaum etwas zu sehen. Ihr Blick geht starr nach vorn, in die Rücklichter des vor ihr Fahrenden.

Schnell schaut Iva auf ihre Beine. Sie stecken in der weiten, zerrissenen Jeans. Darunter trägt sie Leggins. Ein bisschen zu warm ist ihr damit.
Warme Beine hat sie auch in der Nacht, in der sie die Treppenfrau getroffen hat. Da liegt sie alleine im Bett unter der weichen Decke. Stellt sich vor, da wäre noch jemand. Nicht nur sie. Jemand, der sie festhalten kann. Der ihren Körper mag und will. Alles von diesem Körper will. Aber da ist niemand. Da ist nur Ivas Hand, die fährt über ihren Oberkörper. Über ihre Beine, zwischen ihre Beine. Gräbt sich in sich hinein, spürt ihre eigene Wärme. Iva hört die polternden Wasserrohre, den röchelnden Vateratem. Der ist im Flur. Der kämpft sich in sein Bett, oder? Iva hört: Er drückt die Klinke herunter, von ihrer Zimmertür. Der steht auf einmal da. Das macht er sonst nie. Der kommt an ihr Bett und setzt sich. Iva wird starr. Iva riecht den Alkohol in seinem Atem. Er kommt ihr verloren vor. So, als wüsste er nicht, wo er ist, was er macht. Was er will, in Ivas Zimmer.
»Iva?«, fragt der Vater. Seine Stimme ist schwach. Seine Hand landet auf ihrer Wange. Streicht darüber. Iva will sich wegdrehen. Aber ihr Körper klebt fest, auf dem Laken.
»Iva«, wiederholt der Vater. Er bebt.
»Was ist?«
»Ich muss dich was fragen, Iva.«
»Was denn?«
»Du musst mir sagen, wo Alexander ist.«
»Wien, habe ich doch schon gesagt.«

»Warum ist er weggegangen? Warum ist er weggegangen, Iva?«
»Weiß ich nicht.«
»Und warum ist deine Mutter weggegangen?«
»Weiß ich auch nicht.«
»Bitte, Iva. Du musst mir sagen, warum das alles passiert.«
»Ich weiß es nicht.«
Der Körper des Vaters zittert. Iva zieht die Beine an ihren Körper, macht sich so klein, wie sie kann.
Der Geruch des Vaters ist im ganzen Raum. Vielleicht muss ich ersticken, in diesem Moment, denkt Iva.
»Sag mir, warum das alles passiert«, fordert er.
»Ich weiß es nicht.«
»Du musst deine Mutter anrufen, und dann soll sie ...«
»Nein, das mache ich nicht. Die rufe ich garantiert nicht an.«
»Ich kann nicht mit ihr reden. Sie will nicht mehr mit mir sprechen.«
»Da kann ich nichts dafür.«
»Nein, Iva, dafür kannst du nichts. Was hat deine Mutter dir gesagt, über die Nacht, in der sie weggegangen ist?«
»Nichts.«
»Wirklich nicht?« Der Vater greift Ivas Schultern, drückt sie zusammen. Iva windet sich, dreht den Kopf weg. Der Vater soll ihr Gesicht nicht sehen.
»Sag mir, was sie dir gesagt hat.«
»Sie hat mir gar nichts gesagt.«
Der Vater lässt sie los. Iva richtet sich auf. Hält die Arme so, dass sie sich wehren könnte. Wackelig erhebt sich der

Vater. Steht unschlüssig im Zimmer. Und Iva denkt: Bitte geh doch einfach. Und da ist er auch schon weg. Und Iva alleine. Ihre Beine sind viel zu warm.

Hastig schaltet Iva das Radio ein. Der Klassiksender nervt sie. Sie sucht weiter. Findet einen Achtzigerjahrekanal. Dreht voll auf, singt mit, ganz laut.

9

Als der Schlüssel im Schloss knackt, spürt Iva, dass sie zu Hause ist. Sie betritt die Wohnung. Saugt den Geruch ein von Roys alten Büchern, den zerfledderten Comicheften, verwelkenden Nelken. Im Flur steht Roys Arbeitstasche. Seine verschwitzten Trainingssachen hat er schon in die Waschmaschine geworfen. Seine Schuhe ragen aus der Tasche.

Aus dem Wohnzimmer kommt blaues Fernsehleuchten. Iva geht weiter, betritt das Zimmer. Roy liegt auf dem Sofa. Schläft. Seine Lesebrille hängt ihm schief auf der Nase. Das mit dem Baden wird nichts mehr, denkt Iva.

Auf dem kleinen Tisch steht die Vase mit den Nelken. Die Köpfe hängen schlapp herunter. Vorsichtig schleicht Iva sich an Roy heran. Sie streift ihre Schuhe ab, legt den Parka beiseite. Mit der Fernbedingung schaltet sie das Fernsehmurmeln aus. Ein kurzer Blick auf das Babyfon, dann kann sie entspannen. Sie schmiegt sich an seinen

Körper. Die schmalen, runden Schultern werden Ivas Nest. Den Kopf legt sie auf seine Brust. Hört sein Herz. Jetzt kann sie die Augen schließen.

SIEBTER TAG

1

Shlomo sitzt aufrecht im Bett und brabbelt vor sich hin, als Iva die Augen öffnet. Roy ist in der Küche. Iva hört das Klappern des Geschirrs. Mit den Händen erforscht Shlomo die Kopfkissenbezugknöpfe, nimmt sie in den Mund, beißt daran herum. Iva sagt: »Na, na, na.« Schließt noch einmal die Augen. Die Nachtdienstmüdigkeit wird sie nicht los. Der OP-Geruch haftet an ihr, ist beim Duschen nicht abgegangen. Vielleicht das nächste Mal mehr schrubben, überlegt Iva. Bis die Haut rot wird.
Beim Arbeiten ist Iva nie müde. Da ist sie konzentriert. Da kann sie nichts ablenken, auch keine Kollegenscherze oder Plauschversuche. Da geht es nur darum, Menschen schlafend zu machen oder aufzuwecken. Ihnen eine Zeit zu geben, in der sie nichts spüren.
Erst beim Hinlegen merkt Iva, wie müde sie ist. Wie schwer die Beine sind und wie matt der Morgen aussieht. Sie will schlafen. Aber unter den Füßen spürt sie die Namibiagrasstiche, träumt von dem Kind, das über die Landschaft rennt, dem die Angst in der Lunge rasselt.
»Mamamamamam«, plappert Shlomo, wiegt sich hin und her, ist fröhlich. Sein Rücken ist kerzengerade, seine Beine ausgestreckt. Er sabbert. Iva schnappt sich Shlomo, legt ihn sich auf die Brust. Vorsichtig streichelt sie seinen Rücken, massiert die Füße. Wird Shlomo so ruhiger?

Roy kommt mit einem Tablett ins Schlafzimmer.
»Wir frühstücken im Bett, oder?« Grinsend stellt er das Tablett ab. Iva nickt, setzt sich auf. Dabei stützt sie Shlomos Kopf.
Roy hat nur seine Jogginghose an, der Oberkörper ist frei. Seine Haare nass von der Dusche. Er klettert ins Bett, baut das Frühstück vor Iva auf. Es gibt Müsli für sie und Eiweißshake für Roy. Iva legt Shlomo ein geschältes Apfelstück in die Hand.
»Wenn ich nachher den Zug nehme«, beginnt Iva, »dann kannst du immer mit dem Auto ins Varieté fahren, solange ich weg bin.«
»Wenn du das sagst.«
»Das ist doch besser für dich.«
»Ja, ja, das ist alles wundervoll für mich.«
»Du hast heute Nacht nicht gut geschlafen, Roy. Oder?«
»Nein, nicht wirklich.«
»Warum?«
»Ach, keine Ahnung.«
»Sag mal, Roy.«
»Weiß ich nicht so richtig. Können wir auch wann anders besprechen.«
»Was ist los?«
»Ach, eigentlich nichts. Es ist nur nicht ganz klar, wie es mit dem Varieté weitergeht, wenn die neue Leitung kommt. Sicherlich werden Nummern eingespart und na ja, ich weiß nicht.«
»Die werden deine Nummern nicht streichen.«
»Streichen nicht, aber wer weiß, was denen sonst so

einfällt. Die Stimmung im Varieté ist gerade echt angespannt.«
Iva sagt nichts, schaut ihn lange an.
»Sonst gehen wir zum Zirkus«, murmelt Iva verträumt, will sich an ihn kuscheln. Roy atmet wütend aus.
»Ja, das wird die Lösung sein.«
Shlomo spuckt den zerkauten Apfel aus.
»Ach, Shlomo«, schimpft Iva und sucht nach einem Tempotuch. Tupft das Ausgespuckte weg.
»Romantik und Kind.« Roy lacht, nimmt Shlomo und säubert ihm das Gesicht.
»Sollen wir in die Küche gehen?«, fragt Iva genervt.
»Ach, das bringt doch nichts. Da schmiert er auch alles voll. Ich wollte eh nachher die Betten neu beziehen.«
»Okay.«
»Stell dir mal vor, ich hätte immer bei meinem Vater gelebt, dann wäre ich heute kein Artist, oder?«
»Nein, wahrscheinlich nicht. Dann wärst du ein Historiker oder so«, sagt Iva beiläufig und wischt weiter am Bettlaken herum.
»Lass jetzt doch mal die Bettwäsche.«
»Ich habe es ja gleich.«
»Stell dir das wirklich mal vor, wenn ich immer bei Rüdiger gelebt hätte, das ganze Jahr.«
»Dann wärst du verrückt geworden, glaube ich. Und dick.«
»Ich hätte einen viel besseren Schulabschluss. Mein Vater hat doch auf ganz andere Sachen Wert gelegt als meine Mutter.«

»Schon möglich. Aber du bist eben nicht bei ihm aufgewachsen.«
»Vielleicht wäre es besser gewesen.«
»Nein, glaube ich nicht. Immer, wenn du zu lange bei Rüdiger warst, bist du ein bisschen anstrengend geworden.«
»Nur weil er manchmal übertrieben hat, mit dem Kriegsgerede.«
»Das war doch viel zu krass für dich als Kind, was er dir da alles erzählt hat.«
»Aber immerhin hat er mir was erzählt, Iva.«
»Willst du jetzt wieder damit anfangen? Meine Familie gegen deine?«
»So meine ich das nicht.«
»Wie meinst du es dann?«
»Ich meine, mein Vater hat wenigstens mit mir geredet und nicht so wie deiner alles verschwiegen.«
»Was willst du jetzt hören, Roy? Soll ich dich jetzt um Entschuldigung bitten für das, was meine Familie gemacht hat?«
»Nein, sollst du nicht.«
»Ich weiß ja nicht mal, was *genau* sie gemacht haben.«
»Und willst es auch nicht herausfinden.«
»Ich will das nicht herausfinden? Was soll ich deiner Meinung nach tun? Mit deinem Vater zusammen durch die Archive streifen? Und Worte anhäufen, Geschichten daraus machen, ohne sicher zu sein, was davon stimmt?«
»Ist das dein Ernst, Iva?«
»Keine Ahnung, was mein Ernst ist und was nicht. Ich

weiß nicht, was du hören willst, ich weiß nicht, was du von mir erwartest. Ich meine, was habe ich denn mit meinem Vater und meinem Großvater zu tun? Warum muss ich mich damit beschäftigen, die ganze Zeit?«

»Die ganze Zeit! Du beschäftigst dich gar nicht damit. Zumindest nicht vernünftig.«

»Und du weißt, wie man sich *vernünftig* damit beschäftigt? Hast du das von deinem Vater lernen können, Roy?«

»Auf jeden Fall habe ich von ihm gelernt, dass man nicht wegsehen soll, wenn einem etwas nicht gefällt.«

»Dein Vater hat sich verrannt. Der nimmt doch gar nicht mehr an der Gegenwart teil. Er lebt in einer betreuten Wohngruppe, Roy!«

»Und woran liegt das deiner Meinung nach, Frau Doktor?«

»An seinem ständigen Wühlen in der Vergangenheit. Er hat doch jedes Maß verloren.«

»Wenn man von bestimmten Familien«, Roy betont das Wort *bestimmten* ausdrücklich, »solches Leid erfährt, ist es ganz normal, dass die Vergangenheit einen nicht loslässt.«

»Wen meinst du mit *bestimmten Familien*, Roy? Meine Familie mal wieder?«

»Ja, da meine ich wohl deine Familie!«

»Und was weißt du über meine Familie, außer dieses schwammige Zeug, das Rüdiger von sich gibt?«

»Nichts, Iva.«

»Eben.«

»Dir ist doch klar, dass Rüdiger recht hat mit dem, was er über deine Familie herausgefunden hat. Er schreibt eine

Biografie über deinen Großvater und deinen Vater, den tollen Richter Bal. Du willst einfach nicht glauben, was dir nicht gefällt, Iva. Das ist das Problem. Das ist dein Problem!«

»Dein Vater ist ein Spinner, Roy!«

»Dein Vater und dein Großvater sind Verbrecher.«

»Ja, ich weiß. Und das bestreite ich auch nicht.«

»Doch, schon. Nicht immer. Aber manchmal. Erst gibst du es zu, dann wird es dir zu viel und du fängst an, deine Familie zu verteidigen.«

»Nein.«

»Iva, hör dir doch mal zu. Du relativierst alles.«

Iva schaut Roy an. Spürt, wie heiß ihr Gesicht geworden ist.

»Was soll ich denn machen?«, fragt sie leise.

Roy sagt nichts, ist aufgebracht, mustert sie.

»Hast du mit deinem Vater telefoniert, Roy?«

»Ich habe ihn besucht. Ich dachte, wenn du tagelang bei deinem Vater bist, kann ich ja auch zu meinem fahren.«

»Und Shlomo hast du mitgenommen und mir nichts davon gesagt.«

»Du wirst immer so hysterisch, wenn es um meinen Vater geht.«

Shlomo fängt an zu weinen. Roy nimmt ihn in den Arm, streichelt seinen Kopf.

»Vielleicht streiten wir uns das nächste Mal nicht vor unserem Kind«, sagt Iva sarkastisch.

»Super Idee«, antwortet Roy. »Dann musst du Shlomo einfach gar nicht mehr sehen. Der denkt ja schon, ich wäre alleinerziehend.«

»Jetzt fang nicht wieder damit an.«

Roy wiegt Shlomo hin und her. Bringt ihn ins Kinderzimmer, als er wieder zufrieden ist. Die Türen lässt er geöffnet. Iva räumt das Tablett aus dem Bett, dabei kippt eine der Kaffeetassen um. Iva flucht, läuft in die Küche und holt einen Lappen. Als sie das Schlafzimmer wieder betritt, hockt Roy auf dem Bett. Er sieht blass aus, merkt Iva erst jetzt.

»Was ist los?«, fragt Iva.

Er zuckt die Achseln, schaut sie nicht an. Iva lässt den Lappen fallen, geht zu ihm und setzt sich im Schneidersitz vor ihn hin. Ihr Gesicht hält sie nah an seines. Roys Atem hören und den Aufschlag seiner Wimpern an den Wangen spüren. Merken, wie rau seine Haut ist am Kinn. Die Haut berühren wollen, überall, aber es lassen. Weil Iva sich nicht sicher ist, ob das der richtige Zeitpunkt ist. Und deshalb lieber »Du musst dir keine Sorgen wegen deiner Arbeit machen« murmeln.

»Es geht doch nicht um die Arbeit.«

»Um was dann?«

»Nichts.«

»Nichts habe ich mir immer anders vorgestellt.«

»Ich glaube, du wirst lange in Dresden bleiben, Iva.«

»Das glaube ich auch. Ich werde meinen ganzen Urlaub nehmen.«

»Bis dein Vater tot ist.«

»Ja.«

»Wenn ich nicht arbeiten müsste, könnten Shlomo und ich mitkommen.« Roy flüstert.

»Ja, aber du musst eben arbeiten. Wie ist denn dein Vorstellungsplan am Wochenende?«

»Dieses Wochenende ist frei. Aber vielleicht ist dein Vater schon in einer Woche tot.«

»Ich werde ihn in das Haus holen.«

»Was?«

»Ja, ich werde ihn nach Hause holen lassen. Also in das Dresdenhaus. Mariola kann sich um ihn kümmern, und ich bin ja auch da.«

»Das ist eine richtig blöde Idee.«

»Sein Zustand wird sich nicht mehr verbessern. Ab jetzt ist alles nur noch eine Frage der Zeit.«

»Das Krankenhaus wird es nicht erlauben.«

»Doch, glaube ich schon. Er wird nur noch palliativ behandelt.«

Es ist still für einen Moment.

»Eigentlich ist mein Vater ja schon verschwunden.«

»Meiner auch.«

»Ja, deiner auch. Aber deiner eben anders als meiner.«

Niemand spricht. Aus dem Kinderzimmer hört man Shlomos Gebrabbel. Er versucht zu singen, rüttelt an den Gittern seines Bettchens. Wahrscheinlich steht er da und will rausgenommen werden. Iva bleibt sitzen.

»Das mit dem Buch«, beginnt Iva.

»Ach das«, sagt Roy sanft. »Rüdiger wird das Buch eh nicht fertigkriegen. Er verstrickt sich doch viel zu sehr in Details.«

»Vielleicht sollten uns unsere Väter ein bisschen mehr egal sein.«
»Das haben wir schon hundertmal probiert, oder nicht«, murrt Roy resigniert.
»Vielleicht schaffen wir es diesmal.«
»Wir können es ja versuchen.« Roy lächelt vorsichtig. Murmelt dann: »Iva?«
»Ja?«
»Du wirst in der Vergangenheit wühlen, wenn du in Dresden bist.«
»Nein, werde ich nicht. Ich werde nicht mehr machen, als zuzuschauen, wie mein Vater stirbt.«
»Dann bist du also weiterhin auf der Flucht?«
»Ich bin nicht auf der Flucht, Roy.«
»Seitdem ich dich kenne, bist du auf der Flucht, Iva.«
Roy reibt seine Nase an Ivas Wange, küsst sie, berührt sie. Iva küsst zurück. Die Arme um ihn legen und ihn so fest drücken. Nicht mehr an das Jetzt denken und auch nicht an Shlomo. Nur die Haut von Roy spüren.

2

Die Bahn fährt von Ost nach West. Das flache Land wird von Hügeln unterbrochen. Pragmatische Städte nach verlassenen Dörfern. Iva sitzt am Fenster, beobachtet den klaren, hellen Tag. Der findet hinter der Scheibe statt. Iva schaut auf ihr Smartphone. Roy hat ihr nicht geschrieben, sie ihm auch nicht. Hat es aber versucht. Wollte, dass er eine richtig romantische Nachricht bekommt. Eine, in der etwas über Liebe steht und über Vertrauen und die trotzdem nicht nach Kitsch klingt, sondern echt. Und so, dass Roy sich noch mal neu in sie verliebt. Iva kann solche Nachrichten nicht schreiben, vielleicht kann das niemand, denkt sie kurz.

Iva hat schon mal versucht, für Roy eine Nachricht zu verfassen. Einen Brief. In dem stehen sollte: Ich komme bald wieder und wir werden immer Freunde sein und ich will nicht wegziehen.

Aber das wird nichts. Vielleicht weil Iva eingequetscht zwischen Jette und Alexander auf der Rückbank sitzt. Neben dem Vater vorne sitzt die Großmutter und brabbelt. Die Mutter muss im Taxi sitzen, weil das Auto nur Platz hat für fünf. Jette und Alexander streiten, wer von den dreien am besten nicht geboren worden wäre, damit für alle Platz im Auto wäre. Als sie sich richtig anbrüllen und nicht weiterkommen, entscheiden sie: Iva.

Der Vater ist fröhlich, pfeift eine Melodie. Die klingt wie ein Marsch. Iva kann sich nicht konzentrieren auf das Schreiben. Es ist ihr einfach zu laut. Sie überlegt, das Notizbuch mit den austrennbaren Seiten zuzuklappen. Das hat ihr die Großmutter geschenkt und gesagt: »Damit deine Gedanken nicht verlorengehen.«

Schnell kritzelt Iva: »Lieber Roy, ich muss nach Dresden ziehen, weil mein Vater befördert worden ist. Wenn du im Winter wieder da bist, bin ich schon weg. Wir sehen uns bald. Iva.«

Sie reißt das Blatt aus dem Notizbuch, faltet es zusammen. Morgen nach der Schule will sie es zu Rüdiger bringen.

Iva schaut zu Jette. Die ist jetzt still. Schämt sich vielleicht, weil sie Iva ausgesucht hat beim Wer-hätte-nicht-geboren-sein-sollen-Streit. Sie schaut aus dem Fenster. Tastet mit den blauen Augen die Landschaft ab. Ihre blonden Haare sind ordentlich frisiert. Iva findet sie hübsch, auch wenn sie wütend auf Jette ist. Weil sie so ein kleines Kinn hat und so weiche Wangen. Aussieht wie die Frau auf dem Gemälde, das im Zimmer der Großmutter hing und das die Großmutter so mochte. Das von einem berühmten Maler gemalt wurde vor so vielen Jahren. Noch vor dem Krieg, glaubt Iva. Das irgendwann abgegeben werden musste, was der Vater unfair fand und die Großmutter tragisch. Wegen dem sie beide stundenlang geflucht haben. Und der Vater die Frau, die es abgeholt hat, als Diebin bezeichnet und jahrelang prozessiert hat. Iva weiß noch, wie die Großmutter den Kindern das Gemälde zeigt und sagt: »Das hat euer Großvater gefunden und für mich mitgebracht.«

»Wo kann man so ein Bild finden?«, fragt Jette.

»Früher gab es Wohnungen, in denen niemand mehr wohnte, und wenn man etwas sehr Schönes gefunden hat, konnte man es mitnehmen. Das war eine andere Zeit.«

Zum Glück sieht Jette so ähnlich aus wie das Gemälde, denkt Iva. Dann kann die Großmutter sie ansehen und sich an das Bild erinnern.

Der Vater parkt das Auto vor einem eleganten Restaurant, dreht sich zu den Kindern um, schaut Alexander stechend an.
»Hand auf«, sagt der Vater scharf und lässt zwei Ritalintabletten in Alexanders Handfläche fallen.
Alexander schluckt sie herunter.
Die Mutter steigt aus dem Taxi, hakt sich beim Vater unter. Sie schauen sich nicht an, betreten das Restaurant. Die Eltern werden überschwänglich begrüßt. Hände werden geschüttelt, die Familie zu einem schönen Tisch am Fenster geführt. Iva setzt sich. Im roten Samt des Stuhls geht sie fast unter. Der ist so weich, dass es unangenehm ist. Sie schaut aus dem Fenster. Auf die Frauen, die in leichten Sommerkleidern und mit Riemchensandalen vorbeischlendern. Die genießen den Sommerabend. Iva stellt sich vor, dass sie irgendwann auch in einem Erwachsenenköper die Straße entlangflanieren wird. Dass sie dann ganz viel lacht und mit Freunden unterwegs ist, dass sie irgendwas studiert und in einem kleinen Zimmer wohnt und sich mittags Dosen aufwärmt, wenn sie Hunger hat.
Iva will nicht an Dresden denken. Nicht an die Bilder, die ihr die Mutter vorhin von dem neuen Haus gezeigt hat. Das ist riesig. Das ist gruselig. In dem wird es niemandem gefallen. Alexander findet prächtige Häuser reaktionär und Jette hat Angst vor Geistern. Und Iva mag kleine Wohnungen. So wie die von Rüdiger und Roy.
Iva schaut zur Großmutter. Sie sitzt müde im Rollstuhl, kann ihren Kopf nicht mehr halten. Der liegt auf der Schulter. Gleich wird die Großmutter einschlafen.

Ihre Augen sind ihr schon zugefallen. Iva wartet auf ihr Schnarchen.
»Setz dich ordentlich hin«, sagt der Vater und drückt Alexander zwei Finger zwischen die Schulterblätter.
»Ich sitze ordentlich«, jault Alexander.
»Setz dich vernünftig hin, Junge. Die Leute denken doch sonst, du wärst behindert.«
»Oh, wie schrecklich«, seufzt Alexander sarkastisch. »Denn dann hätte mein Großvater mich ja umgebracht.«
Unter den Lidern beginnen die Großmutteraugäpfel sich zu bewegen. Jetzt reist die Großmutter in das Land, das es nicht mehr gibt. Mit dem Berg und den Rindern und dem Dorf.
»Hältst du deinen Mund, wenn du nur lügen willst!«, zischt der Vater harsch. Er lehnt sich zu Alexander vor, bohrt seinen Blick in die verdrehten Augen des Sohnes.
»Aber es stimmt doch.«
»Nein, es stimmt nicht. Mit Behinderten hatte dein Großvater nichts zu tun.«
»Ach so, die hat dann also jemand anders umgebracht.«
»Wenn du nicht den Mund hältst, bekommst du zwei Monate kein Taschengeld.«
»Leere Drohungen, alter Vater.« Alexander kippelt mit seinem Stuhl. Mit den Händen hält er sich an der Tischdecke fest.
»Mama gibt mir immer Geld, wenn ich welches brauche. Und sonst weiß ich ja, wo Großmutters Sparstrumpf ist.«
Leise schnarcht die Großmutter. Die Mutter versucht, sie zu wecken. Sie hat den Braten kleingeschnitten und will

ihn nun mit der Gabel in den Mund der Großmutter stopfen. Die Großmutter reagiert nicht.

»Weißt du, alter Vater«, fährt Alexander fort, »das musst du uns jetzt schon mal verraten, wo wir hier alle so nett zusammensitzen. Wenn der Großvater keine Behinderten und auch keine Juden verfolgt hat, wen dann?«

»Oppositionelle und Juden«, sagt die Mutter trocken.

Der Vater lässt die Gabel fallen. Das Bratenstück landet auf dem Boden. Jette und Iva nutzen die Gelegenheit, huschen unter den Tisch. Tun so, als würden sie das Stück suchen.

Das Bratenstück liegt nah an den Vaterfüßen. Iva streckt die Hand danach aus. Mit den Fingern berührt sie es. Jette sitzt angespannt unter dem Tisch. Vielleicht will sie unter dem Tisch bleiben, denkt Iva und taucht wieder auf.

»Ah, Oppositionelle, das ist ja nett.« Alexander spricht sehr laut. »Schön, dass ich das auch mal erfahre. Weißt du, Vater, ich glaube, meine Geschichtslehrerin weiß mehr über meinen Großvater als ich.«

»Lass deine Lehrerin aus dem Spiel. Die weiß gar nichts. Dein Großvater war nicht interessant und nicht wichtig. Der hat einfach seine Aufgaben erfüllt.«

»Oberkriegsverwaltungsrat klingt jetzt erst mal gar nicht so unwichtig.«

»Hast du, mein lieber Sohn, nicht letztens noch gesagt, dass in der Verwaltung nichts Spannendes passiert?«

»Ja, das war, als du mir einen Praktikumsplatz in der Stadtverwaltung organisieren wolltest. Das ist doch was ganz anderes. Nicht wie damals, als Menschen in Lager gebracht wurden, nur weil ein Verwaltungstyp ...«

»Bist du jetzt still, mein Sohn. Er hat niemanden ermordet.«

»Ein paar sind vielleicht schon gestorben«, murmelt die Mutter.

Iva legt das Bratenstück in die Serviette.

»Was heißt das, ein paar?«, bohrt Alexander weiter.

»Ein paar heißt ein paar.«

»Shlomo zum Bespiel«, sagt Iva auf einmal, ohne dass sie es will. Der Satz kommt einfach aus ihr herausgeplatzt. Eigentlich will Iva nicht mehr an das Schakschukaessen bei Rüdiger denken. Aber das blitzt immer wieder auf. Vor dem Einschlafen oder beim Fernsehen oder auf dem Weg zur Schule. Auf einmal ist da der Schakschukageruch und das Foto in Schwarz-Weiß. »Wer soll das sein?«, fragt der Vater.

»Das war ein Freund von Roys Opa. Roy ist mein Freund.«

»Aha.« Der Vater isst weiter. Hält erst inne, als der Teller leer ist. Dann schaut er wieder zu Alexander. Diesmal entspannter.

»Weißt du, Alexander, früher sind viele Menschen gestorben. Das stimmt, das ist schrecklich. Aber jemand, der einen Verwaltungsposten hatte, kann daran nicht schuld sein.«

»Er war Mitglied in der NSDAP.«

Die Großmutter wacht auf, versucht aufzuschauen. Findet keine Kraft, den Kopf zu heben. Ihre schmalen Lippen beben.

»Und er war in Haft«, zwängt die Großmutter aus sich heraus.
»Vierzehn Monate Haft. Automatischer Arrest. Die Briten«, fügt die Mutter hinzu.
Als das Dessert kommt, schläft die Großmutter wieder. Dunkle Schokoladenmousse und dazu Champagnerschaum. Iva nimmt den kleinen Löffel in die Hand. Mit seiner Spitze untersucht sie die Konsistenz. Die kommt ihr vor wie ein abgestorbenes Wesen, das beginnt sich zu zersetzen. Vielleicht ist der Champagnerschaum der Überrest der kleinen Meerjungfrau.
»Und wie kann so jemand dann ganz leicht Landtagsabgeordneter werden?«, fragt Alexander scharf. Er betrachtet den Nachtisch skeptisch. Der Vater isst die Süßspeise genüsslich.
»Einfach war das nicht. Das war erst 1952. Das waren sehr lange und harte Jahre. Und Alexander«, der Vater schaut seinem Sohn direkt in die Augen, »wenn dein Großvater nicht so einen bedeutenden Beruf gehabt hätte, dann wäre dein Leben jetzt nicht so komfortabel, wie es ist.«
Alexander schluckt, greift nach dem Löffel, stochert im Dessert herum.

Iva streicht über das Smartphone. Sie findet es viel zu glatt. Sie mag die Buchstaben nicht, die angezeigt werden und auf die sie nur den Zeigefinger legen muss. Vielleicht kann sie Roy deshalb nicht schreiben. Die Buchstaben sind nicht echt genug. Sie sehnt sich nach wirklichen Berührungen, schaut in die Landschaft. Die feinen Anhöhen lösen sich hinten im Hellblau auf. Mit jeder Hügelkette wird die Intensität geringer. Sie verschwimmen mit dem Himmel. Das kristallklare Winterblau reicht bis an die Zugfensterscheibe. Der ICE rast durch es hindurch. Gerne würde Iva es berühren, wissen, wie kalt es ist. Aber das glatte Glas trennt sie davon. Sie will Roy immer noch einen Brief schreiben. Aber sie hat weder Papier noch Worte für ihn. Was könnte sie ihm sagen? Dass sie den Streit schöner fand als den Sex? Dass ihr der Streit ehrlicher vorgekommen war als die Berührungen? Er würde das sicher verstehen, aber es würde nichts ändern. Außer dass er traurig wäre.

Iva lehnt ihren Kopf an die Scheibe. Das kurze Haar hinterlässt einen Abdruck daran. Sie zieht ihre Tasche auf die Knie, durchwühlt sie. Sie glaubt, vielleicht doch irgendwo ein Stück Papier zu haben. Aber auch wenn sie eines hätte, den Brief würde sie nicht abgeben. Briefe für Roy hat sie am Ende nie abgeschickt.

Nach der Schule steigt Iva allein in die Schwebebahn. Sie will nicht nach Hause fahren. In ihrer Schultasche liegt der Brief an Roy. Am Abend hat sie ihn noch einmal ordentlich abgeschrieben und Blumen in die Ecken gemalt.

Die Schwebebahn ist voller Kinder. Alle wollen nach Hause. Iva findet es zu laut. Hält sich die Ohren zu, kauert sich zusammen auf ihrem Platz. Hält durch bis zur Endhaltestelle. Iva steigt aus. Hochhäuser stehen nah beieinander. Graffiti an den Hauswänden. Jugendliche sitzen rauchend auf einem Grünstreifen. Halten ihre Bauchnabel in die Sonne.

Vor dem Hochhaus, in dem Rüdiger wohnt, hält Iva kurz inne. Eigentlich würde es reichen, wenn sie den Brief nur kurz einwirft. Aber dann hätte sie sich nur von Roy verabschiedet und nicht von Rüdiger. Iva klingelt. Ein Knacken aus der Fernsprechanlage, eine Fahrt im Aufzug mit klebrigem Boden, ein unsicheres Laufen durch den kahlen Flur. Dann sieht Iva Rüdiger. Der lehnt in der Tür. Trägt diesmal keinen Anzug, sondern eine Jogginghose und ein weißes T-Shirt. Aus der Wohnung dringen Jazzmusik und Zigarettenqualm. Iva tastet ihre Tasche nach dem Asthmaspray ab.

»Na, kleine Iva«, sagt Rüdiger. Er lallt ein wenig. Sie ist unsicher, geht trotzdem auf ihn zu, streckt ihm die Hand entgegen.

»Guten Tag, Rüdiger«, versucht sie, deutlich zu sagen. Aber da kommt nur ein Fiepen.

»Was führt dich zu mir, komm herein, komm herein.« Rüdiger wirkt außergewöhnlich vergnügt. Seine Haare stehen in alle Richtungen ab, auf dem T-Shirt sind Kaffeespritzer.

»Entschuldige die Unordnung, kleine Iva«, murmelt Rüdiger, nachdem Iva eingetreten ist. Sie gehen in die Küche. Der Aschenbecher auf dem Tisch qualmt. Daneben eine Glasflasche, in der schwimmt ein zähes Getränk. Es ist heiß. Die Luft stickig. Neben der Flasche liegen ausgeschnittene Buchstaben, alte Akten, Notizbücher und ein Füller. Aus dem tropft Tinte.

»Willst du dich setzen, kann ich dir was anbieten?«, fragt Rüdiger.
»Nein, danke. Ich wollte nur ... ich wollte mich nur verabschieden.«
Iva lässt ihren Blick durch die Küche schweifen. Die Zeichnung von Rüdigers Vater ist verschwunden. Dafür hängt dort ein neues Foto von Roy. Er jongliert.
Durch den Nikotinnebel kann Iva das Foto nicht genauer betrachten.
»Verabschieden?«, wiederholt Rüdiger.
»Ja, ich ziehe bald um. Und wenn Roy im Winter wiederkommt, bin ich nicht mehr da.«
»Das ist aber wirklich schade, Iva-Kind.«
Rüdiger hält sich am Spülbecken fest. Wankt trotzdem. Aus seinem Mund kommen Alkoholschwaden. Iva versucht, sie nicht einzuatmen.
»Warum ziehst du denn um? Haben deine Eltern sich getrennt?«
»Nein, mein Vater wird Richter in Dresden.«
Rüdiger lacht auf. Schief, gequält, aus den dunklen Stellen seines Körpers. Er krümmt sich vor Lachen, spuckt feine Tröpfchen in den Raum. Iva hat Angst, dass er erstickt. Gleich tot umfällt. Dann wäre sie daran schuld. Iva steht wie angewurzelt da.
Rüdiger tastet sich an den Tisch heran, füllt ein Wasserglas mit dem Getränk. Das ist weiß und klar. Eiskristalle schwimmen darin. Rüdiger leert das Glas mit einem Zug.
»Ich habe auch noch einen Brief für Roy«, sagt Iva vorsichtig.

»Sag mal, Iva«, prustet Rüdiger wieder los, »wie zerbricht man eigentlich nicht an dieser Wirklichkeit?«
»Kann ich den Brief einfach hier auf den Tisch legen?«, stottert Iva. Sie steht an der Wand.
»Nein, da liegen wichtige Dokumente drauf! Schau mal, Iva, ich zeige sie dir.«
Bevor Iva eine Ausrede findet, hat Rüdiger schon ihren Arm gegriffen und sie vor eine der Akten gezerrt. Als sie nah an Rüdiger steht, wird ihr schummrig. Rüdiger öffnet eine der Akten, zeigt auf ein Foto. Ausgemergelte Menschen stehen in einer Reihe. Neben ihnen ein Haufen aus dürren Körpern. Das Foto ist in einer Kneipe aufgenommen. Die Wände holzvertäfelt. Kleine Tische stehen in den Ecken. Uniformierte Männer sitzen herum. Rauchen. Schauen auf den Körperhaufen. Einer hält einen kleinen Jungen auf dem Schoß.
»Sieh mal, Iva-Kind. Der da«, Rüdiger deutet auf einen der Männer, »das ist dein Großvater. Und der Junge, das ist dein Vater.«
Mit der Hand drückt Rüdiger Ivas Kopf näher an die Fotografie. Es verschwimmt vor ihren Augen.
»Und das ist mein Vater.« Rüdiger legt seine Hände um Ivas Kopf und dreht ihn ein Stück nach links. Deutet auf einen Mann in der Reihe. Iva versucht, ihre Augen scharfzustellen. Aber das geht nicht. Alles bleibt verschwommen. Rüdigers Finger drücken sich in Ivas Haut. Sein Atem weht an ihrem Ohr vorbei. Sein Haar fällt in ihren Nacken. Iva steht nah am Tisch, kann sich nicht bewegen. Das Holz drückt in ihren Brustkorb.

»Lass mich los, Rüdiger«, haucht Iva. Ihr ist schwindelig. Rüdiger lässt sie los, sie taumelt ein Stück nach hinten. Er schaut sie erschrocken an, betrachtet dann seine Hand.
»Das tut mir leid, Iva. Hab ich dir wehgetan? Ich hoffe, ich habe dir nicht wehgetan. Iva, es tut mir so leid, so leid. Brauchst du irgendwas? Willst du was trinken? Irgendwo habe ich bestimmt Schokolade. Ich muss nur schnell suchen. Es tut mir so leid. Das kommt nie wieder vor.«
Er lässt sich auf einen Stuhl fallen, vergräbt sein Gesicht in den Händen. Iva betrachtet ihn aus sicherer Entfernung. Sein Körper sieht schwach aus. Sie kann sich nicht vorstellen, dass er sie gerade so festgehalten hat. Ivas Atem raschelt. In ihrer Lunge tut es weh, das Herz rast.
An der Wand drückt sie sich zur Küchentür entlang. Bevor sie in den Flur biegt, schaut sie noch einmal zu Rüdiger. Er bemerkt sie nicht. Vorsichtig öffnet sie die Wohnungstür, schleicht raus. Dann rennt sie. Den Flur entlang, vorbei am Fahrstuhl, die Treppen runter, bis nach draußen und zur Schwebebahnstation. Da bleibt sie stehen. Es sind noch vier Minuten bis zur nächsten Bahn, das kommt ihr ewig vor. Iva trippelt auf der Stelle. Bis endlich die Bahn kommt und sie hineinspringen kann und sie weggebracht wird. Von diesem Ort.

3

Als der Zug in den Bahnhof einfährt, ist es schon dunkel. Die Bahnhofshalle ist weihnachtlich geschmückt. Frisierte Plastiktannen schmollen in den Ecken, LED-Kerzen leuchten von der hohen Decke herab. Zwischen den Reisenden bahnt Iva sich den Weg. Kakaogeruch mischt sich mit Stressschweiß. Der Weihnachtsmann, der mitten in der Bahnhofshalle steht, singt schiefe Lieder. Dazu begleitet er sich mit einem Akkordeon. Der rote Stoff seines Kostüms ist abgetragen, der weiße Kragen notdürftig angenäht. Ohne Socken stehen seine Füße in den Stiefeln. Iva schaut weg.

Auf dem Bahnhofsboden quietschen Ivas Gummisohlen. Tosende Stimmlosigkeit erfüllt den Raum. Den großen Koffer, den Iva dabeihat, schiebt sie auf vier Rollen neben sich. Sie beobachtet die Eltern, die die Reißverschlüsse der Kindermäntel schließen, und denkt an Shlomo. Dieses Jahr will Roy das erste Mal mit ihm für Weihnachten basteln. Dafür hat er schon Papier und Fingerfarbe gekauft. Wenn Iva wieder zu Hause ist, werden die Fenster voll schriller Sterne hängen.

Iva bleibt stehen, sucht die Menge nach Ismene ab. In ihrem Pelz müsste sie aus der Steppjackenmasse herausstechen. Sie findet keine zusammengenähten Nerzfelle. Dann steht Ismene auf einmal vor ihr. Sie trägt einen gelben Anorak. Die Haare hat sie rotgefärbt. Die Füße stecken in High Heels, die nicht wirklich zur Jahreszeit passen. An den Ohrläppchen baumeln große Ohrringe.

»Na, erkennst du mich nicht mehr?«, fragt sie und fällt Iva um den Hals.
»Nein, ich habe nicht damit gerechnet, dass du auf einmal so aussiehst«, stammelt Iva. Sie will nicht, dass Ismene merkt, wie sehr Iva sich auf die braunen Haare gefreut hat.
»Du bist enttäuscht, was?« Ismene schaut Iva verschmitzt an.
»Ich wundere mich nur.«
»Ich wundere mich auch, Iva. Du siehst so fit aus, heute Abend. Hattest du eine gute Zeit zu Hause?«
»Ja, es war richtig schön.«
»Es kommt mir vor, als hätten wir uns Ewigkeiten nicht mehr gesehen.« Ismene hakt sich bei Iva unter und schiebt sie zum Bahnhofsausgang.
»Wir nehmen ein Taxi, oder nicht?«, fragt Ismene.
Iva nickt, denn sie hat keine Lust, mit der Straßenbahn bis auf den Berg zu fahren. Ismene nimmt Iva den Koffer ab, zieht ihn zum Taxistand.
Das Taxi fährt los. Iva und Ismene verschränken die Hände. Kreuzen die Finger. Das sieht aus, als würden sie beten. Sie wissen nur nicht, für was. Sie schauen aus dem Fenster.
»Wie ist es zu deiner neuen Frisur gekommen?«, fragt Iva.
»Vorgestern bin ich für eine Freundin bei einem Konzert eingesprungen. Ich habe gesungen bei so einer Bonzenveranstaltung im Autohaus. Und danach hatte ich etwas Geld.«
»Das hast du gleich in eine neue Haarfarbe investiert?«

»Ja. Das Zeug kann man rauswaschen, war also nicht teuer. Weißt du, früher sah ich mal so aus wie jetzt.«

»Wie alt warst du da? Sechzehn?«

»Nein, siebzehn. Ich wollte mich erinnern, wer ich damals war.«

Iva nickt schweigend. Das Taxi quält sich den Berg empor. Niemand ist auf dem Bürgersteig unterwegs. Villengegenden sind immer tot, stellt Iva fest.

Als das Taxi hält, bezahlt Ismene. Sie gibt großzügiges Trinkgeld, lächelt den Fahrer an, der sich nickend bedankt.

Dann stehen die beiden auf dem holprigen Gehweg, schauen dem Auto hinterher. Ismene schiebt Ivas Koffer, schließt das Gartentor auf. Als wäre Iva Ismenes Gast.

Die beiden Köcherbäume stehen starr neben der Eingangstür. Ihre knochigen Äste gehen im Abendnebel unter, verlieren sich in der Dezemberschwärze.

Am Küchenfenster hängt ein ausgeschnittener Stern. Er sieht ein bisschen lustig aus, weil er so unordentlich gebastelt wurde.

»Hab ich gemacht!«, sagt Ismene stolz und deutet auf den Stern. »Ich hole gerade meine Kindheit nach«, fügt sie erklärend hinzu.

»Hast du als Kind keine Sterne gebastelt?«

»Nein, ich habe nur Klavier gespielt.«

»Sonst nichts?«

»In der Schule war ich noch, aber wenn ich nach Hause kam, musste ich üben. Meine Eltern hatten da so einen Knacks. Haben ihr ganzes Geld für meinen Unterricht

ausgegeben. Sterneausschneiden wäre für sie Zeitverschwendung gewesen.«
»Aber in der Schule hast du bestimmt mal einen Stern ausgeschnitten.«
»Kann sein. An die Schule erinnere ich mich kaum. Da war ich immer müde, vom Üben. Ich war auch grottenschlecht.«
Ismene schließt die Tür auf. Das ganze Haus ist dunkel.
»Ist Mariola nicht da?«, fragt Iva, als sie das Licht anschaltet.
»Die ist nach Polen zu ihrer Tochter gefahren. Sie kommt morgen wieder.«
Den Koffer stellt Ismene an den Fuß der Treppe. Die Eingangshalle hat sich verändert. Die toten Tiere sind mit bunten Stoffen verhängt worden. Eine Regenbogenfahne über dem Wiesel, ein indisches Tuch über dem Hirschkopf. Iva ist sich nicht sicher, ob die Tiere so noch gruseliger aussehen. An den großen Spiegel hat Ismene Postkarten mit schrillen Sprüchen geklebt.
»Wenn dich das stört, kann ich das hier alles wieder aufräumen«, sagt Ismene und ist auf einmal schüchtern.
»Ich finde es super!«
»Was machen wir mit dem angebrochenen Abend?«
»Sterne basteln?«, grinst Iva.
»Das kannst du doch bestimmt gar nicht. Als Karrierefrau macht man das nicht.«
»Ich bin keine Karrierefrau, ich bin einfach nur berufstätig.«
»Oh, na das«, spielt Ismene überdreht, »ist ja was ganz

anderes. Dann kannst du sicherlich Sterne basteln. Hast du das mit deiner Mutter gemacht?«
»Nein, mit meiner Großmutter. Meine Geschwister und ich mussten jeder fünf Sterne basteln und nur die schönsten wurden aufgehängt.«
»Also deine.«
»Nein, die von meiner Schwester. Meine nur ganz selten. Und mein Bruder musste zusätzliche Strafsterne basteln, weil er uns geärgert hat.«
Iva muss lachen, denkt an die Fratzen, die Alexander einmal auf Jettes Sterne geschmiert hat.
Ismene lacht mit.
»Weißt du, was ich mir überlegt habe? Wir könnten doch einen lustigen bunten Teppich für die Halle organisieren.« Ismene setzt sich im Schneidersitz auf den Boden. Die Steine sind eisig. Sogar im Sommer strahlen sie Kälte ab.
»Wir brauchen noch ein paar Matten und dann könnten hier morgens Yoga machen«, fährt Ismene fort.
»Und dann wird das hier ein Selbstfindungszentrum?«, entgegnet Iva ironisch.
»Genau so machen wir das!«
Ismene springt auf und misst mit ihren Schritten den Raum aus.
»Oben lassen wir Tanzboden verlegen und ich gebe Kurse in Ausdruckstanz.«
»Kannst du das denn?«
»Klar.« Ismene beginnt, sich albern in alle Richtungen zu biegen. Sie rollt die Wirbel nach hinten ab, baut eine

Brücke, bricht schnell zusammen. In komplizieren Bewegungsmustern windet sie sich auf dem kalten Stein. Taumelnd kommt sie auf den Fußspitzen zum Stehen. Sie wankt nur leicht.
»Alles klar, du bist als Kursleiterin gebucht«, grinst Iva.
»Dein Mann kann Akrobatikkurse geben«, schwelgt Ismene, tänzelt durch den Raum.
Iva hat noch nie in der Eingangshalle getanzt. Das war verboten. Und alle außer Alexander halten sich dran. Nur einmal bittet die Großmutter Iva, sie im Kreis durch die Halle zu fahren. Mit dem Rollstuhl, ganz vorsichtig, fast als wäre das ein Tanz. Ein vorsichtiger. Iva umklammert die Rollstuhlgriffe, setzt behutsam einen Schritt vor den anderen, achtet darauf, wie es der Großmutter geht. Als Iva sieht, dass sie lächelt, wird sie schneller und schneller, macht die Kreise größer, rennt. So schnell, dass fast die Haare fliegen und Iva die Großmutter lachen hört. Oder nicht? So wie die Großmutter vorsichtig lacht, als sie im Sonntagskleid auf der Veranda kleine Pirouetten dreht. Sie muss leise lachen, denn es ist Sonntag. Und sie muss unauffällig tanzen. Das darf man nicht am Feiertag. Die Füße in den weißen Socken zieht sie über das Holz. Im Köcherbaum turnt der Affe Albert. Der darf immer klettern, egal ob Feiertag ist oder nicht. Die Großmutter summt leise eine Walzermelodie, übt ein bisschen für die Hochzeit der Tante. Eine Tante, die sie noch nicht kennt. Die aus Berlin nach Südwest kommt. Auf die alle warten. Auch der Bräutigam, den sie noch nicht getroffen hat. Dem gehört der kleine Laden im Dorf. Vor dem gruselt

sich die Großmutter, weil er so seltsam wird, wenn er Mädchen sieht. Er schwitzt immer unter den Armen und hat nasse Lippen, die werden noch nasser, wenn die Großmutter mit ihm spricht. Und manchmal sieht sie ihn abends an den Feldern, wie er die Hereromädchen anguckt und dabei seine Hand an der Hose hat. Die Urgroßmutter sagt, dass es Zeit ist, dass er heiratet. Und die Großmutter kann nur hoffen, dass die Tante aus Berlin gerne nasse Lippen mag. Sie ist so gespannt, wie die Tante aussieht, was sie anhat, wie ihr Deutsch klingt. Das ist bestimmt ganz anders als das von denen im Dorf, die schon immer in Südwest leben. Über die Tante wird im Dorf geredet. Dass sie heimlich Bücher schreibt unter einem männlichen Namen. Die Großmutter dreht sich schnell, sodass ihre Haare fliegen, sodass sie kurz denkt: Ich schreibe auch mal Bücher. Dann hält sie inne, es ist Feiertag. Hofft, niemand hat den Gedanken gehört. Es riecht nach Braten. Den bereitet die Hererofrau Sara im Haus vor. Nicht mehr lange bis zum Essen, denkt die Großmutter. In der Kirche zu hocken hat sie hungrig gemacht. Wie gerne würde sie nach dem Essen auf die Felder gehen, rennen, ein bisschen tanzen, ganz wild die Arme nach oben werfen, barfuß sein. So wie Albert hoch in die Bäume steigen und von oben auf das Gras schauen. Das flimmert so schön in der Nachmittagssonne. Heute darf niemand auf das Feld. Nicht weil Sonntag ist, sondern weil es Schüsse gab im Dorf. Gestern Nacht.

Die Urgroßmutter hat dazu nur gesagt: »Die Herero werden immer frecher.« Und die Tür verriegelt mit einem Balken, und dann hat sie Sara ins Gesicht geschlagen, weil sie ein paar Krümel neben dem Tisch übersehen hat.

Ismene wirbelt durch den Raum. Ihre Arme ausgebreitet, ihre Hände windet sie hin und her. Iva geht auf Ismene zu, legt ihre Hände um Ismenes Bauch. Fühlt sich sicher. Dann schwankt sie mit. Durch die Eingangshalle. Die ist so bunt mit den Tüchern, die ist so warm mit Ismene.

4

Er liegt da, weder tot noch lebendig. Einfach in seiner Haut. Fleisch und Knochen sind darunter verborgen. Zeichnen sich ab, unter der Pelle. Der Vater ist farblos. Eigentlich müsste man als Farbloser tot sein, findet Iva. Von den Maschinen werden die Organe zum Arbeiten gezwungen. Das Herz will eigentlich gar nichts mehr machen. Zeichnet nur schwache Kurven auf den Monitor. Das Gehirn lebt zwar, aber die meisten Funktionen hat es aufgegeben. So kann der Vater Jahre liegenbleiben. Es wird keinen Anlass geben, der macht, dass er stirbt. Und nichts wird passieren, was ihn wieder lebendiger macht. Iva versteht dieses Halbtote nicht. Einen Ganztoten kann man viel besser verstehen. Einen Ganztoten kann man obduzieren und nach seinen Geschichten suchen. Das Gewebe entnehmen und unters Mikroskop halten. Und dann versuchen, zu erkennen, wer der Ganztote war. Ob

der Vater auch Geschichten hat, die sich zwischen den Organen abgelagert haben? Zwischen Milz und Leber vielleicht? Was würde Iva machen, wenn sie eine Geschichte finden würde? Einen befreundeten Chirurgen fragen, ob er sie ihr herausschneidet und ihr in einer Transplantationsbox mitgibt. Und dann? Würde Iva sie einfrieren. Die Box im Keller in der großen Tiefkühltruhe verstauen und auf den richtigen Zeitpunkt warten, sie aufzutauen. Iva spürt, wie das Laub in ihrer Lunge herumwirbelt. Schon seit ein paar Tagen. Im Zug musste sie ständig husten. Sie blinzelt den Gedanken weg. Schaut lieber zum Vater. Seine geschlossenen Augen sind verklebt. Iva nimmt einen nassen Lappen. Sacht wischt sie damit seine Augen sauber. So könnte er sie öffnen, wenn er wollte. Die Feuchtigkeit bleibt auf dem Vatergesicht zurück. Schnell nimmt Iva noch ein Tuch, tupft ihn trocken.
Streicht über die faltige Stirn, die massive Nase, mitten im Gesicht. Bevor sie geht, lehnt sie sich an die Wange des Vaters. Hält es nicht lange aus, an der alten Haut.
Iva entfernt sich vom Bett, zieht Mundschutz und Handschuhe aus.

5

Ismene wartet in der Kantine. Sie sitzt vor einer Tasse dampfendem Kamillentee, unterhält sich locker mit dem Mann am Nebentisch. Iva weiß, dass sie nur an manchen

Tagen Männer hasst und an anderen Männer liebt. Ihre roten Haare wirken im erbarmungslosen Licht matt, die großen Ohrringe wie von einer Jugendlichen. Man könnte Ismene wirklich für eine Siebzehnjährige halten. Einen Moment bleibt Iva im Eingang der Kantine stehen. Sie betrachtet die gelbe Wandfarbe, die künstlichen Tulpen. Die machen den Raum noch trauriger. Ismene lacht charmant auf. Schaut den Mann intensiv an. An der Hand des Mannes strahlt matt ein Ehering. Ismene schiebt dem Mann ihre Visitenkarte entgegen, er nimmt sie lächelnd an und verstaut sie betont lässig in seiner Brusttasche. Als Iva an den Tisch tritt, hört sie Ismene noch »Aber nicht verlieren« sagen.

»Wie könnte ich«, antwortet der Mann und zieht sich hinter seiner Kaffeetasse zurück.

»Wir können gehen«, sagt Iva sachlich. Ismene kippt den Kamillentee schnell herunter, verbrennt sich wahrscheinlich das ganze Zahnfleisch. Sie zuckt kurz mit der Augenbraue, steht auf. Noch einmal zwinkert sie dem Mann zu, wirft sich den Mantel über und folgt Iva.

6

In dunkler Soße liegen drei kleine Röllchen. Sie sind mit schwarzen Algen umwickelt, glänzen ölig. Mit den Stäbchen nimmt Iva eins hoch, führt es an den Mund. Es tut gut, etwas zu essen. Der pappige Reis quillt in ihrem Mund

auf, der Geschmack des eingelegten Gemüses wird intensiver. Sie liebt es, so viel zu schmecken. Meistens isst Iva in Eile, kaut belegte Brötchen und schüttet Cappuccino hinterher. Nur wenn Roy kocht, kann sie entspannen und mit Genuss essen. Das macht er nur manchmal. An langen Wochenenden. Die Zeit ist sonst immer zu knapp. Manchmal bestellen Roy und Iva Pizza. Nach Roys Vorstellungen und Ivas Dienst sitzen sie auf dem Sofa. Beide in Gemütlichkeitskleidung, mit dicken Wollsocken, flauschigen Hoodies und Leggins. Pizzavertilgen beim Serienschauen, sich die fettigen Finger gegenseitig ablecken.
Sushi essen zu gehen war Ismenes Idee. Sie sitzt Iva gegenüber und kaut an einem Reisröllchen. Zufrieden schaut sie zu Iva. Beide haben an diesem Tag zu wenig gegessen, merken sie erst jetzt.
In dem großen japanischen Restaurant stehen die Tische in weitem Abstand zueinander. Obwohl es sehr voll ist, ist es leise. Die schwarz-weiß gemusterten Wände nehmen die Geräusche auf und behalten sie für sich. Das Muster besteht aus gezeichneten japanischen Frauen mit Sonnenschirmen. Von der Decke baumeln große Papierlampen. Die werfen Schatten. Iva findet sie mystisch.
Ismene schluckt sinnlich. Iva fragt sich, ob Ismene das überhaupt kann. Das Nichtschönsein.
Ob das schon immer so war?
»Guck mal zu dem Mann«, sagt Ismene. Sie nickt zu einem einsamen Anzugträger herüber. Sein Übergewicht reicht bis auf die Knie, die Gabel führt er hastig zum Mund, die Augen sind angestrengt zusammengekniffen.

»Der ist einsam«, fährt sie fort, »oder nicht?«
»Oder er ist einfach nur im Stress«, entgegnet Iva. »Wenn ich Stress habe, esse ich genauso.«
»Ich dachte, du isst dann gar nichts, so dürr, wie du bist.«
»Manchmal esse ich auch gar nichts«, gibt Iva zu.
»Was meinst du, wer er ist?«
»Keine Ahnung.«
»Lass uns was für ihn ausdenken, Iva.« Ismene trommelt begeistert auf den Tisch. Ihre Augen leuchten hell, sprühen fast Funken.
»Wer könnte er sein?«, fährt sie fort.
»Ein vielbeschäftigter Mann in einer durchschnittlichen Position. Er arbeitet bei einer Bank in der Kundenberatung oder so.«
»Er ist geschieden«, sagt Ismene knapp.
Sie nimmt eine weitere Sushirolle in den Mund. Kaut langsam.
»Glaub ich nicht.«
»Dann ist er Witwer.«
»Wie tragisch.«
»Ich finde, er hat was Tragisches an sich.«
»Kann schon sein. Auf jeden Fall ist er heute Abend nicht glücklich.«
Ismene zieht zustimmend die Schultern hoch.
»Was meinst du, wäre er lieber?«
»Was für ein Mensch?«
»Ja, genau. Welcher Vision von sich läuft er hinterher?«
»Er wäre gerne verheiratet und hätte Kinder. Ich glaube, er ist traurig, dass er keine Kinder hat.«

»Mit seiner Frau wollte er welche adoptieren, aber dann ist sie gestorben.«
»Jetzt wird es zu dramatisch, Ismene.«
»Na gut. Was meinst du, warum isst er allein?«
»Nach Feierabend braucht er Ruhe. Es strengt ihn an, den ganzen Tag mit Menschen zu reden. Abends will er für sich sein.«
»Und trotzdem fühlt er sich einsam.«
»Du immer mit deiner Einsamkeit. Das Alleinsein kann man doch auch genießen.«
»Ja, kann man. Er aber nicht.«
»Dann setz dich doch rüber und leiste ihm Gesellschaft.« Ismene grinst verschmitzt.
»Und wer sind die?«, fragt sie und deutet auf zwei ältere Damen in schicken Kostümen.
»Das sind beste Freundinnen.«
»Glaubst du?«
»Ja, sie kennen sich noch aus der Kindheit und wohnen jetzt in anderen Städten. Einmal im Jahr treffen sie sich.«
»Und dann treffen sie sich hier?«
»Warum nicht?«
»Du meinst, das sind zwei Hochkulturfrauen? Theaterabo, mehrere Tageszeitungen, Museumskennerinnen, religiöse Erziehung?«
»Ja, genau das meine ich.«
»Na gut, dann passt das. Ich hätte eher gedacht, dass sie zusammenarbeiten. Aber machen wir mit deiner Version weiter. Haben sie Kinder?«
»Die eine hat zwei, die andere drei.«

»Alle schon erwachsen?«

»Genau. Erwachsen und erfolgreich. Einige schon verheiratet und schwanger, die anderen mit der Arbeit und dem Ausleben beschäftigt.«

»Nett«, sagt Ismene verächtlich.

»Ich finde schon.«

»Du redest dir ein, dass du das schön findest.«

Ismene lässt den Blick schweifen, als ein Paar das Restaurant betritt. Die Frau hat kurze blondierte Haare, viele Falten. Die Lippen sind rosa geschminkt. Sie hat sich eingehakt bei dem Mann. Der sieht stabil aus. Deutet mit dem Finger auf einen Tisch in der Ecke. Die Frau nickt. Iva spürt, wie das Laub in ihren Lungenflügeln zu flattern beginnt. So wild, dass die Atemwege fast verstopfen.

»Und die«, beginnt Ismene, mit dem Blick den beiden folgend, »sind ein glückliches Ehepaar, das schon seit hundert Jahren verheiratet ist. Er ist Chirurg und sie hat lange als Stewardess gearbeitet. Dann ist ihr das Fliegen zu nervig geworden. Deshalb hat sie aufgehört. Jetzt malt sie nur noch Aquarellbilder und verkauft sie an Altenheime.«

Iva kann nicht zuhören. Durchsucht die Handtasche nach dem Asthmaspray. Findet es und benutzt es sofort. Sie hält es in der Hand, umklammert es mit den Fingern. Atmet ruhiger.

Die Frau und der Mann setzen sich, greifen nach der Karte. Ismene beobachtet sie, spinnt ihre Geschichte weiter.

»Er wollte immer Kinder. Doch ihr war das zu viel Verantwortung. Sie ist nicht der Typ, der sich um andere küm-

mert. Sie hatte echt viele Krisen im Leben. Siehst du ihre Falten, Iva? Was meinst du, wo die herkommen? Bestimmt hatte sie eine schlimme Kindheit oder so.«
Iva schweigt, konzentriert sich auf die Lunge. In der wird es nicht ruhiger. Da raschelt es. Kann Ismene das nicht hören?
»Fällt dir zu den beiden nichts ein?«, wundert Ismene sich. Entspannt lehnt sie in dem Stuhl, streichelt ihren Bauch.
»Nein«, sagt Iva knapp.
»Warum nicht?«
»Das ist meine Mutter.«
»Deine Mutter?« Intensiv blickt Ismene zu der blonden Frau.
»Ja.«
»Du hast noch gar nichts von ihr erzählt. Ich dachte, sie wäre tot oder so.«
»Nein, ist sie anscheinend nicht.«
»Und der Mann?«
»Ist ihr neuer Freund. Oder vielleicht auch ihr Ehemann. Das weiß ich nicht so genau. Er war früher ein Kollege meines Vaters.«
»Oh Mann«, murmelt Ismene. »Ihr seid eine richtig komische Familie.«
Iva nickt matt, nimmt einen Schluck aus ihrem Teeglas. Die Bitterstoffe des Grüntees breiten sich auf ihrer Zunge aus. Er hat viel zu lange gezogen.
»Deine Mutter sieht dir gar nicht ähnlich«, stellt Ismene fest.

»Ich komme mehr nach meinem Vater. Äußerlich zumindest.«
»Willst du deiner Mutter nicht Hallo sagen gehen?«
»Wenn sie mir Hallo sagen will, kann sie ja rüberkommen.«
»Die hat dich doch noch gar nicht gesehen, Iva.«
»Na, dann sagen wir uns halt nicht Hallo.«
»Wie lange habt ihr euch nicht mehr gesehen?«
»Weiß ich nicht genau.«
»Soll ich deine Mutter auf dich aufmerksam machen?«
»Wie soll das gehen?«
»Kann ich dir zeigen, wenn du willst.«
»Besser nicht, Ismene.«
»Na gut.« Ismene zieht ihre Knie hoch. Sie ragen über die Tischplatte. Die Füße stellt sie an die Kante des Stuhls. Sie holt ihren Tabak heraus, dreht eine Zigarette.
»Ich dreh dir eine mit, okay?«
Iva nickt. Schaut zu der Frau. Auf ihre dünnen Haare. Iva kann fast die Kopfhaut sehen.
Und denkt daran, wie die Mutter über ihre Haare schimpft. Immer, bevor sie mit dem Vater zu irgendwelchen Veranstaltungen geht. Sie steht in der Eingangshalle vor dem großen Spiegel, wühlt mit den Fingern auf dem Kopf herum. Versucht alles, damit das Haar voller aussieht. Alexander ist oben in seinem Zimmer. Schmiedet Fluchtpläne, von denen noch niemand etwas weiß. Iva lauert in der Küche darauf, dass die Eltern endlich gehen. Sie hat einen Frosch gefunden, den will sie sezieren. Der liegt in einer Butterbrotdose im Kühlschrank. Hoffentlich ist

er noch nicht verschimmelt von innen, denkt Iva. In der Schublade sucht sie nach scharfen Messern.

»Iva?« Die Mutter betritt die Küche. Trägt ihr braunes Kostüm, in dem sie so alt aussieht. Mit dem Blick durchbohrt sie Iva. Die fühlt sich starr auf einmal.

»Ja?«

»Du bist heute Abend besonders brav, nicht wahr?«

»Ja.«

»Und du passt auf, dass Alexander Jette nicht ärgert?«

»Ja.«

»Ich verlasse mich auf dich, mein Kind.«

Iva, die erwartet, dass die Mutter geht. Die aber stehenbleibt im Türrahmen. Iva weiter anstarrt. Dann zu ihr kommt. Ganz nah. Iva kann ihren Atem riechen. Spüren, wie sie die Hand hebt. Damit über Ivas Wange fährt. Das ist kalt, denkt Iva. Wie das Messer, mit dem sie die Brust aufschneiden will, vom Frosch. Dann noch die Lippen, die die Mutter auf Ivas Stirn setzt. Und Iva, die zurückweichen will, aber nicht kann. Arme, die sich um sie legen und an sich drücken. Der Atem der Mutter an ihrem Ohr. Und Rippenbögen, die sich gegeneinanderlehnen. Und der Moment, der viel zu lange dauert.

»Du bist brav, hast du gesagt«, sagt die Mutter und lässt los. Iva nickt.

Der Frosch liegt offen da. Einer seiner Schenkel befindet sich neben dem Körper. Iva hat ihn abgetrennt. Aus Versehen. An Ivas Finger ist Froschblut. Sie findet es glitschig. Wie alles an dem Frosch. Iva bohrt mit der Gabelspitze

das Herz aus dem Frosch. Es ist dunkelbraun. Sie hält es sich nah vor die Augen. Bis es verschwimmt.
Dann zuckt sie zusammen, die Tür wird aufgerissen. Vielleicht ist es Alexander, der sich durch die Nacht getrieben hat, denkt Iva. Das Herz springt von der Gabel. Absätze schlagen auf den Steinboden. Die Mutter torkelt durch die Halle. Iva steht am Türrahmen, starrt sie an. Die Mutter scheint sie nicht zu bemerken. Bleibt vor dem Spiegel stehen, starrt sich an. Die verwirbelten Haare, die Wimperntusche, die über ihr Gesicht strömt, der verwischte Lippenstift.
»Mama?« Iva haucht. Sie umklammert die Gabel.
Die Mutter schaut zu Iva.
»Iva, warum schläfst du nicht? Was machst du hier?«
»Ich ...«
»Pack deine Sachen, wir ziehen um.«
»Was?«
»Wir ziehen um. Weck deine Schwester. Wir müssen weg.«
»Was ist los? Bist du betrunken?«
»Nein. Bin ich nicht. Los jetzt.«
Die Stimme der Mutter ist ruhig. Kommt ohne etwas Gehetztes aus.
»Was ist denn mit dir?«, fragt Iva.
»Ich will nicht, dass wir weiter hier wohnen. «
»Wo ist Vater?«
Die Mutter geht näher an den Spiegel, zieht ein Papiertaschentuch aus ihrer Handtasche. Tupft erst, reibt dann, bis die Haut unter den Augen rot wird und die Mascara verschwindet.

»Noch unterwegs. Versenkt was in der Elbe oder verscharrt etwas im Wald oder zündet etwas an«, singt die Mutter, als wäre das der Text eines Kinderliedes.
»Du hast wirklich nicht getrunken?«
»Nein, Iva. Leider nicht. Hätte ich getrunken, könnte ich alles auf meine verzerrte Wahrnehmung schieben. Ich bin aber ganz klar im Kopf und habe einen Plan geschmiedet. Wir ziehen heute Nacht aus. Hier ist es zu gefährlich für uns.«
»Hier ist es nicht gefährlich.« Iva verdreht die Augen. Bückt sich, sucht das Froschherz. Auf den dunklen Fliesen kann sie es nicht gleich finden. Erst als sie tastet, spürt sie es zwischen den Fugen.
Iva hört, wie die Mutter ihren Reißverschluss öffnet, wie ihre Kleidung auf den Boden fällt.
»Kommst du mit oder nicht?«, fragt die Mutter leise, kniet sich neben Iva auf die Fliesen. An ihrem Hals sind angetrocknete Blutstropfen. Über ihrem Schlüsselbein Kratzer.
»Sag mir, was los ist.«
»Ich kann dir nichts sagen. Kommst du mit oder nicht, Iva.«
Die Mutter drückt Ivas Hand. So fest, dass Ivas Finger das Froschherz zerquetschen. Jetzt ist es kaputt, denkt Iva.
»Wohin denn?«
»Zu Helmut. Ich ziehe zu ihm.«
Iva denkt an den aufgeschnittenen Frosch. An seine Anatomie. Daran, wie leicht der Schenkel sich gelöst hat. Daran, wie schwer es war, ihn aufzuschneiden, ohne seine

Organe zu zerstören. Daran, dass er jetzt kaputt ist und sie einen neuen suchen muss.

»Komm mit, Iva.«

»Sag mir erst, was passiert ist.«

»Geht nicht, Kind«, wispert die Mutter. »Entscheide dich, ob du mitkommst. Helmut und ich fahren morgen nach Wien, in ein paar Wochen kommen wir zurück nach Dresden. Es ist deine Entscheidung, ob du mitkommst.«

»Hast du dich selbst verletzt?«, fragt Iva. Zieht ihre Hand unter der von der Mutter weg. Schmiert die Froschreste an ihrer Hose ab.

»Nein.«

»Wolltest du dich ...«

»Nein, das wollte ich nicht.«

Die Mutter kommt näher zu Iva. Zieht sie an sich, drückt sie an sich. So fest, dass Iva Angst hat um ihre Rippen. Sie reißt den Mund auf, schnappt nach Luft. Findet keine. Spürt nur, wie es auf einmal nach frischem Laub riecht. Dass es eng wird in der Luftröhre und dann in den Lungenflügeln. Dass sich da frisches Laub ausbreitet. Sie hustet. Will es rausbekommen. Hustet lauter. Fester. Vielleicht wird ihr Gesicht blau, denkt Iva. Ihre Lippen zittern. Die Mutter lässt sie los, starrt sie an. In Ivas Lungen wirbelt es.

»Kommst du mit?«, fragt die Mutter hart.

Iva schüttelt den Kopf. Hört auf zu husten.

Iva nimmt den Blick von der Frau und schaut auf ihren Teller. Da sind Sojasoßenreste. Ismene beobachtet Iva

scharf. Iva weicht ihr aus. Das Laub in der Lunge raschelt. Iva stellt sich vor, dass es trocken geworden ist mit den Jahren. Würde man es berühren, würde es zu Staub zerfallen. Aber Iva kann es ja nicht berühren. Iva überlegt, wie lange sie es noch im Körper haben muss. Wann es endlich verrottet ist?
Ismene steht auf, murmelt etwas von Toilette. Iva nickt, schließt die Augen. Iva hasst diesen Tag. Er dauert ihr zu lange. Sie will schlafen, ohne Traum.
Als Iva die Augen wieder öffnet, steht Ismene neben ihr. Sie hat schon ihre Jacke an, die Haare versteckt sie unter ihrer Mütze.
»Wollen wir?«, fragt sie.
Iva nickt.
»Aber ich will nicht nach Hause«, fügt sie hinzu.
»Dich stresst dieses Haus, oder?«
»Ja.«
»Na dann. Lass uns Straßenbahn fahren.«
An Ismenes Arm zieht sie sich hoch. Noch einmal schaut sie zur Mutter. Der Mann erzählt ihr gerade eine Geschichte, die Mutter lacht schrill auf. Als sie ihren Kopf begeistert auf und ab wirft, fällt ein kostbares Blondhaar auf den Restaurantboden.

7

Die Endstation der Straßenbahn. Nur noch wenige Einfamilienhäuser stehen im großen Abstand in der sonst so leeren Gegend. Felder grenzen direkt an Gärten. Von der Station ist der Lichtdom über der Stadt nur noch zu erahnen. Der Außenbezirk liegt in vollkommener Dunkelheit. Die meisten Straßenlaternen sind defekt. Nur jede dritte oder vierte setzt einen funzeligen Schein in die Nacht. Gehwegplatten ergeben einen Bürgersteig. Iva hasst diese Platten. Ständig stolpert sie über die Kanten. Ismene vergräbt ihre Hände in den Jackentaschen. Sie zittert vor Kälte. Auf dem kleinen Hügel weht der Wind erbarmungslos. Er pfeift um die Laternenpfähle, verschwindet dann in den weiten Himmel. Eine dünne Wolkenschicht liegt zwischen den Sternen und den Feldern.

Iva und Ismene laufen die Bodenplatten so lange ab, bis sie zu einem Feld kommen. Der Frost presst die Erdklümpchen aneinander. Steinhart liegt das Feld da. Iva und Ismene tänzeln darüber. Einige Meter geradeaus, dann eine steile Kurve nach links. Ismene beginnt zu hüpfen. Stößt einen Freudenschrei aus.

»Wir machen uns doch viel zu viele Gedanken über die Vergangenheit«, flüstert sie Iva ins Ohr.

»Ich habe jetzt keine Lust auf Mütter oder Großmütter oder Väter«, fährt sie fort und schaut herausfordernd in Ivas Augen. Kurz bevor Iva sich in ihnen verliert, reißt Ismene sich los. Macht einen Satz, springt über die ver-

eisten Erdklumpen, rennt in die Weite. Dabei schreit sie: »Ich habe wirklich große Lust auf das Jetzt!«
Iva bewundert Ismenes Umrisse. Von der Dunkelheit werden sie behutsam zusammengehalten. Egal wie hoch Ismene springt, wie sie jubelt, die Nacht hält sie fest. Lange beobachtet Iva die wilden Bewegungen, genießt ihren kondensierten Atem, der vor ihren Augen aufsteigt. Der Abstand zwischen ihr und Ismene wird größer. Als Iva ihn nicht mehr aushält, springt sie nach vorn. Tanzt in die Nacht. Ihr Körper ist leicht. Er federt über den knochigen Boden. In der Hand hält sie die Sektflasche. Die haben sie im Späti gekauft.
Ismene bleibt stehen, holt ihr Smartphone heraus, schaltet Musik an. Kläglich stolpert sie über das Feld. Iva muss lachen. Ismene steckt das Smartphone weg, fängt an zu singen. Ein Lied in einer fremden Sprache. Vielleicht Persisch oder Arabisch. Die Kälte macht Ismenes Stimme stärker. Ivas eingefrorene Finger versuchen, die Sektflasche zu öffnen. Eine ganze Weile pfriemelt sie daran herum. Schließlich sprudelt der Sekt aus der Flasche. Ismene jubelt, kommt zu Iva gehüpft. Sie umarmen sich kurz, bevor sie trinken. Der erste Schluck Sektschaum landet in Ismenes Mund. Der Sekt wärmt die Wangen auf. Ivas und Ismenes Hände verbinden sich, sie tanzen über das Feld. Wäre der Mond zu sehen, sie würden ihn anheulen. Die Weite des schlafenden Feldes beeindruckt Iva. Sie hält inne, lässt Ismene los. Die kalte Luft breitet sich in ihren Lungen aus. Die Augen entspannen sich, sehen nichts als die Welt, den Himmel, die tanzende Ismene. Iva

trinkt mehr. Sie weiß nicht, wann sie das letzte Mal in der Natur war. Wann sie Zeit hatte, mehr zu erkunden als einen geordneten Stadtpark oder einen Erlebnisbauernhof für Familien. Sie beobachtet Ismenes weichen Körper in der Ferne. Die gelbe Jacke bricht die Nacht, fordert die Dunkelheit heraus. Iva nimmt einen weiteren Schluck, schließt sich Ismene an. Gemeinsam singen sie Lieder, jede in ihrer Melodie. Zu sprechen brauchen sie nicht.
Als die Flasche leer ist, wirft Iva sie in die Ferne. Sie sieht nicht, wie sie hinter einem kleinen Erdhügel zerschellt. Nur das Scheppern ist zu hören. Ismene triumphiert. Läuft zu Iva und stellt sich nah vor ihr Gesicht. Iva lehnt sich näher an den Ismenegeruch. Er ist süß, erinnert an Baumrinde.
Ohne darüber nachzudenken, gräbt Iva ihre Hände unter Ismenes Jacke. Es ist warm, doch noch nicht das, was sie will. Sie forscht weiter, wühlt den Pullover beiseite, bis die Fingerspitzen Ismenes Haut spüren können. In Falten liegt Ismenes Bauch da. Oberhalb des Bauchnabels fühlt Iva das Schlagen der Aorta. Mit der Hand fährt Iva über den gesamten Bauch. Sie ertastet die Taille, die Bögen der Hüfte. Ismene schaut Iva in die Augen. Sonst nichts.
Erst als Ivas Hände wieder in die Winternacht gleiten, macht Ismene einen weiteren kleinen Schritt auf Iva zu. Mit den Lippen fährt Ismene über Ivas Ohr. Dann über ihre geschlossenen Lider. Als Ismenes Mund an Ivas Nase ist, öffnet Iva die Augen. Die beiden zwinkern sich zu, rennen dann wieder lachend über das Feld.

ACHTER TAG

1

Es ist schon weit nach Mitternacht, aber lange noch nicht Morgen. Iva sitzt auf einem umgefallenen Baumstamm. Eiskristalle überziehen ihn. Sein braunes Holz ist im Dunkeln kaum zu erkennen. Die furchige Rinde drückt in Ivas Sitzfleisch. Ihr Atem kondensiert, wandert sanft hoch zum Himmel. Kein Stern funkelt zwischen den verworrenen Ästchen. Der Himmel liegt in nebligen Wolkenschwaden. Auf dem Waldboden sind die Gräser gefroren. Sie jaulen erbärmlich, wenn jemand auf sie tritt. Plattgetreten bleiben sie liegen und müssen auf den Frühling warten oder das Ende des Frosts.

Ismene steht am Ufer eines Waldsees. Vorsichtig testet sie mit den Schuhspitzen die Stabilität des Eises. Er ist ganz zugefroren. Auf dem Eis spiegelt sich der Mond matt. An einem Busch neben Iva schlafen Vogelbeeren. Ihre rote Haut ist mit Frost überzogen. Sie leuchten in dem dunklen Wald.

Ismene setzt einen Fuß auf das Eis. Es trägt.

»Komm da runter«, sagt Iva. Sie braucht nicht laut zu sprechen. Außer ihrer Stimme gibt es kein Geräusch.

»Es passiert schon nichts.« Behutsam setzt Ismene den zweiten Fuß auf das Eis. Mit den Händen hält sie sich an einem der Uferbäume fest. Iva überlegt, ob sie aufstehen soll. Dann kann sie Ismene im Notfall aus dem Wasser

ziehen. Iva bleibt sitzen, beobachtet aber jede Bewegung Ismenes genau.
Ivas Finger sind von der Kälte dunkelrot, fast blau. Sie kribbeln nicht mehr, sondern schmerzen schon. Deshalb hält Iva sich die Hände vor den Mund, bläst warmen Atem hinein. Das hilft nicht viel.

Die Großmutter kennt als Kind keine Kälte. Und will sie auch nicht kennenlernen. Sie will immer hier sitzen. Im Gras am Fuß des Waterbergs. Hochschauen zu den Wolken, die in der Bergspitze hängenbleiben. Die legen Schatten auf die Farmen am Fuß. Die Großmutter hält den Affen Albert an der Leine. Er durchsucht sein Fell nach Ungeziefer. Während die Großmutter dasitzt und die Wasserstelle bewacht. Der Urgroßvater hat sie hingeschickt. Gesagt, dass sie als sechsjähriges Mädchen doch sicherstellen müsse, dass nur seine Rinder an der Wasserstelle trinken. Vor wenigen Tagen hat er eine große Herde Rinder, Weideland und die Wasserstelle von den Herero übernommen. Die Großmutter wundert das nicht. Der Besitz vom Urgroßvater vergrößert sich ständig.
Die Urgroßmutter findet nicht gut, dass die Großmutter an der Wasserstelle aufpassen soll. Sie findet das zu gefährlich. Weil es immer mehr Unruhen gibt. Und Schüsse. Weil die Herero sich weigern, in den Geschäften zu bezahlen, oder zu spät zur Arbeit kommen.
Manche hatten den Urgroßvater aufgefordert, das Wasserloch, das Weideland und die Rinder zurückzugeben.
Die Großmutter sitzt da und hält Ausschau nach Herero.

Der Urgroßvater hat ihr eine kleine Büchse mitgegeben. Damit sie sich verteidigen kann. Im Notfall.
Albert durchsucht die Haare auf seinem Unterarm. In der Ferne tauchen die Umrisse von zwei Hererokindern auf. Die Großmutter steht auf. Erkennt, dass es die Tochter und der Sohn von der alten Hererowitwe sind. Über die erzählt die Urgroßmutter oft Geschichten, bei denen die Großmutter sich gruselt. Sie nähern sich der Wasserstelle. Tragen Gefäße.
Als sie ankommen, schaut die Großmutter in ihre großen Augen. Die sind tiefblau. Solche Augen will die Großmutter auch haben.
Die Kinder bleiben nicht vor der Großmutter stehen, gehen einfach an ihr vorbei zur Wasserstelle. Halten die Gefäße so, dass Wasser hineinläuft. Die Großmutter steht da wie angewurzelt. Weiß nicht, was sie machen soll, außer zuschauen, wie die Kinder das Wasser abschöpfen. Das Wasser, das ihnen nicht mehr gehört. Dass das Wasser vom Urgroßvater ist. Das sie nicht haben dürfen. Sie können doch woanders Wasser stehlen gehen, warum gerade hier bei der Großmutter?
Entschlossen sagt die Großmutter: »Nein!« Die Kinder achten nicht auf sie.
»Schüttet das zurück. Ihr dürft das nicht!«, fügt sie hinzu. Hilfesuchend schaut sie sich um. Sie ist alleine. Nur Albert ist da. Aber der laust sich.
Die Wassergefäße sind voll. Die Kinder drehen sich um, wollen gehen. Die dürfen nicht gehen, denkt die Großmutter. Die haben gestohlen. Wenn sie schon gehen, dann

müssen sie wegrennen und sich schämen. Und die Großmutter muss sich auch schämen. Die hat versagt.
»Halt«, ruft die Großmutter, springt den Kindern in den Weg. Schaut sie herausfordernd an.
»Ihr schüttet das Wasser zurück«, fordert die Großmutter und versucht, den herrischen Urgroßvaterton nachzuspielen.
Die Kinder kichern, gehen an der Großmutter vorbei.
»Habt ihr nicht gehört«, schimpft sie. Sie verzweifelt. Weiß nicht, wie man sich durchsetzt. Das hat ihr niemand beigebracht. Einmal hat der Urgroßvater gesagt, dass man sich durchsetzen sich selbst beibringen muss. Da hilft einem keiner.
Noch mal springt die Großmutter den Kindern in den Weg. Diesmal energischer, diesmal mit funkelnden Augen. Die Kinder umklammern ihre Gefäße. Die Großmutter starrt ihnen in die Augen. Der Urgroßvater hat ihr gesagt, dass es das Wichtigste ist, die Angst in den Augen erkennen zu können. Wenn man das kann, gewinnt man alles. Seitdem hat die Großmutter immer nach Angstaugen gesucht. Jetzt hat sie welche gefunden. Triumphierend betrachtet sie die Kinder. Kurz zieht sie an Alberts Leine. Der Affe kommt angelaufen, baut sich neben der Großmutter auf. Noch bevor die Großmutter nachdenken kann, holt der Affe aus. Schlägt dem Kind den Krug aus den Händen. Der fällt zu Boden. Das klare Wasser sammelt sich in einer Pfütze. Sickert nicht in den Boden. Der ist zu trocken. In der Pfütze spiegelt sich der Himmel. Verdoppelt sich die Welt, denkt die Großmutter. Albert hockt

sich an die Lache, fährt mit den Fingern hindurch. Die Kinder stehen nur da und schauen. Schnell holt die Großmutter aus, schlägt dem anderen Kind das Gefäß aus der Hand. Das zerbricht beim Aufprall. Noch eine Lache auf der rissigen Erde. Die Kinder schauen die Großmutter an, als wollten sie etwas sagen. Albert baut sich vor den Kindern auf. Brüllt aggressiv. Die Kinder rennen weg. Werden Punkte in der Ferne.
»Macht das nie wieder!«, ruft die Großmutter ihnen hinterher. Streichelt dann über Alberts Rücken.

Ismene berührt den Baum nur noch mit einer Hand. Unsicher schlittert sie einige Millimeter über das Eis. Ihr rechter Arm wirbelt durch die Luft. Der linke reicht bis zur Rinde. Ismene horcht, ob es Brüche im Eis gibt. Doch der See schweigt stabil. Sie lässt den Baum los, streckt die Arme seitlich aus, um ihr Gleichgewicht halten zu können. Sie lehnt sich nach vorne, schlendert über das gefrorene Wasser. Ihre Schuhe hinterlassen Spuren auf der weißen Frostoberfläche.
Iva steht auf, geht zum Ufer und lehnt sich an den Baum. Sie will in Ismenes Nähe sein.
Ismene erkundet mit ihren Füßen den gesamten Uferbereich. In die Mitte traut sie sich nicht. Ab und an droht sie auszurutschen, hinzufallen. Findet in letzter Sekunde ihr Gleichgewicht wieder.
»Komm doch auch«, sagt Ismene.
Iva schüttelt den Kopf.
»Hast du Angst?«

Iva nickt.
»Was?«, ruft Ismene und tut so, als hätte sie das Nicken nicht gesehen.
»Ich komme nicht aufs Eis«, sagt Iva überdeutlich.
»Weil du Angst hast, oder?«
»Vielleicht.«
»Was?«
»Vielleicht.«
»Was?«
»Weil ich Angst habe.«
»Angst ist langweilig!«
Ismene ist auf der anderen Seite angekommen. In der Dunkelheit ist nur ihre gelbe Jacke zu sehen.
»Komm wieder rüber!«, brüllt Iva durch den Wald.
»Was?«, ruft Ismene vorwitzig.
»Komm rüber!«
Iva wird nervös. Unruhiges Treten auf der Stelle. Das belebt ihre Füße etwas.
Einen kleinen Moment verharrt Ismene an derselben Stelle. Dann flitzt sie plötzlich los. Rennt auf die gegenüberliegende Seite, quer durch die Mitte. Das Knacksen des gefrorenen Wassers übertönt sie mit einem überdrehten Jubelschrei.
Iva tritt einen Schritt vor, steht nun mit einem Fuß auf der Eisfläche. Angespannte Muskulatur, Horrorszenarien im Kopf. Das Nachhallen des Jubelschreis. Ismene, die angekommen ist, bei Iva auf der anderen Seeseite. Und sich in Ivas Arme stürzt. Die kann Ismenes Wucht nicht halten, taumelt rückwärts. Fällt mit ihr auf den Waldboden. Sie

liegen da. Verkeilt ineinander. Ismene und Iva. Der gelbe Anorak auf der grauen Winterjacke.
»Du bist bescheuert«, flüstert Iva.
Dunkelheit und Nähe machen es ihr kaum möglich, Ismenes Gesicht zu erkennen. Umklammert liegen die unterkühlten Körper übereinander. Der Boden unter ihnen ist mit Frost bedeckt.
»Ich bin mutig.«
»Mut ist manchmal aber auch echt bescheuert, Ismene.«
»Kann sein. Aber Mut macht Spaß. Komm.« Ismene richtet sich auf, zieht Iva auf die Beine.
Am Ufer ragen festgefrorene Schilfhalme in die Höhe. Ismene greift Ivas Hand. Beiden fällt es schwer, die Finger umeinanderzulegen. Von der Kälte sind die Gliedmaßen steif geworden.
Als Erste betritt Ismene den See. Schleichend prüft sie die Dicke des Eises. Die frierenden Bäume sind die einzigen Zeugen der Situation. Iva setzt den zweiten Fuß auf. Sie stellt sich vor, wie unter ihr Wasser fließt, wie Fische am Grund darauf warten, endlich wieder in einem Sommersee zu schwimmen.
Ismene führt Iva in die Mitte des Weihers. Dort ist das Eis dünner.
»Und so was macht dir Spaß, ja?«, fragt Iva und bemerkt jetzt erst, dass sie zittert.
»Mhm«, macht Ismene nur.
»Was machen wir hier?«
»Ein Geheimnis erleben, Iva.«
»Was für ein Geheimnis?«

Ismene lacht hell auf. Ihre warme Stimme springt in den Himmel, verliert sich dort sofort.
»Wenn wir einbrechen, wird niemand uns finden.«
»Ja, super«, versucht Iva es mit Ironie.
Unter den beiden knackt das Eis leise.
»Wenn wir jetzt einbrechen«, überlegt Ismene, »finden sie uns in zwanzig Jahren, als Doppelfischstäbchen. Stell dir die Zeitungsmeldung vor.«
»Besser nicht.«
»Wie witzig das wäre, wenn wir in die Zeitung kämen. Und noch witziger: Dein Sohn wäre vielleicht der Journalist, der diesen Artikel schreibt.«
»Wenn mein Sohn erwachsen ist, gibt es gar keine Journalisten mehr. Die wurden bis dahin alle wegdigitalisiert.«
»Optimismus in der Nacht«, sagt Ismene spitz.
»Du bist ja wohl auch nicht optimistischer als ich. Du hättest nichts dagegen, wenn wir einbrechen würden.«
»Da magst du recht haben.«
Ismene und Iva belauschen das Eis.
»Hast du so was schon mal gemacht?«, fragt Iva.
»Früher als Kind öfters. Meine Eltern und ich haben an einem kleinen Teich gewohnt, und sobald er zugefroren war, habe ich mich daraufgestellt.«
»Und deine Eltern haben das erlaubt?«
»Natürlich nicht. Sie wussten es nicht. Ich bin immer dort hingerannt, wenn ich wütend war. Meine Mutter hat mich mit dem Klavierspielen ziemlich getriezt. Und wenn ich auf dem Eis stand, wollte ich immer, dass es einbricht und ich weg bin. Ich habe eh alle nur enttäuscht.«

Ismene zuckt die Achseln.
»Was hast du im Sommer gemacht?«
»Da saß ich auf dem Stromkasten und habe darauf gewartet, dass er explodiert.«
Ismene lacht matt. Iva schaut sie forschend an. Ismene weicht ihr aus, hält den Kopf nach oben, tastet mit ihren Augen die Äste ab, die schützend über ihr schweben.
»Einmal«, fährt sie fort, »bin ich eingebrochen. Da war ich dreizehn und viel zu fett für das Eis. Zwischen zwölf und dreizehn bin ich fett geworden und habe es erst gemerkt, als das Eis auf einmal knackste. So was kannst du dir nicht vorstellen. Weißt du, ich hatte keine Angst, ich habe nicht gefroren. Ich war einfach befreit. Ich dachte, das ist der Exzess!«
Sie wird ruhig, blickt dann nach unten, hockt sich hin und zeichnet mit dem Finger den Umriss des Mondes in das Eis.
»Das hast du dir gerade ausgedacht«, sagt Iva schockiert. Über dem Laub in ihrer Lunge liegt eine dünne Schicht Eiskristalle. Ismene schüttelt den Kopf.
»Meine Mutter hat mich rausgezogen. Wir kamen beide ins Krankenhaus. Danach hat sie nicht mehr mit mir Klavier geübt, sondern eine Lehrerin engagiert. Und zur Therapie musste ich auch. Aber es hat sich gelohnt, dieses Versinken.«
»Du bist ein bisschen komisch, oder?«
»Merkst du jetzt erst? Kennst du denn den Exzess, Fräulein Vernünftig?«
Iva denkt nach. Durchsucht ihr Gehirn. Findet nichts,

was vergleichbar wäre mit Indenseeeinbrechen. Nur der eine Abend vielleicht, als Iva zweiundzwanzig ist.
Das Physikum gerade bestanden. Feiern gehen mit den Kommilitoninnen. Irgendwo in Düsseldorf. In dem Minikleid, das grau ist, das einschneidet am Bein. Was Iva nicht mehr merkt. Weil sie tanzt, weil sie so viel getrunken hat. Weil die Füße in den hohen Schuhen viel mehr wehtun. Am liebsten will sie sie ausziehen. Aber das geht nicht, weil sie mittendrin ist. Zwischen all den Menschen, von denen sie nur ihre Gruppe kennt. Der Alkohol macht, dass ihr das egal ist. Dass sie mithüpft und mitsingt und dass es sich gut anfühlt, so viele Körper um sich zu haben. Dass sich gut anfühlt, dass er sie anschaut. Schon seit einer Weile. Der schmächtige Mann, der an der Tür steht. Zur Musik mit dem Fuß wippt. Ab und an aus seinem Bierglas trinkt. Und nichts macht. Außer Iva anschauen.
Auf einmal denken, die schönste Person im ganzen Raum zu sein, und noch mehr tanzen und zu dem Mann schauen, ganz kurz. Die Orientierung verlieren im Raum. Noch mehr trinken, bis alles verwischt. Iva schließt die Augen. Damit da nur Geräusche sind. Die Musik und das Trampeln auf der Tanzfläche.
Iva öffnet die Augen wieder, sucht den Mann. Der steht nicht mehr an der Tür. Der tanzt auf einmal neben ihr, ganz nah. Mit braunen Locken, die beben im Rhythmus, und braunen Augen. Die sind so tief. Vielleicht kann man hineinfallen, denkt Iva. Wie in einen Brunnen.
Sie legt die Arme um ihn, einfach so. Und er legt seine um sie und Iva denkt auf einmal: Zuhause.

Die Mondspiegelung wird schwächer. Auf den See fallen Schneeflocken. Sie hellen die Landschaft ein wenig auf. Endlich bekommt Iva eine grobe Orientierung. Durch den Schnee kann sie einschätzen, in welchem Abstand die Bäume zueinanderstehen und wie weit der Himmel wirklich von ihr und Ismene entfernt ist. Iva schaut in Ismenes Gesicht.

»Manchmal bin ich zu brav für den Exzess«, erklärt Ismene. »Aber ein bisschen Schlittschuhlaufen kann man sich mal gönnen, oder?«

»Sprach's, bevor es einbrach«, scherzt Iva.

Ismene zuckt die Schultern.

»Wo ich recht habe, habe ich recht.«

»Ismene?«

»Ja?«

Das Eis unter den beiden knackt. Sie laufen los. Über den See. Schauen auf nichts, außer auf das Ufer. Iva greift Ismenes Hand, spürt ihre Nähe aber erst, als sie auf festem Grund stehen. Ivas Herz pocht. Sie schnauft, lehnt sich vor. Mit den Händen stützt sie sich auf den Knien auf, keucht. Richtet sich dann auf und jubelt in die Nacht.

Iva nimmt die Hand des Mannes. Zieht ihn aus der Bar. Draußen ist die Luft süß. Iva saugt sie ein. Sie wankt, kann nicht still stehen. Der Mann hält sie fest. Sie torkeln los. Zusammen durch die Nacht. Durch Straßen, in denen sie sich nicht auskennen. Die Iva nicht wiedererkennt. Ab und an stoßen sie zusammen, entschuldigen sich kichernd. Iva drückt sich eng an ihn. Er strahlt so viel

Wärme aus. An einem Kiosk kauft Iva eine Flasche Weißwein, lässt sich auf eine Bank fallen. Der Mann setzt sich neben sie. Es riecht nach Wasser. Sie sind nah am Rhein. Der Mann will keinen Wein mehr. Iva lacht ihn aus, nennt ihn Feigling und Spießer. Er lacht mit.
Iva schüttet die halbe Flasche Wein in sich. Erbricht sich sofort neben die Bank. Sie wird rot, als der Mann ihr ein Taschentuch reicht. Ich trinke nie wieder, denkt Iva, legt den Kopf in den Nacken und sucht Sterne. Findet keine in dieser Nacht. Sie rollt sich auf der Bank zusammen. Der Mann legt seine Hand auf ihren Rücken. Ertastet ihre Wirbel. Das beruhigt Iva. Sie atmet die Frühlingsluft ein.
»Ich habe dich noch nie kotzen gesehen, Iva«, prustet der Mann auf einmal. Nimmt seine Hand von ihrem Rücken. Iva wird kalt. Sie vermisst seine Hand.
»Und ich habe dich lange nicht mehr lachen hören, Roy«, murmelt Iva.

2

Unter der Dusche tauen Ivas Gliedmaßen auf. Die Wärme prickelt auf der gefrorenen Haut, sticht in jede Pore. Iva kann das kaum aushalten, hofft, dass ihr Körper schnell wieder warm wird. In ihr kribbelt es. Die Temperatur bahnt sich ihren Weg durch den Blutkreislauf, macht die Gelenke beweglich. Iva ist froh, einen Moment alleine zu sein. Sie lässt sich auf den Boden der Dusche gleiten.

Horcht, wie das Wasser auf ihren Kopf prasselt und dann geschmeidig in den Abfluss fließt. Im Schneidersitz hockt sie da, den Rücken an die Fliesenwand angelehnt, die Haare glatt vom Wasser.

Das Atmen fällt ihr leicht. Vor Ivas Augen spielt sich die Szene auf dem See wieder und wieder ab.

So wie jetzt sitzt sie schon mal unter der Dusche. In der Nacht, in der sie Roy wiedergetroffen hat. Mit ihm durch die Nacht gelaufen ist, bis zu seiner WG. Iva denkt an Roys kleines Zimmer. An das Bett aus Europaletten. An die bunten Tücher an den Wänden. Die vertrocknete Pflanze im Flur. Blühende Nelken in einer Bierflasche und Fotos vom Zirkus an den Wänden. Iva denkt daran, wie Roy immer kälter wird, nicht richtig antwortet, als Iva auf dem Weg fragt: »Bist du gerade mit dem Zirkus hier?« Roy, der sie die drei Etagen bis zur WG die Treppe hochzieht, weil sie es nicht mehr hinbekommt. Der ihr Kichern nicht mehr lustig findet. Die Tür aufschließt und ihr ein Handtuch gibt. Ihr zeigt, wo die Dusche ist, und ihr eine neue Zahnbürste gibt, als sie unsicher danach fragt. Iva klammert sich an der Türklinke fest, hat Angst zu straucheln, wenn sie loslässt.

»War ein bisschen viel heute Abend, was?«, sagt Roy, schaltet das Licht im Bad ein.

»Kann sein«, gibt Iva zu. »War aber auch gut.«

»Vor allem, wie du auf der Bank eingeschlafen bist.«

»Tut mir leid, Roy.«

»Muss dir nicht leidtun.«

Roy setzt sich auf den Badboden. Unsicher streift Iva ihr

Kleid vom Körper. Nackt klettert sie in die Duschkabine. Dreht das Wasser auf, wäscht Kneipengeruch und Schweiß von der Haut. Langsam lässt sie sich auf den Duschboden gleiten. Iva lauscht. Hört nur das Wasser, nichts von Roy. Der muss nach wie vor still auf den Fliesen sitzen, auf sie warten.
Iva stellt das Wasser ab. Wartet. Roy öffnet die Kabinentür, steht bekleidet vor ihr. Iva zieht ihn näher an sich, dreht das Wasser wieder auf. Das fließt um die beiden, zeichnet ihre Konturen nach. Sie berühren sich nicht, schauen sich nur an. Iva ignoriert seine Erektion. Roys Kleidung weicht durch.
Iva lehnt sich vor. Will mit den Lippen Roys Hals erkunden. Er weicht zurück. Sobald sie im Europalettenbett liegen wird, wird sie einschlafen, weiß Iva.

3

Iva liegt in ihrem Bett. Sie hat sich mehrere Pullover übereinandergezogen, sich in verschiedene Decken eingewickelt. Eine Tasse dampfender Tee steht auf dem Nachtschränkchen. Iva hört Ismene aus Alexanders altem Zimmer husten. Iva hat ihr schon Tabletten gegeben, selbst genommen hat sie keine.
Den Laptop hat Iva auf den Knien. Zugeklappt. Für heute will sie nichts mehr sehen. Nichts mehr hören. Keine Musik und keine Nachriten. Nicht Jette. Iva konnte nicht anders,

als auf ihr Video zu klicken. Auf das, das mit »neu« markiert war. Das Video, in dem Jette nicht mehr in Thailand ist. Sondern zwischen hohen Gräsern steht. In der Ferne ragt ein Berg in die Höhe. Sein Gipfel verschwindet in den Wolken. Die Luft flimmert. Es ist Abend und alles strahlt gelb. Jette hat die Kontraste reduziert. Jettes Stimme klingt weich. Sie fährt mit den Händen durch das Gras. Nennt es »Namibiagras« und den Ort, an dem sie ist, »das Paradies«. Sagt, dass sie »so glücklich« ist, endlich in das Land zu kommen, in dem ihre Großmutter aufgewachsen ist, und dass sie sich ihr jetzt viel näher fühlt. Dass sie sich so gut vorstellen kann, wie die Großmutter als Kind durch das Gras getobt ist. Jette ist begeistert vom Waterberg. Weil der so schön ist und so besonders. Weil die Menschen so nett sind und Jette es schade findet, dass die Großmutter zurück nach Deutschland gegangen ist. Jette sagt, wie gerne sie hier aufgewachsen wäre und wie vertraut sie sich fühlt an diesem Ort. Dass sie überlegt, einfach hierzubleiben. Jette schaut lange in die Kamera, ohne zu sprechen. Schwenkt über die Landschaft, schneidet Bilder dazwischen, in denen sie durch das Gras tanzt, über Köcherbaumrinde streicht. Jette, die die Farm suchen will, in der die Großmutter gelebt hat, und davon träumt, die kaufen zu können. Jette, die am Ende ihr Gesicht ganz nah an die Kamera hält und flüstert: »Ich bin im Paradies. Ich bin da angekommen, wo meine Großmutter aufgebrochen ist.«
Iva blinzelt die Bilder weg. Obwohl sie müde ist, will sie nicht schlafen. An Schlafdefizite ist sie gewöhnt. Mittlerweile ist es zehn Uhr morgens. Iva schaut vom Bett aus

durch das Fenster. Über die kleine Straße schlängeln sich wenige Autos. Es schneit. Auf den kahlen Ästen liegt eine dünne Schicht Schnee. Er ist ganz pulverig, glänzt in der Sonne. Der Tag ist hell.
Iva greift nach ihrem Handy. Roy hat ihr eine Sprachnachricht geschickt. Die will sie sich später anhören. Sie durchforstet ihr Telefonbuch nach einer bestimmten Nummer. Nach langem Scrollen findet sie sie. Der Kontakt heißt Frau Bal.
Entschlossen drückt Iva auf den grünen Hörer, hält sich das Smartphone ans Ohr.
Es tutet eine lange Weile. Dann endlich:
»Hallo?«
»Hallo, hier ist Iva.«
»Ich weiß, ich habe deine Nummer eingespeichert.«
Sie schweigen. Iva kann im Hintergrund das Murmeln eines Fernsehers hören.
»Wie geht es dir?«, fragt die Mutter unsicher.
»Gut. Ich bin gerade in Dresden.«
»Ah, ach so.«
»Ich habe dich kurz beim Sushiessen gesehen.«
»Ach ja?«
»Ich dachte, ich melde mich mal.«
»Wirklich schön, dass du anrufst. Wie geht es deinem Sohn? Dem Maximilian?«
»Shlomo geht es gut, danke.«
»Stimmt. Maximilian ist ja der Sohn von Helmuts Tochter. Entschuldige. Hast du ihn mitgenommen nach Dresden? Dann könnte ich ihn ja auch mal kennenlernen.«

»Nein, der ist bei Roy geblieben.«
»Iva, du meldest dich selten.«
»Hm. Ich rufe an, weil der Vater im Krankenhaus ist und nach einem Schlaganfall im Wachkoma liegt.«
»Das klingt nicht gut.«
»Ich will ihn nach Hause holen, damit er hier sterben kann. Und ich bräuchte deine Hilfe.«
»Meine Hilfe?«
»Dein neuer Mann arbeitet doch in dem Krankenhaus, und ich bräuchte ein paar Unterschriften, damit ich den Vater nach Hause holen kann.«
»Ich kann ihn fragen.«
»Kannst du dafür sorgen, dass er es macht?«
»Ich versuche es, Iva.«
»Versprich es.«
»Wenn dir das so wichtig ist.«
»Ist mir wichtig.«
»Gut. Ich kümmere mich darum.«
»Okay.«
»Geht's dir gut, Iva?«
»Geht es dir gut?«
»Wir sind umgezogen in ein größeres Haus. Wir haben ja so oft die Kinder von Helmut da und die Enkel. Hier ist immer was los.«
»Na, dann ist ja alles gut.«
»Ja. Alexander hat mir erzählt, dass du ihm geschrieben hast.«
»Du hast Kontakt zu Alexander?«
»Na klar. Wir telefonieren jede Woche.«

»Was hat er dir gesagt?«
Die Mutter überlegt.
»Dass du ihm geschrieben hast. Das hat er mir gesagt.«
»Und mehr nicht?«
»Nur Privates. Und dass er jetzt eine Organisation gründen will.«
»Was für eine Organisation?«
»Habe ich nicht verstanden.«
Schweigen.
»Du fragst deinen neuen Mann wegen der Unterlagen.«
»Natürlich, Iva. Schön, dass du angerufen hast.«
»Tschüss.«
Iva legt auf. Wirft das Handy in die Ecke des Zimmers. Zieht sich die Decke übers Gesicht. Sie atmet in den Stoff hinein, wärmt sich damit auf. Dann schließt sie die Augen, bemüht sich, zu schlafen.

4

Mit dem Zeichenblock sitzt die Großmutter auf den Stufen der Veranda. Sie will Albert malen. Aber der hält nicht still. Das Blatt ist voller Radiergummikrümel. In die Ecke hat sie krakelig »Waterberg im Februar 1904« geschrieben. Sie darf nicht mehr mit links schreiben. Seitdem ist die Schrift zackig. Die Luft ist mild, obwohl Hauptregenzeit ist. Sie trägt nur Bluse und Rock. Aus dem Wohnzimmer dringt Klaviermusik.

Die Großmutter versucht, sich aufs Zeichnen zu konzentrieren. Das ist schwer. Im Dorf wird geschossen. Zeichnen mit rechts ist anstrengend, macht nicht mehr so viel Spaß. Die Großmutter glaubt, dass sie bald mit rechts genauso schön zeichnen kann wie früher. Sie muss nur üben. Dann wird das irgendwann gehen.
Albert tastet den Boden ab, er will wegspringen. Aber die Großmutter hat seine Leine eng um den Verandapfosten gebunden. Die Kinder dürfen den Garten nicht mehr verlassen.
An den Abenden belauscht die Großmutter die Urgroßeltern, wie sie über die Schutztruppen schimpfen, die noch nicht am Waterberg angekommen sind. Sie verfluchen die Herero. Nennen sie Aufständische und Barbaren. Der Urgroßvater will den Hereroanführer Samuel Maharero eigenhändig umbringen. Die Großmutter weiß nicht, warum. Betet nur jeden Abend, dass alles wieder so werden soll wie früher.
An diesem Februarnachmittag dringt mehr Lärm aus dem Dorf als sonst. Die Großmutter legt ihren Zeichenblock weg. Stellt sich auf die Veranda, schaut Richtung Dorf. Obwohl das Land um den Waterberg herum flach ist, kann sie nicht bis zum Dorf schauen.
Der Wind trägt die Gewehrgeräusche zu ihr. Das Klavierspiel wird lauter. Umso schneller die Schüsse aufeinander folgen, desto fester tritt die Urgroßmutter das Fortepedal. Die Großmutter bindet Albert los. Er flitzt auf den alten Köcherbaum.
Angestrengt überlegt die Großmutter, wo der Urgroßvater

ist. Ob er ins Dorf gegangen ist oder auf die Weide oder zu den Nachbarn?
Das Klavierspiel wird heftiger, die Töne wilder. Den Blick heftet die Großmutter in die Ferne. Da sind Umrisse, die näherkommen. Die Großmutter rennt ins Haus. Schließt die Tür. Die Geschwister sitzen schweigend am Tisch, die Urgroßmutter am Klavier. Hört auf einmal auf zu spielen. Als die Tür aufgerissen wird und die Nachbarin mit dem Neugeborenen auf dem Arm eintritt. Dem Baby hat sie ein Stück Stoff um den Mund gebunden. Die Kinder starren sie an. Ihr bleiches Gesicht, die Arme, die sie eng um das Neugeborene geschlungen hat. Leise geht sie zum Klavier. Legt eine Hand behutsam auf die Schulter der Urgroßmutter. Die schaut nicht auf, starrt weiter auf die Tasten. Die Nachbarin beugt sich zur Urgroßmutter hinunter, flüstert ihr ins Ohr. Die wird starr. Ein Moment, in dem nichts passiert. Alle still dasitzen, niemand sprechen kann. Und dann geht es auf einmal ganz schnell. Da halten sich die Kinder an den Händen, stehen in einer Reihe. Da spricht die Urgroßmutter wieder, knappe Anweisungen. Niemand darf sich loslassen, alle müssen brav sein, keiner darf verlorengehen. Die Nachbarin umschließt mit ihren dürren Fingern die Hand der Großmutter. Und dann rennen sie schon. Über die Veranda, durch den Garten, auf das Feld. Über das müssen sie es schaffen. Das ist der schnellste Weg zum Missionshaus.
Halme, die sie umtreten, Stolpern, das sie abfangen, Baumkronen, in denen Albert vielleicht irgendwo hockt.
»Dreh dich nicht um«, haucht die Nachbarin der Groß-

mutter zu. Die kann nicht anders, schaut zurück. Findet keinen Albert mehr im Köcherbaum. Sieht nur das Haus. In das stürmt eine Gruppe Herero.
Schnell schaut die Großmutter wieder nach vorn. Alle rennen schneller. Verlieren ihre Hände. Jetzt läuft jeder für sich allein. Die Nachbarin mit dem Baby ist auf einmal ganz weit weg. Und auch die Schwestern und die Urgroßmutter.
Sie versucht, schneller zu laufen, der Abstand wird nicht kleiner. Vor Angst wird ihr übel. Sie sieht sich von außen. Ihr Kinderkörper alleine in der Landschaft. Sie bleibt stehen, ganz kurz, schaut hoch in die Wolken. Von denen fühlt sie sich ausspioniert. Die starren sie an, obwohl sie einfach nur wegwill.
Die Großmutter nimmt den Kopf aus den Wolken, schaut nach vorne. Die Gruppe ist nicht mehr als eine Ansammlung von Punkten in der Weite. Panisch läuft sie los, spürt ihre Beine nicht mehr, nicht ihre Arme, nicht ihren Rumpf. Spürt nur, wie das Gras pikt unter ihren Füßen. Sie stolpert, fällt. Kann nicht aufstehen. Kann nicht denken ans Aufstehen. Minuten, die vergehen, oder Tage oder ein ganzes Leben, glaubt die Großmutter auf einmal.
Sie hört, wie geschlichen wird über das Land. Über das Feld. Wie da nähergekommen wird. Wie das nicht die Urgroßmutter ist. Und schon gar nicht der Urgroßvater. Der kommt nicht mehr, weiß die Großmutter auf einmal.
Hereromänner durchsuchen jeden Fleck zwischen den Halmen. Die Großmutter drückt sich auf den Boden. Legt

die Arme über den Kopf, schließt die Augen. So ist sie weg, oder nicht?
Spüren, wie einer der Herero sie entdeckt, sich neben sie hockt.
Die Großmutter zittert. Der Mann berührt sie vorsichtig am Rücken, rüttelt. Sie will sich tot stellen. Aber ihr Atem ist zu laut. Er nimmt sie, hebt sie hoch, stellt sie auf die Beine. Die Großmutterbeine sacken zur Seite. Er hält sie fest. In seinem Gesicht sind Kratzer, Blutspritzer. Sie sieht, dass er etwas sagt, kann es nicht hören. Da ist ein Pfeifen in ihrem Ohr. Er zeigt auf die Fliehenden am Horizont. Stupst sie in die Richtung. Die Großmutter fällt wieder. Vorsichtig hebt er sie hoch, hält seine Hand an ihren Rücken, bis sie sicher steht. Dann schiebt er sie an. Und die Großmutter rennt.
Einmal dreht sie sich um. Die Männer laufen in die andere Richtung.

5

Iva wacht auf. Auf der Stirn feucht glänzende Schweißpünktchen, im Brustkorb ein unruhig schlagendes Herz. Sie setzt sich auf, wischt sich mit der Bettdecke über das Gesicht.
So hat sie den Traum noch nie geträumt. Iva hustet, fröstelt. Der Tee neben dem Bett ist mittlerweile kalt geworden. Enttäuscht trinkt sie ihn. Ismene spielt in Alexanders

Zimmer Geige. Zwischendurch verstummt das Instrument. Dann hört Iva, wie Ismene hustet oder sich die Nase putzt. Aus dem Erdgeschoss kommen Geräusche. Das Rollen eines schweren Koffers über dem Steinboden. Mariola ist wieder da. Iva überlegt, ob sie sie begrüßen soll, entscheidet, liegenzubleiben. Ihr Kopf schmerzt. Die Glieder tun ihr weh. Entweder vom Frieren auf dem Weiher oder von dem langen Rennen durchs Südwestafrikagras. Schnell schnappt Iva ihr Handy. Sie spielt Roys Sprachnachricht ab.

»Hallo, Liebste«, beginnt Roy, er räuspert sich, seine Stimme ist belegt. »Ich wollte mal hören, wie es dir geht. Was hast du gestern gemacht? Abends konnte ich dich gar nicht mehr erreichen. Warst du mit Ismene unterwegs? Iva, ich habe mal auf den Aufführungskalender für diesen Monat geschaut und stell dir vor: Shlomo und ich könnten nächstes Wochenende zu dir nach Dresden kommen. Na, wie klingt das? Ich freue mich schon sehr auf dich. Sonst gibt es bei uns nichts Neues. Shlomo hat gerade den größten Spaß damit, alle Schränke auszuräumen, und ich darf sie dann wieder einräumen. Einen Abenteurer haben wir da. Und dann wollte ich dich erinnern, dass morgen der Todestag von meiner Mutter ist. Vielleicht telefonieren wir ja oder so. Wäre schön, wenn das klappt.«

Iva hält sich das Smartphone an den Mund, drückt auf das Aufnahmesymbol.

»Deine Mutter habe ich doch nicht vergessen! Ja, lass uns morgen telefonieren. Bei mir ist alles gut. Ich sag dir morgen, was alles so los war.«

Sie legt das Gerät beiseite. Hustet, niest, schläft sofort wieder ein.
Wie an dem Morgen, an dem sie in Roys Europalettenbett aufwacht. Spürt, wie Roy neben ihr aufsteht. Beobachtet, wie er durch sein Zimmer tapst und Kleidung zusammensucht. Morgensonne, die durch die Vorhänge scheint. Baustellengeräusche, die wummernd durch das geöffnete Fenster dringen. Iva tastet nach der Flasche Wasser, die Roy nachts neben das Bett gestellt hat. Sie ist leer, merkt sie, als sie sie anhebt.
»Warte, ich füll die kurz auf.« Er verschwindet. Iva hält angestrengt die Augen auf. Bei Tag ist der Raum noch schöner. Die Nelken riechen intensiv. Die weiche Decke fühlt sich gut an auf Ivas nacktem Körper. Roy kommt zurück. Schaut sie unschlüssig an.
»Hier«, murmelt Roy und reicht Iva die Wasserflasche.
»Danke«, sagt sie krächzend und nimmt einen großen Schluck daraus.
»Ich muss gleich zur Arbeit«, beginnt Roy.
»Wo arbeitest du?«
»In der Stadtbibliothek. Ich sortiere Bücher ein.«
»Interessant.«
»Nein, eigentlich nicht. Aber für den Übergang in Ordnung.«
»Übergang wohin?«
»Ich weiß es nicht, Iva!«
Roy knöpft die Hose zu, zieht den Reißverschluss hoch. Die Hose ist abgetragen, dünn, bald lösen sich die Nähte auf, denkt Iva.

»Du brauchst eine neue Hose«, sagt Iva.
»Prinzessin, nicht jeder kauft jede Woche neue Kleidung«, entgegnet Roy schroff. Er sieht sie kalt an.
Verunsichert schaut Iva zu den Fotos. Die meisten zeigen Roys Mutter in der Manege. Manchmal mit Roy auf dem Arm.
»Bleib so lange, du willst«, sagt Roy. Er zieht ein Tanktop an und wirft sich seine Umhängetasche über.
»Zieh einfach die Tür hinter dir zu, wenn du gehst. In der Küche ist Kaffee und im Kühlschrank müsste auch noch etwas sein.«
»Danke.«
»Kein Problem. Tschüss.« Roy verlässt das Zimmer, schließt die Tür leise hinter sich.
Iva setzt sich auf. Müdigkeit und Kopfschmerzen wollen sie wieder ins Bett drücken. Doch sie weiß, dass Roy möchte, dass sie geht.
Angestrengt steht Iva auf. Ihre Beine kribbeln. Sie taumelt durch den Raum. Ihr ist schwindelig. Vor einem Foto von Rüdiger und Roy bleibt sie stehen. Bevor ihr schwarz vor Augen wird, erkennt sie die beiden vor einer Schwebebahnstation grinsen.

6

Im Haus der Missionarfamilie ist es eng. Die Nachbarin versucht, das schreiende Baby zu trösten. Die Großmutter drückt sich an die Wand, beobachtet die Urgroßmutter, die spricht angespannt mit dem Missionar. Sie flüstern. Werden nur laut, wenn es um die Schutztruppen geht, die nicht da sind. Die Großmutter denkt an den Urgroßvater. Ist sich auf einmal sicher, dass ihm doch nichts passiert ist. Dass er in einem anderen Haus untergekommen ist, dass er spätestens morgen auch beim Missionshaus auftauchen wird. Morgen können sie bestimmt alle wieder zurück, denkt die Großmutter. Die Frau Missionar betet. Die Großmutter schaut aus dem Fenster. Die Wolken haben sich aufgelöst. Der Himmel ist klar.

7

Die Sommersonne steht tief. Die Baustelle schweigt. Iva hört, wie Roys Mitbewohner die Wohnungstür hinter sich zuzieht. Iva sitzt in ihrem Minikleid auf dem Bett. Ihrem Kopf geht es etwas besser. Gleich wird sie aufstehen können. Sie will weg sein, bevor Roy wiederkommt. Ihr Kleid riecht nach Kneipe, nach Schweiß. Am liebsten würde sie es wieder ausziehen, gegen etwas Frisches tauschen. Iva muss nach Hause.

In der Wohnungstür knackt der Schlüssel. Roys Schritte

kommen näher, er tritt in sein Zimmer, schaut nicht zum Bett, pfeffert seine Tasche in die Ecke. Entdeckt Iva. Roy sagt nichts. Betrachtet sie nur. Er wirkt müde vom Tag, angespannt. Seine Stirn ist in Falten gelegt.

»Hat mein Mitbewohner dich eingesperrt?«

»Nein. Ich bin einfach dageblieben.«

»Sehe ich.« Roy verharrt auf der Stelle. Das weiche Licht fällt in sein markantes Gesicht. Die tiefen Augen sind feucht. Unschlüssig steht er herum.

»Wenn du schon mal da bist, können wir ja Kaffee trinken, oder? Ich koche Kaffee, einverstanden?«, stottert Roy.

Iva nickt.

»Ich koche Kaffee«, sagt sie. »Du hast heute gearbeitet. Ruh dich ein bisschen aus.«

»Mein hochanstrengender Job«, sagt Roy bitter, lässt sich aufs Bett fallen. Iva steht auf, schaltet die Maschine in der Küche an. Schaut zu, wie der Kaffee in die Kanne tröpfelt. Sie findet Tassen, füllt den fertigen Kaffee ein. Er riecht gut. Iva trägt die Tassen in Roys Zimmer, stellt sie ab, schaut zu Roy. Der steht oberkörperfrei da. Sucht nach einem frischen T-Shirt. Auf seiner Brust ist ein tätowierter Davidstern.

»Das habe ich noch gar nicht gesehen«, kommentiert Iva.

»Nicht?« Roy schaut an sich herunter. »Dann warst du gestern echt zu blau.«

»Schön«, sagt Iva, tritt fasziniert an Roy heran. Sie fühlt sich angezogen von seiner Haut. Vielleicht, weil sie so rau aussieht und sich so sanft anfühlt.

Mit dem Zeigefinger beginnt Iva den Stern nachzufahren.

»Warum hast du das?«, fragt Iva.
»Warum nicht.«
»Warum?«
»Wegen meinem Großvater vielleicht.«
»Dein Großvater war Kommunist.«
»Kannst den Stern ja rot ausmalen, wenn du willst.«
Iva lächelt matt, stellt sich vor, mit einem Filzstift eine rote Fläche auf die behaarte Brusthaut zu kritzeln.
»Hast du den Stern wegen diesem Shlomo?«
»Ja, vielleicht wegen ihm.«
»Und wegen meiner Familie?«
»Nein, Iva.«
»Nein?«
»Mir ist deine Familie egal.«
»Und was ist dir nicht egal?«
»Sterne.«
»Sterne?«
»Ja, Iva. Ganz einfach Sterne.«
Iva beugt sich zu Roy, küsst erst seine Nasenspitze, danach seine Lippen. Er zögert, sie zurückzuküssen. Erst als Iva sich von seinem Gesicht lösen will, umarmt er sie, legt seine Lippen auch auf ihre.

Die Sonne ist untergegangen. Iva und Roy schauen aus dem Fenster. Der Baukran überwacht die Stadt. Iva findet ihn schön. Roy hält ihr eine Schachtel Zigaretten hin. Iva schüttelt den Kopf.
»Ich habe Asthma.«
»Seit wann das denn?«

»Ein paar Jahre.«
»Stört es dich, wenn ich rauche?«
»Nein.«
Roy zündet sich eine Zigarette an. Der Qualm tänzelt in die frühe Nacht.
»Warum wohnst du jetzt hier?«
»Keine Ahnung. Düsseldorf ist eine tolle Stadt, nicht wahr?«, erklärt Roy sarkastisch.
»Warum, Roy?«
»Ich bin vom Zirkus weggegangen.«
»Warum?«
»Weil ich keinen Platz mehr hatte.«
»Warum?«
»Alle dort sind gleich geblieben, nur ich eben nicht. Ich konnte den Zirkus einfach nicht mehr sehen. Und jetzt, wo ich weg bin, vermisse ich alle.«
»Warum?«
»Kannst du auch was anderes sagen als warum?«
»Wieso?«
»Das ist Iva-Logik.«
»Hast du die Wände voller Fotos gehängt, weil du alle so vermisst?«
»Nein, darunter schimmelt es. Und Zeitungspapier sieht hässlich aus. Bist du noch betrunken, oder warum stellst du solche Fragen?« Wütend wendet er sich ab. Iva weiß, dass sie gehen soll. Aber sie bleibt. Vielleicht weil Einsame zusammenhalten müssen.
Iva setzt ich auf das Bett, vergräbt den Kopf zwischen den Knien. So kann Roy sich allein fühlen. Er geht zur Wand,

schlägt mit der Hand dagegen. Iva schaut nicht hoch. Hört nur seinen kurzen Schmerzensschrei. Dann sitzt er auf einmal neben ihr. Streichelt ihren Nacken. Sie schaut ihn an. Er wirkt ruhiger. Betrachtet sie lange. Ihr Gesicht, ihren Körper. Dann steht er auf, geht zum Fenster. Raucht weiter.
»Jetzt bin ich eben alleine. Jetzt habe ich vier Wände um mich herum und einen Mietvertrag und einen geregelten Job, aber ich bin unsichtbar geworden. In dieser Stadt sind alle so verdammt unsichtbar. Verstehst du sicher nicht. Du bist jetzt ja eine coole Studentin.«
»Ich bin keine coole Studentin.«
»Bist du auch manchmal unsichtbar?«
»Nein, das mit dem Unsichtbarsein ist bei mir vorbei.«
»Wie hast du das gemacht?«
»Ich habe gar nichts gemacht. Es ist von selbst passiert.«
»Weil du angekommen bist in deiner Welt?«
»Kann sein.«
Roy raucht. Der Qualm weht ins Zimmer.
»Immer noch strebsame Einzelgängerin?«
»Immer noch schwächliches Muttersöhnchen?«
»Meine Mutter ist gestorben.«
»Deine Mutter ist gestorben?«
»Ja.«
»Wann?«
»Vor fünf Monaten. Sie ist einfach so umgefallen. Herzinfarkt. Da war ich gerade dabei, meine Sachen zu packen, um wegzuziehen. Sie war eben eine richtige Diva.«
Iva lacht auf. Schämt sich sofort dafür. Nimmt eine Zigarette, zündet sie sich an. Sie hustet. Roy lacht sie aus.

»Wie geht's deinem Vater?«
»Geht so. Er sortiert wie besessen Buchstaben.«
Iva nickt.
»Und wie geht es deinen Eltern?«
»Keine Ahnung. Ich habe keinen wirklichen Kontakt. Mein Vater überweist mir Geld. Und im Advent bin ich die ganze Zeit damit beschäftigt, mir Ausreden auszudenken, warum ich an Weihnachten nicht komme.«
»Er hat ja deine Geschwister.«
»Hm«, macht Iva nur, weil sie keine Lust hat, die ganze Geschichte zu erzählen.
»Jetzt sehen wir uns nach so langer Zeit wieder und reden als Erstes über unsere Eltern. Das ist blöd, oder?«, überlegt Roy.
»Ja, schon«, sagt Iva, hustet laut. Roy nimmt ihr die Zigarette aus der Hand, wirft sie aus dem Fenster. Die Glut erlischt im Flug.
»Nicht gut für dich«, fügt er hinzu.
Iva schnappt sich Roys Zigarette, lässt sie ebenfalls in die Tiefe fallen.
»Für dich auch nicht.«
Sie schauen in die Dunkelheit. Unter dem Haus schlängeln sich die Autos durch die Nacht. Fahrradleuchten und Rücklichter scheinen zu Iva und Roy hinauf. Sie stehen so nah beieinander, dass eine von Roys Locken in Ivas Gesicht baumelt. Sie pustet sie weg. Schaut auf den verhangenen Himmel.

8

In unzählige Decken gehüllt, schleppt sich Iva durch den kahlen Flur. Es fällt ihr schwer, die Füße zu heben. Alle Gliedmaßen schmerzen. Die Lunge liegt massiv im Brustkorb. Sie zieht Iva nach unten. In der linken Hand trägt Iva ihre Tasse. Darin schwimmt frisch aufgebrühter Ingwertee. Seine Dämpfe schweben durch den Korridor.
Im Zimmer der Großmutter ist es kalt. Die Wände halten die Winterluft nicht auf. Als Erstes geht Iva zur Heizung unterhalb des Fensters. Sie dreht sie voll auf, hockt sich dann in ihrem Deckengewand daneben. Am Rücken spürt sie, wie der Heizkörper sich erwärmt. Erleichtert atmet sie aus, nimmt einen Schluck Tee.
Das braune Fotoalbum liegt noch auf dem Schreibtisch. Nur die Zeichnungen, die Ismene ausgebreitet hat, häufen sich auf einem Stapel. Ob Ismene in der Zwischenzeit einmal hier gewesen ist, fragt Iva sich. Auf Knien robbt sie zum Schreibtisch, zieht das Fotoalbum hervor. Der Ledereinband ist schwer.
Das geknickte Foto mit der Zeichnung auf der Rückseite zieht Iva aus ihrer Hosentasche. Tagelang hat sie es mit sich herumgetragen, ohne es zu merken. Sie faltet es auseinander, wendet es hin und her.

Die Großmutter will die Luft umarmen. Sie streckt die Arme aus. So weit, wie sie kann. Nach sechs Tagen im Haus der Missionare darf sie endlich wieder raus. Die

Luft ist klar. Der Horizont liegt im Nebel. Die Großmutter springt hoch, will die Luft fangen. Doch die entgleitet ihr.
»Was machst du da?«, fragt die Nachbarin.
»Ich will meinen Vater aus der Luft fangen. Damit er wieder da ist.«
Die Nachbarin lächelt matt.
»Rede nicht so einen Unsinn«, sagt die Urgroßmutter schroff. Und tritt aus dem Haus. Ihr Gesicht ist hart. Sieht aus wie die Oberfläche von einem Felsen, findet die Großmutter. Glattgeschliffen vom Wind.
»Du weißt, dass dein Vater jetzt im Himmel ist.«
Die Großmutter nickt. Schaut nach oben. Am Himmel sind keine Wolken. Da sind nur Sonnenstrahlen und ein bisschen Dunst. Eigentlich müsste sie den Urgroßvater sehen können. Der liebe Gott könnte ihn doch mal ein Stück nach vorne treten lassen, damit sie ihm winken kann. Darf man für so was beten, überlegt die Großmutter und ist sich unsicher. Sie könnte den Missionar fragen, aber vielleicht würde er ihr eine Ohrfeige geben für die Frage. Die Großmutter bleibt still.
Die anderen Kinder rennen durch den Garten, sind laut, rufen. Die Erwachsenen stehen vereinzelt herum. Niemand spricht, niemand schimpft. Alle saugen die frische Luft ein, versuchen allein zu sein. Nach den engen Tagen im Haus. Die Urgroßmutter schaut hoch in den Himmel. Sie will bestimmt den Urgroßvater sehen, denkt die Großmutter. Der Himmel muss sehr voll geworden sein, in den letzten Tagen, bei so vielen Toten. Daran zweifelt

die Großmutter auf einmal. Und rennt los. Kreise um das Haus, wie die anderen Kinder.

Iva legt das Foto beiseite. An ihrem Rücken bollert die Heizung. Ihre Wirbelsäule ist heiß. Sie regelt das Thermostat herunter.
Im Erdgeschoss klappern Töpfe und Geschirr. Ismene und Mariola kochen. Iva faltet das Foto wieder zusammen, rafft sich auf. Wenn sie erkältet ist, hat sie nie Hunger. Aber sie will nicht mehr alleine sein. Bevor sie das Zimmer verlässt, wickelt sie das Deckengewand enger um sich.

9

Rote Wasserlachen machen den gesamten Badboden rutschig. Lavendelölschwaden steigen aus der Badewanne auf. Sie hängen als klägliche Wolke unter der Zimmerdecke. Feuchtigkeit klebt an allen Glasflächen. Durch das gekippte Fenster dringt mildernde Luft. Das Bad ist heiß. In der Hitze kann Iva sich kaum bewegen. Ismene hockt verrenkt in der Badewanne. Mit der Duschbrause wäscht sie sich den Kopf. Ein Großteil des Wassers landet auf dem Boden. Die rote Tönung löst sich von Ismenes Haar, färbt die Wasserlachen ein. Auf dem Rand der Badewanne steht eine Flasche Whisky. Iva fragt sich, wo Ismene die wieder gefunden hat. Vollkommen still lehnt Iva in der Tür und betrachtet Ismenes Körper. Ihre leicht olivfarbene Haut umspannt ihre Kurven. Die Haare unter ihren Achseln sind dunkler als die auf dem Kopf. Warmes Wasser spritzt zu Iva herüber. Ismene stellt die Brause aus, hängt den Duschkopf zurück. Iva und Ismene schauen sich an. Sagen nichts. Wie ein Kadaver liegt Ismene im Wasser. Arme und Beine ragen über die Wasseroberfläche. In kleinen Tropfen auf der Haut reflektiert das Licht. Ismene funkelt.

Gelassen greift sie nach der Whiskyflasche, schraubt sie auf und nimmt einen großen Schluck.

Iva streift sich das Top vom Oberkörper, steigt aus der Hose. Die Unterhose behält sie noch einen Moment an. Zögert. Tapst zur Wanne. Unsicher legt sie die Hände an die Hüften, zieht die Unterhose herunter. Ein bisschen schämt sie sich für ihre heraussstehenden Hüftknochen, für den nach innen gewölbten Bauch, die angedeuteten Brüste. Weil Iva nie gestillt hat, haben sie sich nach der Geburt nicht verändert. Eigentlich hatte Iva sich gewünscht, Mutterbrüste zu bekommen, ausgekaute, hängende Brüste. Aber das Stillen hatte nicht geklappt.

In das heiße Wasser zu steigen kostet Überwindung. Die Temperatur zwiebelt an den Beinen, das Lavendelöl pappt an der Haut.

Mit angewinkelten Beinen sitzen Iva und Ismene sich gegenüber. Entspannt spielt Ismene mit der eckigen Flasche. Das rote Wasser färbt Ivas Beine. Nach dem Baden wird sie noch einmal duschen müssen, denkt sie. Ismenes Blick ist verwegen. Wie eine Königin sitzt sie da, tastet sich mit den Augen an Ivas Knochen entlang. Iva ist be-

eindruckt von Ismenes weichem Körper. Ismene ist in unzählig viele Richtungen geschwungen.
Mit den Armen umgreift Iva ihre eigenen Beine. Sie hat Angst, Ismene zu nah zu kommen. Nach einem weiteren Schluck Whisky lehnt Ismene sich zurück, hebt ihr linkes Bein, legt es auf dem Wannenrand ab. Iva ist zwischen Keramik und Ismene eingekesselt.
Wortlos hält Ismene Iva die Flasche hin. Iva schüttelt den Kopf, Ismene zieht ungläubig die Augenbraue nach oben.
»Nein, wirklich nicht«, sagt Iva.
»Wenn du meinst«, entgegnet Ismene und trinkt selbst. Danach verzieht sie künstlich das Gesicht, tut, als würde sie sich ekeln, macht übertrieben: »Ih, was ist das denn. Ih. Ich glaube, das ist schlecht. Igitt. Igitt. Igitt.« Danach schiebt sie die Unterlippe vor und schaut Iva aus großen Augen an. Mit verstellter Stimme sagt sie: »Iva, kannst du mal probieren, ob der Whisky schlecht ist. Nicht, dass ich mir den Magen verderbe.«
Iva lächelt trüb, nimmt dann die Flasche, riecht spielerisch daran, träufelt ein wenig in ihren Mund. Das Getränk prickelt auf ihrer Zunge.
»Der Whisky ist schlecht. Du kannst ihn nicht trinken«, sagt sie frech und will die Flasche auf den gefliesten Boden stellen.
»Nein, nein«, protestiert Ismene beschwipst und rettet das Getränk aus Ivas Händen.
»Wenn es wirklich schlecht ist«, beginnt sie, »habe ich ja eine Ärztin, die mich retten kann. Unfug unter ärztlicher Aufsicht kann ja keinen Schaden anrichten.«

Das warme Wasser löst Ivas Arme aus der engen Verschlingung. Ihre Schienbeine drücken sich an Ismenes Schenkel, die Finger treiben auf der roten Oberfläche.
Nach weiteren Schlucken Whisky fängt Ismene an zu schwafeln. Vergnügt reckt sie den Kopf in die Höhe, wiegt Ivas Arme hin und her.
»Ich habe ja schon mit vielen Menschen gebadet, aber noch nie mit so einem Dürrling«, sagt sie überdreht. »Bist du schon immer so dürr gewesen, Iva?«
»Ja. Als ich schwanger war, nicht, aber sonst war ich schon immer so.«
»Da warst du bestimmt sehr stolz drauf, oder? Lange Beine, dünner Körper, interessantes Gesicht. Du hättest eine richtige Schulhofprinzessin sein können.«
»War ich aber nicht.«
»Ich auch nicht. Aber ich war fett.«
»Kann ich mir nicht vorstellen.«
»Das sagst du, weil du eine höfliche Frau bist, aber als Mädchen hättest du mich auch ekelig gefunden. Als Kind war ich ganz normal, dann wurde ich irgendwann fett. Da war ich schon länger in Deutschland.«
»Wo kommst du her?«, fragt Iva.
»Bosnien. Habe ich dir das nicht gesagt? Ach nein, ich habe mich nur mit Mariola darüber unterhalten. Ich dachte, du als deutsches Elitemädchen verstehst das alles nicht.«
»Danke«, sagt Iva schroff, zieht ihre Beine an sich, spannt die Arme darum. Den Kopf legt sie auf den Händen ab. Dann muss sie Ismene nicht anschauen.

»Warum seid ihr nach Deutschland gekommen?«
»Schon mal was vom Bosnienkrieg gehört?«, provoziert Ismene. Sie hält den Whisky an ihre Nase, atmet tief ein, trinkt danach. Iva antwortet nicht. Vielleicht sollte sie aus der Wanne steigen.
»Meine Eltern hatten irgendwie keine Lust darauf, sich umbringen zu lassen.«
Auf einmal sieht Ismene bitter aus. Ihr rundes Gesicht bekommt spitze Züge, die Augen werden steinern, der Blick wandert in die Ferne, vorbei an Iva, vorbei an dem Haus, an Dresden.
»Wann seid ihr aus Bosnien weggegangen?«
»1995. Da war ich fünf. Also eigentlich kenne ich Bosnien gar nicht. Meine Eltern sind immer wieder hingefahren und haben dann stundenlange, sentimentale Gespräche mit Verwandten geführt und so weiter und so weiter. Und seitdem ich zehn bin, habe ich mich geweigert, wieder hinzufahren.«
Verträumt schaut sie in das farbige Wasser. Mit der linken Hand taucht sie unter, lässt Wassertropfen von den Fingern fallen. Sie plätschern naiv auf Ismenes Oberschenkel. An der Haut fließen sie zurück, verbinden sich mit dem restlichen Wasser.
»Was sollte ich da auch? Weißt du, meine Mutter ist im Kopf immer in Bosnien geblieben. Mein Vater hat's geschafft, in Deutschland anzukommen. Hat als Klavierstimmer gearbeitet, als Organist. Und meine Mutter hat nur darauf gewartet, dass wir zurück nach Bosnien können, und mich in Musik unterrichtet. Damit ich mal

eine tolle Pianistin werde. Damit ich rauskomme aus der Scheiße. Sozialwohnung in einem bayerischen Dorf macht keinen Spaß, weißt du.«
Iva nickt, greift nach der Flasche, trinkt. Behutsam streckt Ismene ihre Finger aus. An den Kuppen sind sie verhornt. Vom Musikmachen. Sie streicht über Ivas Arm. Bis zum Ellbogen wandern die Finger, drehen dann wieder um. Am Handgelenk tippen sie eine Melodie auf Ivas Knochen.
»In dem Dorf hat meine Mutter es gar nicht ertragen, ist mit mir durchs ganze Land gefahren. Musikwettbewerbe und so. Die habe ich auch brav gewonnen. Ich hatte immer so hässliche Schleifen im Haar. Du kannst dir nicht vorstellen, wie sie mich zugerichtet hat. Ich sah aus wie ein eingewickeltes Bonbon. Wirklich.« Ismene lacht. »Du musst mal meinen Namen bei YouTube eingeben, dann kannst du mich als Kind Klavier spielen sehen.«
»Ich kenne deinen Nachnamen nicht mal«, murmelt Iva.
Ismene lacht auf, sagt: »Absurd.« Dann ist sie still, legt den Kopf schief und sagt abgeklärt: »Und dann bin ich fett geworden und habe mich verliebt.«
Iva traut sich nicht, weiterzufragen, schaut Ismene einfach an. Versucht herauszukriegen, wo in ihrem Gesicht ihre Geschichte geschrieben ist. Auf der Stirn nicht, auch nicht auf den Wangen. Vielleicht sind es die Lippen, denkt sie. Ohne nachzudenken, beugt Iva sich vor. Das Wasser schwappt bei ihrer Bewegung fast über den Wannenrand. Nahe vor Ismenes Mund hält Iva inne. Die beiden hellrosa Balken sind abgerundet. Ohne einen einzigen Riss liegen die Lippen da. Iva zieht ihre Hand aus dem Was-

ser, legt den Zeigefinger auf Ismenes Oberlippe. Sie will die Geschichte ertasten. Kurz bevor der Finger die Lippen erreicht, beißt Ismene hinein. Iva lacht überrascht auf, wird still, als sie merkt, dass Ismenes Zunge Ivas Finger umspielt.

»Als ich fett und verliebt war«, nuschelt Ismene mit dem Finger im Mund, »da habe ich so was auch schon mal gemacht.«

»Was?«

Ismene verstaut ihre Beine unter ihrem Po, verbirgt ihre Hände unter Wasser, ankert sie an Ivas Hüftknochen, zieht sich daran vor, sodass sie auf Ivas Beinen hockt. Den Kopf legt sie an Ivas Hals, streichelt ihn mit ihren Lippen. Die Geschichte fällt von den Lippen über Ivas Haut ins Wasser.

Während Ismene Ivas Schlüsselbeine erkundet, schaut Iva in die roten Wellen.

Ismene ertastet ihre Rippenbögen mit der linken Hand und die rechte schwimmt im Schutz des Wassers zu Ivas Unterschenkeln. Sie schlängelt sich daran vorbei. Iva atmet tief aus. Bemerkt, dass ihre Lippen schon eine Weile an Ismenes Hals hängen.

Die Finger, die Ismene in Iva vergraben hat, bewegen sich. So lange, bis Iva zu heiß in ihrem Körper wird, bis es kribbelt unter der Haut. Bis Iva denkt: Jetzt explodiere ich.

Ismene öffnet die Augen und verbindet ihren Blick mit Iva. Die Hände nehmen sie von ihren Körpern. Die Lippen verweilen ruhig im eigenen Gesicht. Dann steigt Ismene aus der Wanne. Ihre Haare sind wieder braun. Die gesamte

Tönung ist im Badewasser. Bevor sie sich abtrocknet, zieht sie den Stöpsel. Die Geschichte gleitet im Strudel in die Kanalisation hinab.
Als sie weg ist, hockt Iva allein in der leeren Wanne. Die rote Farbe hat Spuren auf der weißen Keramik hinterlassen. Die Abendluft, die sich an der gekippten Fensterscheibe vorbeimogelt, saugt die letzten Wassertropfen von Ivas Haut. Sie fröstelt.

ZEHNTER TAG

1

Klar steht der Himmel über der Stadt. Von keiner einzigen Wolke wird das Winterblau getrübt. Die Sonne breitet ihre Strahlen genüsslich aus. Auf dem Boden zeichnen Bäume und Häuser Bilder aus weichen Schatten. Schneereste liegen an den Wegrändern. Bis zum Mittag werden sie dahingerafft worden sein.

Im Vorgarten schmilzt der Miniaturschneemann, den Ismene und Iva gestern gebaut haben. Er ist nicht mal zwanzig Zentimeter hoch, dafür aber besonders dick. Auf dem Kopf trägt er eine Pelzmütze, aus dem Bauch ragt ein alter Kochlöffel. Als Besenersatz.

Iva bindet sich den Schal um den Hals. Ihr Gesicht ist blass, die Nase rot. Das Telefon hält sie am Ohr. Hört der Pflegeversicherungsstimme zu, die ihr schon seit zwanzig Minuten davon abrät, den Vater nach Hause zu holen. Auch von der Krankenversicherung erwartet Iva keine Hilfe. Die Ärzte im Krankenhaus haben sie nur schräg angesehen, als sie ihren Wunsch geäußert hat. Aber sie lässt sich nicht abbringen. Früh am Morgen ist schon das Pflegebett eingetroffen. Mariola hat den Plastikhandschuhvorrat im Haus aufgestockt. Iva und Ismene haben die Wohnzimmermöbel in eine Ecke geschoben, damit das Zimmer frei ist für das Bett.

Iva versucht, höflich zu sein, reißt sich zusammen bei den

Telefonaten. Manchmal schimpft sie trotzdem. Ein bisschen macht ihr der Streit mit den Versicherungen und dem Krankenhaus auch Spaß. Sie will sich durchsetzen, sie wird sich durchsetzen. Nach weiteren fünf Minuten hat die Pflegeversicherungsfrau endlich ausgeredet und Iva setzt zum Gegenangriff an. Mit gut gewählten Worten, weinerlichen Argumenten und Appellen an den Familiensinn erreicht sie ein langes Schweigen am anderen Ende der Leitung. Dann kommt das Einverständnis.

Iva legt auf, greift nach einem Kugelschreiber und füllt unzählige Bögen Papier aus. Andauernd trägt sie in Druckbuchstaben die Geburtsdaten des Vaters ein. Ohne dass sie nachdenken muss, schreibt sie die Zahlen auf das Papier. Iva fühlt sich wie damals im Studium.

Nächtelanges Dasitzen und Lernstoff auswendig lernen. Iva schreibt alles ab. Dann kann sie es sich besser merken. Zerstört dabei massenhaft Kugelschreiber und Bleistifte. Füllt unzählige Seiten Papier. Iva sitzt da mit Büchern und Papier, mitten in der Sommernacht. Starker Kaffee neben ihr. Müde schreibt sie weiter, nimmt einen Schluck Kaffee. Schaut verstohlen auf die Uhr. Es ist halb zwei. Und sie kann das Kapitel immer noch nicht auswendig. Iva lehnt sich zurück, atmet verzweifelt aus. Denkt an Roy. Der ruft nicht an, der geht nicht ans Telefon, wenn sie anruft. Der reagiert nicht auf ihre SMS. Der will sie nicht wiedersehen. Iva schaut auf ihr Blatt. Die Buchstaben verschwimmen vor den Augen. Roy will sie nicht wiedersehen. Roy will nicht mehr mit ihr sprechen. Roy bereut, dass sie sich wiedergetroffen haben. Und Iva bereut es nicht, will

Roy wiedersehen. Will, dass er ihr schreibt. Dass da eine Nachricht kommt, in der steht: »Ich bin so froh, dass wir uns wiedergetroffen haben.« Oder: »Es war so schön, als du da warst.« Aber da kommt nichts. Nicht mal: »Es ist gerade so viel los bei mir. Ich melde mich, wenn es wieder ruhiger ist.«

Iva steht auf, tapst durch ihre Einzimmerwohnung, überlegt zu duschen. Die Nacht ist schwül. Durch das geöffnete Fenster kommt die Feuchtigkeit. Iva schwitzt nervös, schaut auf ihr Handy. Keine Nachricht. Sie hält es nicht aus. Das Warten seit einer Woche, das Lernenmüssen und Sichnichtsmerkenkönnen. Iva beugt sich aus dem Fenster. Der Innenhof ist dunkel. In den anderen Wohnungen kein Licht mehr, Fahrräder schlafen neben den Mülltonnen. Iva saugt die Luft ein. Denkt an Roys Locken. Wie sie sich angefühlt haben, so weich. An seine Sorgenfalten auf der Stirn. Daran, wie er seine Tasche in die Ecke geworfen hat. Iva wirft sich ihre Jacke über, sucht den Fahrradschlüssel, verlässt die Wohnung. Auf dem Fahrrad kämpft sie sich durch die Schwüle. Es sind noch fünfundzwanzig Grad. Die Düsseldorfer Straßen sind kaum befahren. Ein paar Hundebesitzer stehen am Straßenrand. Beobachten ihre Tiere beim Urinieren. Iva saust vorbei. Springt vor Roys Wohnhaus vom Sattel, schließt ab. Klingelt, bevor sie es sich anders überlegen kann. Keine Reaktion. Iva schaut hoch. In Roys Zimmer brennt Licht. Sie klingelt wieder. Wartet, klingelt noch mal. Bis irgendwann eine Stimme aus der Fernsprechanlage kommt.

»Wer ist da?«, fragt eine müde Stimme.

»Hier ist Iva. Ich möchte zu Roy.«
»Der wohnt hier nicht mehr.«
»Was?«
»Ja, der ist gestern ausgezogen.«
»Aber in seinem Zimmer brennt Licht.«
»Der Nachmieter richtet sich gerade ein.«
»Kannst du mir Roys neue Adresse geben?«
»Die habe ich nicht.«
»Ach so. Aber weißt du so ungefähr, wo er hingezogen ist?«
»Nein, keine Ahnung.«
»Okay. Danke. Und entschuldige.«
Iva schaut auf die Uhr, springt auf das Fahrrad, rast zum Bahnhof. Sie weiß, dass in fünfzehn Minuten die letzte Bahn nach Wuppertal fährt.

2

Nachdem alle Bögen ausgefüllt sind, schiebt Iva sie in einen Briefumschlag, beschriftet ihn. Sie zieht sich ihre Strickjacke über. Heute ist es im Haus kalt. Sie weiß nicht, warum. Die Heizungen sind voll aufgedreht, doch die warme Luft schafft es nicht, die Kälte zu verdrängen. Als sie in die Eingangshalle gehen will, bleibt sie auf dem Treppenabsatz stehen. Unten tanzt Ismene. Wirbelt bunte Tücher durch die Luft, summt eine Melodie. Von den ausgestopften Tieren zupft sie weitere Stoffstücke ab, dreht sich mit ihnen durch den Raum. Mariola lehnt am Türrahmen, beobachtet Ismene beeindruckt. Leise dreht Iva wieder um. Sie will Ismene nicht begegnen. Das Schneemannbauen gestern war unangenehm. Ismene hatte einen blöden Witz nach dem anderen gemacht, Iva geschwiegen. Dann sind sie im Haus verschwunden. Alleine in ihren Zimmern.

Iva verunsichert es, Ismene durch den Raum tanzen zu sehen. Ihr Körper, ein warmer Fluss. Die Tücher, die sie um sich schweben lässt, sehen aus wie Vögel.

Iva will nicht an die Badewanne denken, nicht an Ismenes Augen und das Rot im Wasser. Aber sie spürt sie wieder, die Ismenehände und -lippen.

Iva zieht ihr Handy aus der Hosentasche, schreibt eine Nachricht an Roy: »Kannst du nicht vielleicht schon ein paar Tage früher kommen?«

3

Die Gewitterwolken hängen starr über der Stadt. Die Regionalbahn hält in Wuppertal. Iva steigt aus. Wundert sich kurz, wie lange sie nicht mehr hier war. Merkt, dass sie den kleinen Fluss vermisst hat und die verrosteten Schwebebahnstützen. Auch die Hügel und die Innenstadt, die zusammengedrückt im Tal liegt. Am Bahnsteig zieht Iva ihre Jacke zu. Die Vorgewitterluft fegt die Gleise entlang. Iva schließt ihr Fahrrad an, läuft dann durch das stickige Schwarz.

Sie weiß nicht, wo sie suchen soll, traut sich nicht, darüber nachzudenken, ob es eine gute Idee war, hierherzukommen. Iva wartet auf die Schwebebahn, steigt in die erste, die kommt, die einzige, die noch fährt. Die bringt sie zu der Hochhaussiedlung, in der Rüdiger gewohnt hat. Die ersten Tropfen prasseln an die Scheibe. Als Iva aussteigen muss, regnet es schwere Tropfen. Sie rennt. Kommt durchnässt vor Rüdigers Haus an. Legt die Hand auf die Klingel. Traut sich dann nicht. Was, wenn Rüdiger ihr aufmacht? Jetzt mitten in der Nacht, in der er Buchstaben sortiert? Was, wenn er ihr zeigt, was er gefunden hat. Iva hält inne. Sucht den Himmel nach hellen Stellen ab. Findet nichts außer Gewitterwolken. Sie bleibt unter dem Vordach, lehnt sich an die Tür, gleitet an ihr herunter. Ist auf einmal so müde. Und schläft ein.
Vom lauten Donner schreckt sie hoch. Schaut sich um. Es ist heller. Die Sonne scheint hinter den Blitzen vorbei. Es ist immer noch schwül. Das Wasser steht auf dem Platz zwischen den Häusern. Mittlerweile ist es morgens. Unter Schirmen machen sich die Ersten auf den Weg zur Schwebebahnstation. Gehetzt laufen sie an Iva vorbei, versuchen, so trocken wie möglich zu bleiben. Iva reibt sich die Augen, rappelt sich hoch, will auf die Uhr schauen. Die Haustür geht auf. Jemand läuft an Iva vorbei. Bleibt dann stehen.
»Hallo«, sagt Roy und schaut sie unsicher an. Seine Jacke hat er unter den Arm geklemmt, seine Arbeitstasche hängt auf seiner Schulter. Hinter ihm steht noch jemand.
»Was machst du hier, Iva?«, fragt Roy verdutzt.
»Weiß ich auch nicht«, sagt Iva. Wird rot. Fragt sich, was

sie hier will. Warum sie gekommen ist, warum sie nicht einfach am Schreibtisch geblieben ist. Will wegrennen, so schnell sie kann. Aber sie bleibt stehen. Roys Blick fesselt sie.
»Warst du bei dem Gewitter draußen?«
»Ja, aber es war nicht so schlimm.«
»Ja, stimmt, es ging«, sagt die Frau. Sie legt ihre Hand in Roys.
Iva starrt sie an. Ihre dunklen Haare und das markante Gesicht. Ihre strahlenden Augen.
»Wie kann ich dir helfen, Iva?«, fragt Roy hart.
»Eigentlich gar nicht«, antwortet sie, versucht, entspannt zu klingen.
»Und was machst du dann hier?« Roy tritt unsicher auf der Stelle.
Iva kann nichts sagen. Spürt nur, wie ihr übel wird, wie sie sich auflösen will. Sie lehnt sich an die Hauswand. Ihr Nacken ist verspannt, die Beine schwer.
»Ich geh dann mal«, murmelt Iva.
»Ja, am besten«, sagt Roy und nickt.
Iva, die die Situation nicht mehr aushält. Die rennt, durch den Regen. Der Wasser an den Beinen emporspritzt, die schneller ist als alle, die zur Arbeit gehen. Sie spiegelt sich in den Pfützen. Schaut sich ihr verzerrtes Bild nicht an. Das schwappt weg, als sie durch die Pfütze rennt.
»Iva!«, ruft plötzlich eine Stimme hinter ihr. Sie wendet sich nicht um. Weiß, dass es Roy ist. Den will sie nie wiedersehen.
»Iva! Warte mal«, schnauft Roy. Er legt seinen Arm auf

ihre Schulter, hält sie fest. Iva bremst ab, dreht sich um. Der Regen perlt an Roys Kapuze ab.
»Was machst du hier?«, wiederholt er mit Nachdruck.
»Ich fahre jetzt gleich mit der Bahn zurück nach Düsseldorf. Was sollte ich sonst machen.«
»Wolltest du zu mir?«
»Nein, zu deinem Vater«, sagt Iva ironisch.
»Der ist nicht da. Der ist in eine Klinik gekommen.«
»Aha. Bist du jetzt hierhin gezogen? Dafür, dass du irgendwo ankommen wolltest, ziehst du ja ganz schon spontan um.«
Roy atmet tief aus. »Kann dir doch egal sein, wie ich mein Leben führe.«
»Ist mir auch egal.«
»Na, dann ist ja alles gut.«
»Genau. Also, ich fahr jetzt wieder nach Düsseldorf.«
»Mach das.«
Iva dreht sich um, geht ein paar Schritte. Spürt, wie der Abstand zwischen ihr und Roy erst größer wird. Hört dann, dass er hinter ihr geht. Näherkommt.
»Was machst du?«, fragt Iva verunsichert.
»Ich komme mit.«
»Jetzt auf einmal?«
»Ja.«
»Warum, Roy?«
»Nur so, Iva.«
»Musst du dich nicht um deine Freundin kümmern?«
»Ich muss mich um niemanden kümmern.«
»Stolz auf deinen Egoismus?«

»Du kannst so nervig sein, Iva.«
Eine Weile stehen sie an der Schwebebahnstation. Ein großes Dach schützt sie vor dem Regen. Sie halten Abstand zu den Schülern, die ihre Müdigkeit abschütteln. Als die Bahn einfährt, stürmen die Kinder in die Wagen. Roy will einsteigen, Iva zögert. Ihr ist es zu eng zwischen all den Menschen. Roy greift ihren Arm, zieht sie in die Bahn. Nah stehen sie aneinander. Ivas Atem schlägt an Roys Hals. Er umklammert die Halteschlaufe so, dass Iva von seinen Armen umschlungen wird. Iva und Roy schweben in den Morgen.
»Das mit dem Ankommen ist nicht so einfach«, murmelt Roy, legt seinen Kopf auf ihre Schulter.
»Natürlich ist das nicht einfach.«
»Die schlaue Studentin weiß wieder alles besser.«
»Anscheinend.«
Roy lächelt matt. Iva zieht ihn auf eine der freigewordenen Bänke. Sie saugt seinen Geruch ein.
»Du riechst nach einer intensiven Nacht.«
»Hedda hat bei mir übernachtet.«
»Hm«, macht Iva nur.
Die Wassertropfen von der Kapuze fließen unter Ivas Jacke, rutschen die Haut ihrer Brust entlang.
»Ich such mir jetzt eine Wohnung in Wuppertal«, murmelt Roy. »Ich will nicht in der von meinem Vater wohnen.«
Roys Augen sind geschlossen. Gleich schläft er ein, denkt Iva. Sie streichelt sein Haar.
»Verstehe ich.«
»Bist du mit Hedda zusammen?«

»Ach, immer diese Begriffe«, weicht er aus.
»Also ja?«
»Nein. Ich finde nicht.«
Iva nickt. Schaut aus dem Fenster. Die Bahn ist an der Endstation angekommen, fährt jetzt wieder zurück. Iva überlegt, wie oft sie wohl noch hin- und herfahren werden. Vielleicht drei, vier Mal.
»Was soll ich machen, Iva?«
»Keine Ahnung. Du hast mir gesagt, ich soll mich nicht in dein Leben einmischen.«
»Nehme ich zurück.«
»Ehrlich, Roy. Wo du hinziehst und wo du übernachtest, musst du mit dir selbst ausmachen.«
»So wie alles.«
»Nein, nicht wie alles.«
Iva atmet Heddas Geruch aus seinen Haaren, dreht die Locken um ihren Finger. Roys Atem fließt gleichmäßig. Eine alte Dame mit Hund schaut beschämt zu Boden.
»Willst du nicht auch nach Wuppertal ziehen?«
»Erst mal nicht. Ich bleibe da, wo ich bin.«
»Warum?«
»Mir gefällt es da.«
»Hm.«
Roy schläft ein, als es aufhört zu regnen. Iva umschließt ihn mit beiden Armen. Schaut sich die Sonne an. Sie reflektiert in den Tropfen.

4

Zum Tanzen schaltet Ismene laute Schamanenmusik ein. Sie klingt durchs ganze Haus. Iva stört das. Von Ismene will sie nichts hören und nichts sehen. In ihrer Lunge wirbelt wieder das Laub. Aber Iva kann nicht husten. Die einzelnen Blätter verstopfen die Luftröhre. Angestrengt versucht Iva einzuatmen. Mariola tanzt mit Ismene. Iva schleicht die Treppe hinunter, schlüpft in ihre Schuhe. Geht raus. Setzt sich auf die Stufen und versucht, die kalte Luft einzusaugen.

Sie tritt auf die kleine Straße. Betrachtet die Gasse, das freiliegende Kopfsteinpflaster. Langsam geht sie zum Briefkasten an der Kreuzung. Die Anträge müssen heute noch raus. Sonst wird das mit dem Nachhauseholen nichts.

Lange starrt sie auf den Boden, die Muster verschwimmen vor ihren Augen.

5

Die Großmutter weiß: Wenn man sich umdreht, kann man eine Salzsäule werden. Deshalb schaut sie starr nach vorne. Der Waterberg liegt weit hinter dem Rücken der Großmutter. Immer wieder denkt sie an das Haus, an die Veranda. Daran, wie viele Schritte es vom Gartentor bis zur ersten Stufe sind, aus wie vielen Latten die Fensterrahmen zusammengenagelt sind. Wie es klang, wenn der Urgroßvater im Schaukelstuhl auf und ab wippte, dabei die Zeitung durchblätterte. Seit Monaten sitzt der Urgroßvater nicht mehr in seinem Schaukelstuhl. Seit Monaten liest nur noch die Urgroßmutter die Zeitung und marschiert danach schweigend über die Veranda. Der Deckel über der Klaviatur ist geschlossen. Im Haus ist es still, und nachts, wenn die Großmutter im Bett liegt, denkt sie an das Gras, das unter ihren Füßen gestochen hat, und sieht sich durch die Landschaft rennen.

Die Großmutter stellt sich vor, wie es sein wird, wenn sie irgendwann wieder das Haus betritt. Hofft, dass es noch genauso sein wird, wie an dem Tag, an dem sie es verlassen hat. Vielleicht kommen wir wieder, denkt sie kurz, blinzelt den Gedanken dann weg. Sie darf nicht anfangen zu weinen, das hat die Urgroßmutter den Kindern eingebläut. Jetzt ist keine Zeit zum Weinen und keine, um sich umzudrehen.

Der Ochsenkarren fährt über das weite Land, ruckelt. Der Kinderkörper der Großmutter wackelt bei der Fahrt. Das Land ist trocken. Der Beginn der Wüste. Da müssen sie durch. Sonst kommen sie nicht zur nächsten Bahnstation. Am Waterberg wird immer noch gekämpft. So lange, bis alle Herero tot sind. Das hat die Urgroßmutter den Kindern gesagt.

»Die Herero haben euren Vater ermordet, jetzt müssen sie sterben. Das sind Sünder.«

Das sagen auch alle in der Kirche und das haben auch alle gesagt, die das deutsche Dorf schon verlassen haben.

Es ist fast leer. Der Laden geschlossen, die Poststation zu.
Jetzt sind die Schutztruppen da, die haben auch die Urgroßmutter aufgefordert zu gehen. Die haben die große Schlacht am Waterberg gekämpft und sie haben gewonnen, hat die Urgroßmutter gesagt. Aber trotzdem müssen alle weg aus dem Dorf. Die Erwachsenen sagen: »Mit einer Schlacht ist es eben nicht getan.«
Die Großmutter denkt daran, wie sie alle in der Küche auf dem Boden hocken und die Urgroßmutter flüstert: »Sie kesseln die Herero am Waterberg ein. Da wird keiner von denen lebend rauskommen.«
Die Türen und Fenster verriegelt. Und die Großmutter, die betet und nicht weiß, ob besser zum lieben Gott oder zu Lothar von Trotha. Den hat der Kaiser geschickt. Aber der hat es noch nicht geschafft, dass alle Herero tot sind. Die haben den Kessel durchschlagen. Die fliehen in die Wüste.
Die Urgroßmutter schnalzt. Die Ochsen trotten schneller. Die Großmutter schaut hoch. In die Sonne, die brennt vom Himmel.
Die Erwachsenen sind bewaffnet. Schauen in alle Richtungen. Die Sonne geht unter, hängt müde über dem Berg. Beleuchtet das Land orange. Rosa Dunststreifen überziehen den Himmel. Am Horizont flimmert es. Vielleicht will die Sonne die Landschaft anzünden, überlegt die Großmutter. Leise summt sie vor sich hin. Die Kämpfe sind vorbei für heute.
Die Großmutter starrt in das Flimmern. Vielleicht steht der Urgroßvater darin. Vielleicht ist er noch gar nicht im

Himmel angekommen, sondern wartet am Horizont, bis er dran ist mit Indenhimmelfahren. Oder sie haben ihn im Himmel wieder weggeschickt. Vielleicht weil so viele gekommen sind, die den Waterberg vor den Sündern verteidigt haben. Die das besser gemacht haben als der Urgroßvater und deshalb früher dran sind. Die jetzt schon Heilige geworden sind. Beschützer vom Waterberg. Engel mit Goldkränzen um den Kopf. Beim Urgroßvater überlegt der liebe Gott womöglich noch mal. Oder er überlegt noch mal bei allen Waterbergkämpfern.
Die Großmutter nimmt ihre Hand und schlägt sich den Gedanken aus dem Kopf. An ihrer Wange brennt es. Die Urgroßmutter schaut verwundert, fragt nicht, was ist. Kurz schließt die Großmutter die Augen. Sie will das Horizontflimmern nicht mehr sehen.

An einem ausgedörrten Baum bleibt der Ochsenwagen stehen. Die Kinder springen vom Wagen. Schnell pinkelt die Großmutter auf den trockenen Boden. Die Flüssigkeit versickert nicht. Wieder schaut die Großmutter in das Flimmern. Ist sich auf einmal sicher. Da steht der Urgroßvater. Da sieht sie ihn. Wirklich. Er ist dünner als sonst. Weil er Monate nichts gegessen hat. Er flimmert in der Sonne. Die Großmutter springt auf. Sie muss zu ihm laufen. Ihn mitnehmen. Wenn sie ihn im Himmel nicht wollen, dann kann er ja mit auf den Ochsenkarren. Sie rennt los. An dem ausgetrockneten Baum vorbei. Sodass es keiner merkt. In den letzten Monaten haben die Kinder Unsichtbarsein, Schweigen und Laufen ohne Geräusche gelernt.

Und in Sicherheit bringen. Andere muss man auch in Sicherheit bringen, denkt die Großmutter. Vor allem den Urgroßvater, der noch warten muss am Himmel.
Der Urgroßvater winkt, oder nicht? Sie rennt schneller und schneller. Der Urgroßvater wird nicht größer. Umso öfter sie blinzelt, desto weiter weg erscheint er. Sie läuft, obwohl die Beine wehtun. Die Knie sich kaum mehr heben lassen. Sie dreht sich nicht um. Sie wird keine Salzsäule. Plötzlich muss sie stehenbleiben. Keucht. Stemmt die Hände auf die Knie. Atmet durch. Sie kann nicht mehr. Kurz schaut sie hoch. Der Urgroßvater ist nicht mehr da. Am Horizont flimmert es nicht mehr. Da ist es einfach nur noch dunkel. Da taucht die Sonne gerade ab. Auf die andere Seite der Welt.
Die Großmutter steht auf aufgeplatzter Erde. Ein Riss geht weit hinunter. Verliert sich im Schwarz. Sie richtet sich auf. Sieht sich um. Steht vor einem Wasserloch. Das ist zugenagelt worden. Auf einmal merkt sie, wie durstig sie ist. Mit den Händen versucht sie, das Holz über der Wasserstelle zu lösen. Ein Splitter gelangt in ihren Finger. Die Latten bewegen sich kein Stück. Neben dem Wasserloch liegt etwas. Ein Haufen. Übereinandergestapelte Äste vielleicht. In der Landschaft entdeckt sie immer mehr solcher Konstrukte. Vorsichtig geht sie zu dem Asthaufen. Die Luft riecht nach nichts. Nicht nach Abend, nicht nach Morgen. Nach Himmel vielleicht, denkt die Großmutter.
Der Haufen ist nicht aus Ästen, erkennt die Großmutter. Der Haufen ist aus Armen und Beinen. Ein kleiner Körper,

der umschlungen wird von einem größeren. Rippenbögen und Haut. Die Augen des kleinen Körpers sind geschlossen. Die vom großen geöffnet. Darin sammeln sich Fliegen, die leben. Die sausen zwischen Augen und vertrockneter Wunde am Hinterkopf hin und her.
Die Großmutter hockt sich neben die Körper. Kratzt ein bisschen Erde vom harten Boden, lässt ihn über die Gesichter rieseln. Das staubt. Sie steht auf, blickt zu den anderen Körpern, die daliegen. Zum Horizont, der dunkel ist.
Dann dreht sie sich um und rennt.

6

Iva saugt den Sauerstoff tief ein. Sie will das Laub wieder auf die Haufen in der Lunge bringen. Doch das flattert weiter. Benebelt lehnt sie sich an eine Laterne. Ihr ist schwindelig. Die kleine Straße auf dem Hügel wirbelt um sie herum. Sie fragt sich, warum die Erde sich nicht einmal langsamer drehen kann. Nur so schnell, dass Iva hinterherkommt. Kurz denkt sie an Alexander. Daran, wie er manchmal morgens am Küchentisch herumzuckt und auf seinen Stuhl springt. Daran, wie er auf das Schimpfen der Mutter mit »Das mache ich nur, weil die Erde sich zu schnell dreht. Irgendwo muss ich mich in Sicherheit bringen.« reagiert.
Von da an gibt die Mutter ihm Medikamente, die ihn bis nachmittags benebelt machen.

Iva kramt ihr Asthmaspray aus der Jackentasche, hält es sich vor den Mund. Tief inhaliert sie. Das Laub legt sich geschockt auf den Lungenboden. Erleichtert öffnet Iva die Augen. Sie schaut auf die Straße. Sie hört auf zu wanken. Stabil ragen die Häuser in den Himmel, gemäßigt schlängelt der Bürgersteig sich an ihnen vorbei.

An der Biegung, die zur Hauptstraße führt, entdeckt Iva plötzlich zwei Personen. Die laufen auf sie zu. Die eine ist klein und mager, die andere hochgewachsen. Mit breiten Schultern und einem Kopf, der auf dem Hals wackelt. Noch einmal atmet Iva aus, blinzelt und lächelt dann. Die hohen Schultern haben sich in all den Jahren kaum verändert und erst jetzt fällt Iva auf, wie ähnlich sie den Vaterschultern sind. Die ruppigen Gesichtszüge stechen schon aus der Ferne klar hervor. Ein langer Schal ist mehrfach um den Hals gewickelt, ist so lang, dass er über das kalte Straßenpflaster schleift. Ihre Hände haben die Personen ineinandergelegt. Finger um Finger fest verschlungen, der Große zieht die Kleine leicht hinter sich her. Die kleine Frau schlenkert, kann ihre Füße nicht sicher voreinandersetzen.

Noch einmal zwinkert Iva, und als sie sich sicher ist, lächelt sie breit.

»Hallo, Alexander«, ruft sie. Er eiert schneller, als er Iva erkennt. Die Frau an seiner Hand schaut verloren an den Häusern empor.

Als sie voreinanderstehen, schauen sie sich unsicher an. Doch dann breitet Alexander seine Arme aus und Iva fällt in sie hinein. Sein Körper fühlt sich hart an. Riecht nach

zu wenig Schlaf, Zigarren, Weingummi. Was er wohl über Iva riechen kann?
Sie lösen sich voneinander. Iva schaut zu der kleinen, dürren Frau. Ihre Schlüsselbeine stehen hervor, ihre Pupillen sind geweitet, die Haut fahl, wie die der Großmutter kurz vor ihrem Tod.
»Das ist Miez«, stellt Alexander die Frau vor. Schnell legt er ihre Hand in Ivas. Sie ist eiskalt, trotzdem schwitzig.
»Hast du eine heiße Schokolade für die Miez? Mit Schlagobers?«, fragt er in einem breiten Wiener Akzent. Den muss er sich mühsam antrainiert haben.
»Ja«, sagt Iva überrascht.
»Weißt du, Iva: Die Miez verträgt's nicht so mit dem Autofahren. Wir sind bei einem Arschloch mitgefahren. Das kannst du dir nicht vorstellen. So ein Arschloch. Ich weiß nicht, wann bist du das letzte Mal getrampt?«
»Keine Ahnung. Im Studium irgendwann mal?«
»Ist auch besser. Heute kann man's ja auch gar nicht mehr machen. Überall Idioten. Da hat der uns tatsächlich rausgeworfen. Auf halber Strecke, weil er uns zu laut fand. Wirklich so ein lächerlicher Typ.«
»Das tut mir leid«, murmelt Iva überfordert.
»Die schrecklichen Dinger stehen hier immer noch?«, kommentiert Alexander die Köcherbäume. »Ich war mehrfach kurz davor, die anzuzünden. Hätte ich mal machen sollen. So was Hässliches!« Er spuckt auf die einbetonierten Wurzeln.
»Der Vater hätte dich umgebracht, Alexander.«

»Hätte er doch eh, wenn er den Mumm gehabt hätte.«
Auf den Treppenstufen müssen Iva und Alexander Miez stützen. Sie lacht beschämt auf, ist dann wieder vollkommen still.
Iva öffnet die Haustür. Ismene und Mariola tanzen noch. Mit weiten Armbewegungen schwingen sie die Tücher durch die Luft. Ein bisschen albern sieht es schon aus, findet Iva.
»Was ist denn hier los?«, fragt Alexander. »Hast du ein Meditationszentrum eröffnet?«
»Nein«, sagt Iva. Sie lässt Miez los, die sich gleich darauf an Alexander festkrallt, geht zur Musikanlage und schaltet sie aus. Die Stille braucht einen Moment, um sich im ganzen Raum auszubreiten. Kurz schwingen Mariola und Ismene weiter, fallen dann aus ihrer Trance. Verdutzt sehen sie sich in der Eingangshalle um.
»Hi«, sagt Alexander und hebt die Hand. Miez kuschelt ihr Gesicht an seinen Oberkörper, macht dabei schnurrende Geräusche.
Ismene schaut ihn selbstbewusst an, herausfordernd mustert sie ihn. Mariola macht einen Schritt zurück. Ihr Gesicht ist rotangelaufen.
»Das ist mein Bruder Alexander«, beginnt Iva und deutet auf den großen, schlaksigen Mann. »Und das ist Miez«, fügt sie hinzu.
Ismene tritt vor, schaut Alexander lange in die Augen. Als die beiden sich die Hände reichen, verweilen sie einen Moment in den Augen des anderen. Ismene leuchtet, findet Iva.

»Ismene«, stellt sie sich vor. Jeden Buchstaben spricht sie weich aus, gleichzeitig ist ihre Stimme kräftig. Iva weiß, dass Alexander sich sofort in sie verlieben wird.

»Kann hier jemand eine heiße Schokolade kochen?«, fragt Alexander matt. »Die Miez braucht erst einmal eine heiße Schokolade. Macht das bitte jemand?«

Er ruft durch die Eingangshalle, als erwarte er, dass aus jedem Zimmer mehrere Dienstboten strömen.

»Ich mach das«, sagt Iva knapp.

»Und wo kann die Miez sich hinlegen?«, fragt er weiter. »Die Miez braucht erst mal einen Platz zum Liegen. Am besten etwas im Erdgeschoss.«

»Das Pflegebett ist heute gekommen«, schlägt Mariola vor und zeigt Richtung Wohnzimmer.

»Nein«, widerspricht Alexander. »Ein Pflegebett geht nicht. Da hat die Miez schlechte Erfahrungen gemacht. Was gibt es hier noch? Ein Kanapee, ein Himmelbett? In diesem Haus gab es doch wirklich mal alles!«

Alexanders Tonfall ist patzig. Den Hals reckt er in die Höhe.

»Im Wohnzimmer sind noch die Sofas. Aber die haben wir heute Morgen an die Wand geschoben«, fügt Ismene hinzu.

»Dann nehmen wir doch das, Miez. Oder, Miez, geht sich das aus?« Väterlich beugt Alexander sich zu der Frau hinunter. Er streichelt ihre dünnen blonden Haare. Dabei fallen einige vom Kopf, segeln langsam auf den Steinboden. Schnurrend nickt Miez.

»Mach doch bitte schnell mit der Schokolade«, fordert

Alexander, während er die Frau zum Wohnzimmer schiebt. Ismene schaut ihm fasziniert hinterher. Mariola runzelt die Stirn und folgt Iva in die Küche.

7

Im Krankenhausflur legt Miez ihren kleinen Kopf auf Ismenes Schulter. Obwohl Ismene nicht zurückweicht, erkennt Iva, wie unangenehm ihr das ist. Entschuldigend schaut sie zu Ismene, tritt dann mit Alexander in das Krankenzimmer des Vaters.

»Der Arzt ist so ein Idiot«, schimpft der Bruder, nachdem Iva die Tür hinter den beiden geschlossen hat. »Der kann doch froh sein, wenn wir den Vater nach Hause holen, dann ist er den Typen los.«

»Er muss uns aber auch klarmachen, dass er vielleicht schneller stirbt, wenn er zu Hause ist«, erklärt Iva vorsichtig. »Als Arzt ...«

»Ja, ja, ihr Lobbyisten in Weiß. Du kennst dich da ja gut aus. Bist ja auch so ein Arschloch.«

Alexander tritt an das Bett des Vaters, mustert kurz sein Gesicht, seine durchsichtige Haut. Der Vaterkörper wirkt wie ein weiteres Möbelstück, eine zusätzliche Maschine in dem medizinisch ausgestatteten Raum. Von der Decke strahlt eine gnadenlose Lampe. Iva stellt sich neben Alexander. Ihr Körper wirft einen schützenden Schatten auf den Vater. Gleichmäßig atmet er.

»Der kann echt gar nichts mehr, oder?«, fragt Alexander kleinlaut. Er streckt die Hand aus, legt sie auf die des Vaters.

»Im Moment nicht.« Iva merkt, dass sie in ihrem Ärztinnenton spricht. In dem schwingt immer etwas Optimistisches mit.

»Der ist hinüber, sieht man doch, irgendwann ist jedes Leben zu Ende.« Er wendet sich an den Vater, tätschelt pathetisch seine Hand. »Geh, Vater. Irgendwann ist auch dein Leben vorbei. Mach dir keine Sorgen, deinen lieben Kindern geht es gut. Spürst du, dass ich da bin? Ich bin es, der Alexander. Hast du mich vermisst, lieber Vater? Hast mich vermisst, nicht wahr?« Mit jedem Satz wird sein Ton alberner. »Ich habe dich unendlich vermisst. Jede Nacht an dich gedacht. Weißt du, manchmal sitze ich tagelang da und schaue aus dem Fenster und denke: Wäre ich doch bei meinem lieben Vater.«

Alexander lacht grell auf, schlägt sich die Hand vor den Mund.

»Hör auf«, sagt Iva angewidert.

Angestrengt erstickt der Bruder sein Lachen.

»Findest du das unanständig, Lieblingskind?«, fragt er provozierend, als er sich beruhigt hat. Geschmeidig lässt er sich auf den Boden sinken. Wie eine Katze lauert er auf dem sterilen Untergrund, funkelt Iva an. Sie rechnet damit, dass er jeden Moment auf sie springen und sie verletzen könnte. Doch er verharrt ruhig.

»Möchtest du gehen, Alexander?«

»Willst du?«

»Ich frage dich, ob du willst.«
»Ist mir egal. Vielleicht will ich hierbleiben und ihm beim Schlafen zuschauen. Meinst du, er hat schöne Träume?«
Alexander wiegt sich leicht vor und zurück.
»Was nimmst du für Drogen?«, fragt Iva sachlich.
»Geht dich nichts an.«
»Nimmt deine Freundin die gleichen Drogen?«
»Nein.«
»Woher kennst du sie?«
»Verhör, Verhör. Im Verhör der kleinen Schwester.«
»Du musst es mir nicht sagen.« Iva setzt sich neben Alexander.
Alexander lehnt sich vor, formt mit den Händen einen Trichter und flüstert ihr »Die habe ich gefunden« ins Ohr.
Iva weiß, dass sie mitspielen muss.
»Wo hast du sie gefunden?«, wispert Iva.
»Am Straßenrand, wo sonst. Kennst du den Prater am Sonntagabend?«
»Nein.«
»Dann weißt du nicht, dass man da Mädchen vom Straßenrand pflücken kann. Einfach so. Ganz leicht. Die Miez ist einfach in mein Auto gestiegen und ich habe sie mit zu mir genommen.«
»Hast du eine eigene Wohnung?«
»Eine Wohnung, pah!« Alexander schaut sie beleidigt an.
»Ich habe letztes Jahr ein Haus gekauft. Ein schönes Haus im vierten Bezirk.«
»Das wusste ich nicht.«

»Da sitzt meine Firma drin. Unten habe ich Büros und ein Tonstudio und oben wohnen die Miez und ich.«
»Schön.«
»Glaubst du mir nicht, oder?«
»Doch, doch.«
»Du glaubst es nicht.«
»Doch, ich glaube dir.«
»Komm uns besuchen. Die Mama war schon da.«
»Na, dann.«
Iva steht vom Boden auf.
»Wann können wir den Vater jetzt mitnehmen?«, fragt Alexander quengelig.
»Für morgen ist der Krankentransport angesetzt.«
»Das dauert ja noch ewig.«
Alexander trottet hinter Iva aus dem Zimmer. Als sie im Flur stehen, schaut Ismene Iva verzweifelt an. Miez hat auf Ismenes Schulter gesabbert, ihre Augen sind geschlossen. Sie schläft.
Mit einem Kuss aufs Haar weckt Alexander sie auf, wischt mit seiner Handfläche den Speichel von ihrem Mund.
»Heiße Schokolade?«, fragt er sie lächelnd. Miez nickt.

Langsam wackeln Alexander und Miez den Gang zur Krankenhauskantine entlang. Iva lässt sich neben Ismene auf einen der Stühle fallen. Die beiden schauen sich nicht an. Ismene legt ihre Hand auf Ivas Knie. Iva greift nicht danach, streichelt nicht darüber. Tut so, als wäre die Hand nicht da.
»Wahnsinn, die beiden«, kommentiert Ismene.

Iva nickt schweigend. »Du hast schön getanzt, vorhin«, wechselt sie das Thema.
»Fandest du mich aufregend?«
Iva schaut unsicher auf den Chagalldruck an der Wand.
»Hat es dich nervös gemacht?«
»Genauso nervös, wie mit dir den Schneemann zu bauen.«
Iva wird wütend.
»Und so, wie mit mir zu baden?«
Iva schweigt. Auf der großen roten Fläche des Chagalldrucks liegen zwei Figuren übereinander. Die eine ruht mit dem Rücken auf dem Körper der anderen. Ihre Brüste ragen in die Luft. Die Gesichter sind einander zugewandt. Mit den Armen bilden sie ein Zelt um ihre Köpfe. Ein trockener Blumenstrauß schwebt über den beiden. In warmem Blau treiben sie auf dem schützenden Rot. Auf dem Bild gibt es keine Welt, nur Farbe. Iva blickt zu Ismene. Sie hat ihre Hand von Ivas Knie gezogen, knibbelt an den Fingernägeln.
»Magst du das Bild?«, fragt Iva.
Ismene schüttelt den Kopf.
»Warum nicht? Zu romantisch?«
»Zu brutal.«
»Wieso brutal?«
»Die eine liegt unter der anderen. Und die Untere ist nur da, weil die Obere sie mit ihren Händen festhält. Gleich steht die Obere auf und die Untere löst sich auf.«
»Warum sollte die Obere aufstehen? Sie sieht doch glücklich aus.«
»Weiß ich nicht. Aber lange wird sie nicht mehr bleiben.«

Iva nickt kaum merklich. Neben Ismenes Körper hält sie es kaum aus. Ihre hohe Körpertemperatur, ihr süßer Atem. Alles nimmt Iva den Raum. Eine Weile bleibt sie sitzen, murmelt dann: »Du kannst ja schon mal in die Kantine gehen. Ich will noch mal kurz zu meinem Vater.«
Ismene nickt schwach, steht auf, geht an Iva vorbei. Erst als Ismene um die Ecke gebogen ist, erhebt sich Iva. Erneut geht sie zur Tür, tritt in das Zimmer. Schaut ihn an, den Vater, der schläft.
Der Anblick löst nichts mehr in ihr aus. Keine Sorge, keine Wut. Nichts. Er ist nicht mehr als ein geformter Fleischklumpen, der von innen mit Knochen stabilisiert ist.
Mit den Fingern tastet sie sein Namensschild ab. Der kurze prägnante Vorname, so neutral, dass man ihn gleich nach dem Aussprechen wieder vergisst. Das Geburtsdatum. Belanglose Tages- und Monatsangaben vor den Ziffern 1 9 4 0. Iva fragt sich, wer das wohl als Erstes aufgeschrieben hat. Im faltigen Gesicht des Vaters kann Iva nicht ablesen, wer er als Kind gewesen ist. Sie kann ihn sich nicht in einem kleinen Körper vorstellen, weiß nicht, wie sein Gesicht ohne Falten aussah, wie seine Augen geleuchtet haben, wenn er sich freute. Warum die Großmutter kein einziges Babyfoto vom Vater hatte, weiß Iva nicht.

Roter Mohn weht an dem hölzernen Gartenzaun. Der Tag ist grau, das Grün matt. Das Braun des Zaunes verwittert. Daran lehnt sich der Vater als Zweijähriger. Noch wackelig auf den Beinen hält er sich an den morschen Pflöcken fest. Seine Mutter füttert das letzte Huhn, das auf dem Boden herumpickt. Ungeschickt tapst der Vater auf den halbverwelkten Mohn.

Keinen Moment lässt die Frau ihr kleines Kind aus den Augen. Es ist ihr erstes. Vielleicht ihr einziges. Wer denkt schon an die Zukunft in diesem Krieg. Sie wartet auf nichts mehr. Außer darauf, dass der nächste Tag kommt. Und der Sohn vielleicht noch mal so vorsichtig lacht. Auf seinem Kopf wachsen wilde blonde Haare und seine Augen sind strahlend blau. Er lächelt fast immer. Das Lautsein hatte er schnell verlernt. Jedes Geräusch ist gefährlich. Täglich marschieren deutsche Soldaten durch das kleine Dorf. Die Frau fragt sich, wann sie das letzte Huhn auch noch mitnehmen, wann das Haus beschlagnahmen, wann sie ihr wieder Gewalt antun werden. Abends, wenn sie neben ihrem Sohn im Bett liegt, traut sie sich nicht mehr, zu beten. Hoffnung malt ihr Bilder vor die Augen, die sie traurig machen. Also liegt sie da. Schweigend mit ihrem Sohn.

Ungeschickt hebt der Vater einen kleinen Stein auf. Dabei fällt er auf seinen Popo, weint nicht. Schaut nur verwundert in den Himmel. Seine Mutter lächelt, geht zu ihm hin, hebt ihn auf und flüstert ihm etwas auf Polnisch zu. Der Vater guckt sie mit seinen großen Augen an. Versucht zu wiederholen, was seine Mutter ihm gesagt hat. Er konzentriert sich, brabbelt los. Vor Freude lacht die Mutter spitz auf. Hält dann inne.

Um eine Ecke biegt das Fahrzeug. Deutsche Soldaten. Die Frau wendet sich um, will mit ihrem Sohn ins Haus gehen,

doch die Soldaten haben sie schon entdeckt. Springen vom Fahrzeug, bauen sich vor dem Gartenzaun auf. Der eine pfeift sie her. Die Frau will nicht gehen, muss aber. Sie zittert nicht. Die Angst, die sie so oft packt, spürt sie nicht mehr.
Die Soldaten sind verwundet. Sehen albern aus in ihren verschlissenen Uniformen mit den aufgenähten Abzeichen. Sie sprechen laut, grölen fast. Der eine hat ein Holzbein und lehnt sich an den Gartenzaun. Die Frau weiß, dass sie nicht wegrennen kann. Sonst schießen die Soldaten ihr in den Kopf. Sie steht da, schaut in die dreckigen Gesichter.
Mit dem künstlichen Fuß tritt der Holzbeinsoldat das Gartentor auf, die vier Männer drängen in den Garten hinein. Der eine lacht über das ausgemergelte Huhn, der andere über die alleinstehende Frau.
Sie traut sich nicht, zurückzutreten, umklammert ihren Sohn fester. Als der größte Soldat die Hände nicht nach ihr, sondern nach dem Kind ausstreckt, klammert sie fester. Ein paar höhnische Sprüche der Soldaten in Babysprache. Dann umkrallt der Soldat den Bauch des Vaters. Seine Mutter hält ihn fest, bohrt ihre Finger zwischen seine Rippen. Lautes, bettelndes Polnisch. Die Soldaten lachen, reißen an dem Kind. Halten es in den kahlen, wolkenlosen Himmel. Die Frau streckt die Arme nach ihrem Sohn aus. Der Holzbeinsoldat hält ihr sein Gewehr an den Kopf. Sie beugt sich vor, lehnt sich dagegen. Der Soldat stößt sie mit dem Gewehr auf den Boden. Den weinenden Vater tragen sie davon, setzen ihn in den Wagen. Darin

kauern zwei andere Kinder. Die sind ein bisschen älter als der Vater. Die Soldaten steigen in das Fahrzeug. Die Frau liegt bewusstlos auf der braunen Erde. Das Huhn pickt nach Körnern. Der rote Mohn weht im Wind.

In das Krankenzimmer tritt ein Pfleger. Er ist blass, gestresst. Bittet Iva zu gehen. Der Vater soll gewaschen werden. Iva streicht noch einmal über das Namensschild.

8

Vor dem alten Haus hält der Pizzabote. Ein alter Mann trägt die Wärmekiste zur Haustür. Alexander lauert schon am Fenster. Seit einer halben Stunde jammert er, weil er hungrig ist. Miez liegt im Wohnzimmer neben dem Pflegebett. Ismene hat frischen Kakao gekocht und füllt ihn in Tassen. Liebevoll reicht sie Iva eine. Iva nimmt die Tasse entgegen, pustet in das hellbraune Getränk. Süßlicher Dampf steigt in ihre Nase.
»Du trinkst eigentlich keinen Kakao, oder?«, fragt Ismene.
»Sehr, sehr selten.« Iva nippt skeptisch an dem Getränk. Es ist furchtbar süß. Iva ist sich sicher, dass Ismene ihn noch zusätzlich gezuckert hat.
Ismene lehnt sich mit der Hüfte an die Arbeitsplatte, will den Kopf an Iva anschmiegen. Doch ihre Schulterknochen sind zu piksig. Kurz sieht Iva Ismene an, schaut

dann schnell wieder auf die Fetzen der Milchhaut, die in der Tasse schwimmen.

Nervös steht die Großmutter am Herd in der großen Küche, kocht den Kakao. Auf der dünnen Kriegsmilch bildet sich keine fettige Haut. Sie nimmt den Topf vom Herd, lässt das Getränk etwas auskühlen. Dann gießt sie es in die beiden Kindertassen. In die eine hat die Großmutter noch nie zuvor etwas hineingegossen. Während die braune Flüssigkeit in das Gefäß fließt, lächelt die Großmutter weich. Endlich ist sie nicht mehr nur die Mutter des hageren Mädchens, endlich gibt es den Sohn. Einen kräftigen Kerl, mit blauen Augen und blonden Haaren. Mit dem wird sie durch die Nachbarschaft laufen. So einen süßen Jungen haben die anderen Frauen nicht. Die haben vielleicht ein Mutterkreuz. Aber was sind schon fünf Mädchen, wenn man so einen kleinen Kerl hat, denkt die Großmutter. Alle werden neidisch sein. Sie nicht mehr mitleidig anstarren, weil sie nur ein Kind hat. Sie schaut auf die Uhr. Die Kinder will sie gleich wecken, wenn der Kakao etwas abgekühlt ist. Sie geht ins Arbeitszimmer des Großvaters. In das fällt kaum Licht, in dem tickt die Wanduhr laut. Daneben hängt das Bild von einem traurigen Mädchen in einem rosa Kleid. Das hat der Großvater in der gleichen Woche mit nach Hause gebracht wie den neuen Sohn. Auf dem massiven Schreibtisch liegen noch die Dokumente aus dem Lebensbornheim.
»Wenn wir nicht drüber nachdenken, vergessen wir sofort, dass er nur ein Pole ist«, hat der Großvater zur Groß-

mutter gesagt und die Papiere unterschrieben. Die Großmutter hat genickt. In den tiefblauen Augen des Jungen kann sie eh nur Deutsches sehen. Ab und zu spricht er zwar wenige Worte Polnisch. Aber die falsche Sprache kann man ihm ausklopfen.
Die Großmutter überfliegt noch einmal die Unterlagen. Auf den Vornamen haben sie sich schnell geeinigt. Prägnant und kurz. Klar und deutsch und nicht die Spur polnisch. Ein unkomplizierter Name macht niemanden stutzig. Sie nimmt ein leeres Blatt, schreibt den Namen mit dem Füller wieder und wieder auf das feine Papier.
Damit der Großvater den Zettel nicht findet, faltet sie ihn zusammen und schiebt ihn in die Rocktasche. Mit leisen Schritten tappt sie die Treppe zum Kinderzimmer hinauf, späht durch die angelehnte Tür. Beide Kinder hocken in ihren Betten. Das Mädchen kann kaum erwarten, endlich aufzustehen und durch den Garten zu toben. Der Junge sitzt gerade da, beobachtet unsicher seine Umgebung. Sein erster Mittagsschlaf im neuen Heim. Die Großmutter zählt alles mit, was der Vater zum ersten Mal macht. Die erste Übernachtung, das erste Lachen, das erste Wort, das erste Hinfallen auf der Treppe. Und gleich den ersten Schluck Kakao. Sie weiß, dass sie das Kind damit ganz für sich gewinnen kann. Schnell wirbelt das Mädchen aus dem Zimmer. Die Großmutter tritt an das Gitterbettchen. Beeindruckt betrachtet sie die kräftigen Wangenknochen des Vaters. Seine hohen, sperrigen Schultern. Auf der Nase hat er einen kleinen Höcker. Den Daumen hat er im Mund.

»Na, na, na, na«, sagt die Großmutter, zieht den Finger heraus. An ihrem Rock wischt sie den Speichel ab. Als sie ihn hochnimmt, klopft ihr Herz. Sie mag den warmen Körper, seinen Geruch, die strampelnden Beine. Mit der Hand fühlt sie seinen Herzschlag. Er ist ganz ruhig, klingt aus dem geschützten Brustkorb, als käme er aus einer buntbemalten Höhle. Lange hört sie dem Schlagen zu. Dann trägt sie ihn in die Küche.

»Essen ist da!«, ruft Alexander in seinem tiefen Wiener Dialekt. Iva stellt die halbleere Kakaotasse ab, spült den Mund mit Wasser aus.
Ismene öffnet die Schränke, holt vier Teller heraus.
Mariola hat sich in ihrem Zimmer verschanzt, sie will nicht mit Alexander essen.
Strahlend trägt Alexander Pizzakartons in die Küche, stellt sie ab und öffnet jeden. Genüsslich riecht er daran.
»Oregano, ich liebe Oregano«, singt er in einer simplen Melodie. Dabei klatscht er in die Hände.
Ismene kann nicht anders, als zu lachen.
»Ich liebe Oregano auch«, fügt sie hinzu.
Alexander hält seine Nase nah an die Pizza.
»Die riecht doch ekelig«, brüllt er wütend. »In Wien würde es so schlechte Pizza nicht geben. Da hat alles eine ganz andere Qualität. Isst du immer so schlechtes Essen, Iva? Für eine Mutter und Ärztin ist das doch skandalös«, regt er sich auf.
Ismene versteckt ihr Lachen hinter vorgehaltenem Ellbogen.

»Ich esse manchmal Pizza«, sagt Iva.
»Du bist wirklich ein schlechtes Vorbild für deinen Shishi.«
»Shlomo.«
»Oder den. Wer wollte noch mal die Pizza mit den Kapern? Ich finde Kapern so ekelig.«
»Du hast sie dir bestellt«, kommt es schroff von Ismene.
»Stimmt. Vor einer halben Stunde mochte ich Kapern ja auch noch. Wer tauscht mit mir? Tauschst du mit mir, Ismene?«
»Nein.«
»Warum nicht? Du bist hier doch Gast, du musst doch ein bisschen brav zu den Hausherren sein.«
»Hör auf, Alexander«, mischt Iva sich ein. Sie schneidet die Pizza in Viertel. Der Käse bleibt an ihrem Messer hängen.
»Was macht die eigentlich hier?« Alexander beugt sich zu Iva und tut so, als würde er flüstern.
»Das ist meine Freundin«, erklärt Iva.
»Seit wann hast du denn Freunde?«
»Alex«, ermahnt Iva ihren Bruder scharf. »Hör auf zu nerven.«
»Alles klar.« Er hält die Hände hoch und verlässt das Zimmer. »Ihr könnt mich ja rufen, wenn ihr euch entschieden habt, wer meine Kapernpizza isst.«
Im Stehen nimmt Iva ein Viertel der Vierkäsepizza und beißt ab. Das fettige Essen besänftigt sie ein wenig.
Ismene verdreht die Augen, als Alexander aus dem Raum ist.
»Lass uns abhauen«, sagt sie.
»Was?«

»Wir schnappen uns zwei Pizzen und setzen uns an den Strand.«
»An den Strand?«
»Stell dir vor, es wäre Sommer und nur zehn Minuten zu Fuß zum Strand. Dann würden wir das doch machen, oder nicht?«
»Einfach eine Flasche Wein schnappen und die Pizza und dann im Sand ausstrecken.«
»Bald würde die Sonne untergehen.«
»Ismene, jetzt wird's zu kitschig.«
»Ich finde Kitsch gut.«
»Ich nicht.«
»Doch, Iva, eigentlich findest du Kitsch schon gut. Du traust dich nur nicht, das zuzugeben.«
»Meinst du?«
»Ja.«
»Dann wirst du wohl recht haben«, sagt Iva sarkastisch.
»Lass uns einfach zum Strand gehen«, bittet Ismene auf einmal traurig.
»Hier ist kein Strand.«
»Lass uns gehen, okay.«
»Ich weiß nicht, wohin.«
»Bitte, Iva.«
»Ismene, hier ist kein Strand.«
»Wir können ihn suchen gehen.«
»Ich wüsste nicht, wo.«
Iva verlässt die Küche.

Im Wohnzimmer lungern Miez und Alexander auf dem Boden herum. Die Beine übereinandergelegt, die Arme ungünstig verwurschtelt, versuchen sie, den Kakao zu löffeln. Andauernd tropft etwas auf die Kleidung. Iva tritt ein, bleibt im Türrahmen stehen, näher traut sie sich nicht an die beiden heran.
»Wollt ihr wirklich keine Pizza?«, fragt sie zögernd.
»Pizza?«, fragt Miez verwundert und schaut strahlend auf.
»Das ist nichts für uns«, wirft Alexander sofort ein. »Das ist ekeliges, deutsches Zeug. So was magst du gar nicht.«
Sofort wendet Miez sich wieder ihrem Kakao zu.
»Wollt ihr wirklich nicht?«, hakt Iva nach.
»Nein, Iva. Wir wollen nicht«, antwortet Alexander schroff. Miez klopft mit der Hand auf den Boden, zeigt Iva, dass sie sich neben sie setzen soll. Vorsichtig tritt Iva ein, lässt sich neben sie fallen. Miez strahlt eine nasse Kälte ab. Ohne nachzudenken, legt Iva ihre Hand auf Miez' Bein. Es ist schwitzig.
Dankbar lächelt Miez sie an. Ihre Pupillen wie dunkle Monde unnatürlich groß. Sie schnurrt, als Iva ihr Bein streichelt. Dann sinkt der kleine Kopf auf Ivas Oberkörper und schläft ein.

DREIZEHNTER TAG

1

Der Vater liegt starr im lichtdurchfluteten Wohnzimmer. Iva geht zum Fenster, öffnet es. Eiskalte Luft dringt in den Raum, vertreibt die modrigen Gerüche. Den Gestank nach Desinfektionsmitteln, Erwachsenenwindeln. Draußen liegt kein Schnee. Der Himmel ist frei von jeder Wolke. Die Frostflächen, auf die die Sonnenstrahlen fallen, glitzern.

Angestrengt versucht die Heizung, den Raum brütend warm zu halten. Mariola tritt ins Wohnzimmer. In den Händen hält sie frische Pflegeutensilien. Sie will den Vater waschen, wenn Iva mit dem Untersuchen fertig ist. Ihre Schritte sind kaum hörbar. Die Gummischuhe federn jeden kleinen Schlag heraus. Auch in der Eingangshalle ist es leise.

Niemand tanzt und niemand traut sich, Geräusche zu machen, seitdem der Vater wieder da ist. Für jedes Husten wird sich entschuldigt, für jedes Lachen an die frische Luft gegangen.

Wortlos lächelt Iva Mariola an, trägt die Ergebnisse in die Akte ein. Verlässt dann das Zimmer.

Die bunten Tücher sind verschwunden. Die toten Tiere schielen wieder in die Eingangshalle. Iva wirft sich ihre Jacke über, schlüpft in Alexanders Schuhe. Die sind ihr zu groß. Das ist egal. Sie muss raus aus dem Haus. Ihr

ganzer Körper ist angespannt. Die Blutbahnen ziehen sich fest durch jeden Muskel, sperren Iva in sich selbst ein. Raschelig kratzt das Lungenlaub die Luftröhre. In ihrer Jackentasche findet Iva ein Halsbonbon.
Ismene steht draußen, raucht. Ihre braunen Locken liegen auf dem dicken Pelz auf. Es weht kein Wind.
Leise summt Ismene. Iva stellt sich neben sie, möchte mitsummen, doch muss als Erstes husten. Das Bonbon fliegt ihr dabei im hohen Bogen aus dem Rachen.
Ismene lacht, wendet sich dann besorgt Iva zu.
»Was machst du wieder für Kunststücke?«
»Ich versuche, ein Bonbon zu essen.«
»Nicht so leicht, was«, grinst Ismene. Aus der Pelztasche zieht sie eine Packung Lutschbonbons.
»Möchtest du?«, bietet sie Iva eines an.
Iva schüttelt den Kopf. »Zu gefährlich für mich.«
Ismene lacht, legt den Kopf in den Nacken und lässt die Sonnenstrahlen direkt auf ihre Nase fallen.
»Endlich«, flüstert Iva, sich an einen Köcherbaum lehnend.
»Endlich, was?«
»Endlich draußen.«
»Wir machen das mit dem Tanzzentrum, wenn dein Vater nicht mehr da ist, oder?«, fragt Ismene.
»Klar.«
»Aber das wird noch lange dauern, oder?«
»Nein, wird es nicht«, mischt sich auf einmal Alexander ein, der in der Haustür aufgetaucht ist.
»Woher willst du das wissen, Alexander?«, fragt Ismene.

Der Bruder antwortet nicht, stellt sich hinter Iva.

»In Wien haben wir glücklicherweise nicht so eine grässliche Sonne. Die Miez kann gar nicht mehr schlafen.«

»Miez schläft schon seit dreizehn Stunden«, stellt Iva fest.

»Das geht dich doch wohl mal gar nichts an, oder?«

»Was habt ihr gestern gemacht?«

»Wir waren in der Stadt unterwegs. Ich hasse diese Stadt hier. Wie habe ich das nur so lange hier ausgehalten, das frage ich mich wirklich.« Alexander setzt sich auf die Stufen und zieht eine E-Zigarette aus der Tasche.

»Schaut mal, was ich gestern geschenkt bekommen habe.« Begeistert hält er die Zigarette hoch.

»Toll«, sagt Ismene unbeeindruckt und wendet sich gleich wieder der Sonne zu.

»Von wem?«, fragt Iva.

»Von meinen neuen Freunden. Ich habe gestern Freunde gefunden und für heute Abend eingeladen. Der Polin macht es doch bestimmt nichts aus, für meine Gäste zu kochen.«

»Das ist nicht ihre Aufgabe«, erklärt Iva. »Sie ist nur da, um den Vater zu versorgen.«

»Die bekommt so viel Geld von uns, da könnte sie ...«

»Von uns bekommt sie viel Geld? Wer bezahlt sie, Alexander, wer?«

»Du, Iva. Natürlich macht das wieder die perfekte Iva. Die hat auch so viel Geld, da kann sie dem Vater so was kaufen. Weißt du, was die Jette jetzt gemacht hat?«

»Hat sie ein neues Video hochgeladen?«

»Ja, gestern schon.«

»Zeig«, klinkt Ismene sich wieder ein.
Alexander zieht sein Smartphone aus der Tasche und ruft das Video auf. Jette sitzt auf einer Schaukel irgendwo in einer Art Ferienanlange. Identische Bungalows stehen in Reihen nebeneinander. Diesmal ist die Umgebung nicht weichgezeichnet, die Kontraste nicht abgemildert. Jette schwingt leicht auf und ab. Sagt, dass sie die Farm der Großmutter nicht gefunden hat. Dass es kaum Hinweise gibt auf ihre Familie. Dass sie viel Aufwand betreiben müsste, in Archive gehen, um etwas herauszufinden. Niemand, den sie gefragt hatte, wusste von der Familie. Jette ist enttäuscht. Aber Jette wird nicht weitersuchen. Jette sagt: »Ich bin im Jetzt.« Und Jette sagt: »Ich werde hierbleiben. Da, wo meine Wurzeln sind.« Dann schaukelt sie schneller. Lässt das Bild ausblenden und Buchstaben über den Bildschirm ziehen.
»Ich bin angekommen, da, wo ich hingehöre. Deshalb verabschiede ich mich jetzt von euch. Das wird das letzte Video auf meinem Kanal sein. Ich habe meine Heimat, meinen Ursprung gefunden. Den Ort, an dem meine Familie in Frieden gelebt hat. Diesen Frieden habe ich gefunden. Eure Jette.«
Das Smartphone wird dunkel und Alexander steckt es zurück in seine Jackentasche. Iva denkt an die Fotografie, die die Großmutter als Kind auf der Wiese zeigt, denkt an die Zeichnung von der Rückseite. Jette hat das Foto und die Zeichnung bestimmt nie gesehen.
An der Straße taucht das kleine blaue Auto auf. Iva springt begeistert auf, rennt schon los, als Roy noch ein-

parkt. Fällt ihm um den Hals, als er gerade aussteigt. Roy hält Iva fest. Iva überlegt, wie gerne sie jetzt weinen würde. Aber Iva weint nicht. Kann das nicht. Sie küsst seine Wange, seinen Hals. Merkt, wie müde er ist. Von der Fahrt, von der Zeit allein mit Shlomo. Sie lässt Roy los. Schaut ins Auto. Shlomo streckt die Arme nach ihr aus, sie hebt ihn hoch, setzt ihn sich auf die Hüfte, wuschelt ihre Nase in sein Haar. Die Sonne hat es aufgewärmt. Ivas Wangen halten es warm.

»Mama, Mama«, macht Shlomo, wedelt mit den Armen umher. Roy grinst ihn an, hält seine Hände fest und sagt: »Musst du vor Freude um dich schlagen, kleiner Shlomo.« Weil Shlomo das nicht versteht, nickt er. Iva lacht.

Roy holt die Reisetasche aus dem Kofferraum, schultert sie.

Das Haus sieht an diesem Tag nicht so finster aus, findet Iva. Und das liegt nicht allein an der Sonne und den schneefreien Flächen. Sie hakt sich bei Roy unter. Sie liebt es, ihn wenige Zentimeter zu überragen und so seine ersten grauen Strähnen genau im Blick zu haben. Sie laufen durch den Vorgarten. Nur zweimal waren sie gemeinsam hier. Das eine Mal fast ein Jahr nachdem sie sich wiedergefunden haben.

Es ist mitten im Juni. Iva und Roy laufen die kleine Straße entlang. Der Vater möchte, dass Iva das Haus hütet, solange er verreist. Nur deshalb sind sie hingefahren. Wollen romantische Tage verbringen. In der Stadt mit den Fliederbüschen und den Villen. Wollen die Tage verschlafen und nachts durch den Wald stolpern. Wollen von der Zukunft träumen. Zu zweit tragen sie die Reisetasche. Roy pfeift sein neues Lieblingslied, atmet begeistert aus, als Iva das Gartentor öffnet und auf das Haus des Vaters deutet. Vor den Köcherbäumen verneigt sich Roy albern und Iva knickst grinsend.

Muss drei Mal klingeln, bis der Vater öffnet. Sie hinkend in die Halle lässt, ins Wohnzimmer führt. Da stehen Kekse und drei Tassen. Kaffee ist noch nicht gekocht. Iva geht in die Küche, schaltet die Maschine ein. Schaut nervös zu Roy. Den will sie eigentlich nicht alleinelassen. Hastig bringt sie den Kaffee zu den beiden, schenkt ein. Merkt, dass der Vater stinkt. Nach Alkohol, nach Urin, am meisten nach Einsamkeit.

Die Kekse krümelt er auf den Boden. Den Kaffee verschüttet er beim Trinken. Iva und Roy tun so, als hätten sie es nicht gemerkt.

»Wann fährst du denn?«, fragt Iva.

»Wohin, meinst du?«

»Wann fährst du in den Urlaub?«, wiederholt Iva besonders deutlich.

»Den Urlaub habe ich abgesagt.«

»Was?«

»Ja, ich möchte doch nicht mehr fahren.«

»Das hättest du uns doch am Telefon sagen können, dann wären wir nicht gekommen.«

»Eben, dann wärt ihr nicht gekommen. Das Haus ist doch groß genug. Ihr könnt doch auch so ein wenig bleiben, auch wenn ich da bin.«

Iva schaut auf den Boden. Roy schweigt und rutscht unsicher auf dem Sofa hin und her.

»Das wäre doch schön, wenn wir hier zu dritt wären.«

»Geht es dir gut, Vater?«

»Natürlich.«

»Ich meinte: Hast du eine Krankheit? Ist etwas festgestellt worden?«

»Mir geht es gut.«

»Dann kannst du doch auch wegfahren, wenn es dir gut geht.«

»Ich habe schon alles storniert, das geht nicht mehr.«

»Brauchst du Hilfe?«

»Nein, ich brauche keine Hilfe, Iva.«

»Sag mir ehrlich, was los ist. Warst du schon beim Arzt, wegen deiner Krankheit?«

»Ich habe keine Krankheit.«

»Aber du bist so ...«

»Was möchtest du sagen, Kind?«

»Vielleicht solltest du mal zum Arzt gehen.«

»Und weswegen?«

»Weil ...«

»Entweder du drückst dich verständlich aus, oder du sprichst gar nicht.«

Iva schweigt, nimmt die Tasse, trinkt einen großen Schluck.

»Wenn du unsere Hilfe nicht brauchst, müssen wir auch nicht da sein.«

»Ein oder zwei Nächte könnt ihr schon bleiben.«

»Eine vielleicht, aber das müssen wir in Ruhe besprechen.«

Iva steht auf, zieht Roy auf die Beine. Sie verlassen das Wohnzimmer, das dunkle Haus. Werden draußen von warmen Sonnenstrahlen aufgefangen. Iva hat Gänsehaut, will sie abschütteln. Das funktioniert nicht.

»Wir können doch wirklich bleiben«, schlägt Roy vor. Der hetzt hinter Iva her. Sie stehen wieder auf der kleinen Straße. Auf der flimmert die Hitze. Von Roy weiß Iva, dass seine Mutter dieses Flimmern für die Reste alter Seelen gehalten hat.

»Auf keinen Fall«, erwidert Iva. Ihre Schritte werden schneller. Die letzten Sommerregenpfützen werden von der Sonne verschlungen. Liegen als weißleuchtende Flächen auf dem Boden. Iva läuft über sie hinweg. Sie muss weiter. Sie will in den Wald, zum Weiher.

Unter dem Blätterdach ist es kühler. Gewitterfliegen schwirren um Roy und Iva. Iva wird schneller und schneller, joggt, rennt dann. Stößt einen langen lauten Schrei aus. Die Bäume tragen ihn weiter, verbreiten ihn im ganzen Wald. Ihre Füße federn auf dem trockenen Waldboden. Sie biegt ab, weg vom Trampelpfad, weiter zwischen den Farnen hindurch. Die streifen ihre Knie. Einmal fast ausrutschen auf einer Nacktschnecke. Sich abfangen und weiterlaufen. Stehenbleiben vor dem kleinen See. Der ist ganz klar. Iva kann auf den Grund schauen. Mit den Händen fährt sie durch das klare Wasser. Das beruhigt. Iva legt sich auf den Waldboden. Schaut in das Blätterdach. Unter dem fühlt sie sich sicher.

Roy taucht auf. Keucht. Er lässt sich neben Iva fallen. Legt seine Hand auf ihren Bauch. Mit der Nase fährt er ihren

Hals empor, streichelt mit den Lippen ihre Wange. Iva wendet sich zu Roy, schlingt ihren Körper um seinen. Die Sonne baut einen Kokon um die beiden. Das Gras unter ihnen ist weich, bettet sie ein. Es gibt keinen Widerstand, keine Schwerkraft.
Ohne Kleidung liegen sie da. Zusammengefügt in ein eigenwilliges Konstrukt. Die Augen halten sie geschlossen. Das erste Mal spürt Iva, dass es Roy wirklich gibt. Dass er etwas Ganzes ist. Nicht nur die Mischung aus alten Geschichten. Dass er vollkommen ist. Ohne das, was seine Eltern sind, ohne seine Reisen, sein Verlorensein. Ob Roy merkt, dass Iva ihn erkennt? Iva hört auf zu denken, lässt sich fallen. In den Sommertag.

Als die drei das Haus betreten, legt Roy Shlomo die Hand auf den Mund.
»Psst«, macht er. »Der Opa schläft.«
Iva hört, dass Alexander und Ismene sich in der Küche gedämpft unterhalten. Ismenes Stimme klingt genervt.
»Wollen wir erst einmal hoch gehen?«, flüstert Iva Roy zu. Er nickt, folgt Iva, die den Sohn die knarrenden Stufen hinaufträgt. In Ivas altem Kinderzimmer setzt sie ihn ab. Sofort klammert Shlomo sich an ihren Beinen fest. Iva und Roy setzen sich aufs Bett und Shlomo klettert an ihren Beinen hinauf.
Roys Körper fühlt sich für Iva unbekannt an, einen Tick zu kalt. Auch seine Müdigkeit, sein Gähnen wirken auf sie nicht mehr vertraut. Vielleicht hat sie ihn von ihrer Haut gewaschen, überlegt sie, vor ein paar Tagen.

Roy lässt seinen Blick schweifen, schaut erst durch das Fenster, dann auf das Bild über dem Bett. Das kleine Mädchen neben dem Köcherbaum sieht zu ihm zurück.
»Sie ist so ängstlich«, murmelt Roy.
Iva nickt stumm, ohne zu dem Bild zu sehen.
»Dass du unter so einem Bild schlafen konntest.«
»Irgendwo muss man ja schlafen«, entgegnet Iva. »Ich dachte, ich nehme es mit, wenn ich wieder nach Hause komme.«
»Aber du willst es nicht aufhängen, oder?«
»Doch.«
»Wo?«
»In Shlomos Zimmer.«
»Das erlaube ich nicht.« Roy versucht zu lachen, aber die Kehle ist trocken. Iva küsst ihn kurz, damit seine Stimme wieder fest wird. Doch ihre Lippen fühlen sich auf seinen nicht wohl.
»Ich kann aufhängen, was ich möchte.«
»Aber nicht bei Shlomo. Bei so einem Bild bekommt er Albträume.«
Iva schweigt, kuschelt sich an den kleinen Körper des Jungen. Sein Atem ist ganz sanft. Er hat kein Laub in der Lunge, kein Zementwerk im Magen. Nichts, einfach nur Organe. Dass er so pur ist, bemerkt Iva zum ersten Mal.
Roy beugt sich näher an Iva heran. Sie rutscht zur Seite, überspielt ihre Reaktion mit einem Kinderlied, das sie zu singen beginnt. Doch Roy lässt sie nicht fliehen. Schnell greift er nach ihrer Hand, massiert ihre Finger. Seine

Berührungen erträgt sie kaum, ist erleichtert, als Alexander plötzlich im Zimmer steht.
»Wollt ihr mit uns essen gehen?«, fragt er. »Wir haben Hunger.«
»Ja, eigentlich schon. Nur blöd, dass Mariola hierbleiben muss, wegen dem Vater.«
»Die will doch eigentlich eh nicht mit. Sie hat Angst vor mir.« Er strahlt triumphierend. »Richtig viele Leute haben Angst vor mir.«
»Kein Wunder«, sagt Iva und steht auf. »Wir kommen mit.«

2

Das Restaurant in der Neustadt ist weihnachtlich geschmückt. An den bodentiefen Fenstern hängen Papiersterne. Lichterketten und künstliches Tannengrün baumeln von der Decke. Eine schwere Geräuschwolke aus Gesprächsfetzen hängt direkt darunter. Kinderstimmen mischen sich mit Erwachsenengemurmel. Das Restaurant ist voller Familienversammlungen. Ismene lächelt charmant. Organisiert bei dem hübschen Kellner einen Tisch, obwohl sie nicht reserviert haben.
An ihrem Tisch ist es laut. Iva denkt, dass sie sich so wenigstens nicht so viel unterhalten müssen. Für Shlomo wird ein Kinderstuhl gebracht. Roy hebt ihn hinein, bindet ihm schon mal sein Lätzchen um. Der Kleine protes-

tiert, wedelt mit den Armen und versucht den Stoff von seinem Hals zu ziehen. Roy befestigt es mit einem Doppelknoten. Ohne in die Karte zu schauen, bestellt Alexander Kakao und Pfannkuchen für Miez.

An Iva fließt die Situation vorbei. Sie hört nur das Rauschen, das Shlomo-Plappern. Am liebsten würde sie alleine mit Shlomo sein. Mit ihm in einem Café sitzen und auf andere Tage warten. Vielleicht darauf, dass Shlomo endlich groß genug für ein ordentliches Gespräch ist. Aber was würde sie ihm sagen, wenn er jetzt schon achtzehn wäre? Vielleicht, dass das Bild in seinem Zimmer von seiner Urgroßmutter gemalt worden ist und dass es sie als kleines Mädchen zeigt. Dass die Angst in den Augen des Mädchens in Ivas Lunge hockt und dass man manchmal aushalten muss, von fremden Erinnerungen besucht zu werden. Dass er seinen Namen aus Schuldkomplex und politischer Korrektheit bekommen hat. Und dass die Buchstaben S H L O M O Roy das Gefühl geben, das Richtige zu tun. Denn das wollen sie ja immer. Iva und Roy. Das Richtige tun. Und weil sie das nicht können, tun sie gar nichts.

Aber Shlomo ist klein. Spricht weniger Wörter, als er versteht, und als Iva zu ihm schaut, ist sie ein bisschen neidisch, dass er so wenig begreifen muss.

»Was willst du essen?«, fragt Roy. Rasch überfliegt sie die Karte. Sie entscheidet sich für Spaghetti Napoli und stilles Wasser. Genauso wie Ismene.

»Das Gericht der frustrierten Mütter und erfolglosen Sängerinnen«, kommentiert Alexander.

Er bestellt Schweinshaxe mit Pommes ohne Salat.
»Ich bin keine erfolglose Sängerin«, entgegnet Ismene.
»Nein? Ich hätte auch ehemalige Prostituierte sagen können.«
»Was?«, fragt Roy verständnislos.
»Das Internet ist voll von dir«, fährt Alexander an Ismene gerichtet fort.
»Ich weiß.«
»Besonders dieses eine Video mochte ich.«
»Hör auf«, mischt Iva sich ein.
»Nein. Ist doch interessant, was du für Freunde hast, Iva.«
»Lass es, Alexander.«
»Ist es dir peinlich, dass man dich im Internet finden kann, Ismene?«
»Nein. Ich habe keine Gefühle dazu.«
»Und du hast nicht mal Geld für die Videos bekommen, oder? Offizielle Pornos sind es ja nicht.«
Miez legt ihren Kopf auf den Tisch, Alexander streichelt ihre Schulter.
»Nein, es sind keine Pornos«, bestätigt Ismene.
»Da haben dich deine Kunden einfach so gefilmt, als du sie glücklich gemacht hast, ja?«
»Muss wohl so sein.«
»Das eine Video in dem Porsche sieht richtig brutal aus.«
Iva schaut Ismene an. Sie ist ganz ruhig, ihr Rücken gerade, jeder Muskel angespannt und bereit zur Flucht. Mit ihren starken Augen hält sie Alexander in Schach. Seine Worte erreichen sie nicht. Ismene muss solche Gespräche schon

oft geführt haben. Vielleicht mit ihrem alten Mitbewohner, denkt Iva.

»Lass sie jetzt in Ruhe«, betont Roy in seinem schärfsten Ton.

»Na, ich mein es ja nicht böse. Ist eh klar, dass ich nichts böse meine. Mich interessiert es bloß, weil ich doch auch mal in die Branche reingeschnuppert habe. Doch als Pornodarsteller verdient man nichts. Dann lieber Musik.«

»Ich habe dein Lied über Samuel Maharero gehört«, wechselt Iva das Thema.

»Ah, der Maharero. Wegen dem ist wohl der Urgroßvater gestorben, was.«

»Das ist eine sehr koloniale Perspektive«, sagt Roy hart.

»Eh klar. Ich bin Kolonialist und Monarchist. Iva, du etwa nicht?«

»Nein, ich nicht.«

»Ah, alles voller Demokraten hier, was?« Er schaut von einem zum anderen.

»Weißt du, Iva«, wendet Alexander sich an seine Schwester. »Ich finde, der Lothar von Trotha hat es richtig gemacht. Nachdem er nicht alle niedergemetzelt hat, hat er die Herero einfach in die Wüste gejagt und verdursten lassen.«

»Das findest du richtig, ja?«

»Ja, weißt du, ich bin Nationalist. Ich will doch dem Vater etwas näher sein. Und nach der Mode gehe ich immer. Willst du mal meine schicke Intimrasur sehen?«

»Nein, danke.«

»Iva, die haben die Herero einfach in die Wüste gejagt

und auf sie geschossen, wenn sie an Wasserstellen waren, damit sie da nicht trinken. Das ist doch konsequent.«
»Du bist wahnsinnig und ekelhaft, weißt du das?«
»Eh klar.« Alexander beginnt auf seinem Stuhl zu kippeln. »Aber weißt du was, der Vater, der hat mich ja immer gehasst, nicht wahr? Und deshalb möchte ich ihm ähnlich sein.«
»Das ist unendlich dumm.« Iva, die ihre Stimme nicht mehr unter Kontrolle hat. Die nicht weiß, ob sie flüstert oder schreit. Die Angst hat, dass sie kotzen muss. Der schlecht ist, unfassbar schlecht, wenn sie in Alexanders Gesicht schaut.
»Tu doch nicht so brav. Du bist doch auch nur Ärztin, damit du Leute sterben lassen kannst. Wie viele deiner Patienten sind schon wegen dir gestorben?«
»Ein paar«, sagt Iva leise.
»Ein paar. Siehst du, die zählen doch nichts. Du machst Fehler und andere sterben. Wir sind eben eine Mörderfamilie. Musst du dich mit abfinden.«
Alexander spricht jetzt ohne antrainierten Akzent. Endlich erkennt Iva ihn wieder. Den wütenden Bruder mit den wilden Haaren und den schrägen Klamotten.
»Es war nie meine Absicht, dass jemand stirbt.«
»Aber es war deine Schuld.«
»Das kann man so nicht sagen.«
»Aber dass du gestört bist, musst du doch sehen, Iva. Früher hast du Frösche seziert.«
»Naturwissenschaftliches Interesse.«
»Sadismus. Weißt du eigentlich, was passiert ist, in der

einen Nacht, in der du mal wieder ein Tier gequält hast und Mama ausgezogen ist?«
»Unsere Eltern hatten Streit.«
»Aha. Und was für einen Streit?«
»Weiß ich nicht.«
»Du hättest den Kontakt zu deiner Mutter nicht abbrechen sollen, dann wüsstest du es.«
Der Kellner tritt an den Tisch und fragt, wer die Schweinshaxe mit Pommes bekommt. Alexander zeigt auf. Die Getränke verteilt eine ältere Dame. Sie lächelt künstlich, wirft erst Bierdeckel auf den Tisch, bevor sie die kühlen Gläser abstellt. Am Tisch werden alle sofort still. Alexander tippt Miez an, damit sie ihren Kopf hebt. Sie ist eingeschlafen, schnarcht leicht. Er zuckt die Schultern und sieht den Kellner entschuldigend an. Der lächelt angespannt. Shlomo sitzt in seinem Stuhl und klopft einen Rhythmus auf Roys Hand.
Als die Kellner weg sind, spricht Iva sofort weiter.
»Warum hätte ich Kontakt zu ihr halten sollen? Sie ist einfach weggegangen.«
»Und du bist nicht mitgekommen. Weißt du eigentlich, was der Vater gemacht hat, als du deinen Frosch auseinandergenommen hast?«
»Nein, weiß ich nicht.«
»Ich sag es dir nicht.«
»Alexander.«
»Nein, du interessierst dich ja nicht für die Familie. Ich sage es dir nicht.«
»Na, dann nicht.«

»In Ordnung, ich erzähle dir eine Geschichte. Oder nein, die Miez soll die erzählen. Die kann das besser.«
Alexander rüttelt an seiner Freundin. Unsicher hebt sie den Kopf, schaut ihn mit ihren großen Augen an. Die Haut, die direkt auf dem Tisch lag, ist rot geworden.
»Miez, erzählst du mal die Geschichte von meinem Vater und meiner Mutter.«
Miez nickt. »Es war einmal ein Mann, der fand sein Leben sehr langweilig ...«
»Nein«, unterbricht Alexander. »Nicht die.«
Miez schaut ihn fragend an. Deshalb lehnt Alexander sich zu ihr vor und flüstert ihr etwas ins Ohr. Sie denkt kurz nach. In der Zeit stellen die Kellner auch den anderen ihre Gerichte auf den Tisch. Ismene sagt: »Guten Appetit.« Sie ist die Einzige, die isst.
»Es war einmal ein Mann, der hatte keine Frau und war einsam. Er war reich und hässlich und hatte niemanden, der ihn liebte. Nur seine Mutter war warm zu ihm. Eines Tages brachte seine Mutter ihm eine Frau. Sie sagte: Hier, das ist deine Frau. Und zu der Frau sagte sie: Hier, das ist dein Mann. Seid fruchtbar und mehret euch. Und sie bekamen Kinder. Eines Abends, als die Kinder groß waren, langweilten sich der Mann und die Frau.«
»Rede nicht immer von Langeweile. Wir haben das so lange geübt«, beschwert Alexander sich.
Miez konzentriert sich und fährt fort.
»Eines Abends waren der Mann und die Frau spazieren, und die Frau fragte den Mann, warum er sie nicht liebte. Und der Mann sagte: Weil ich so bin. Und die Frau weinte

und der Mann stieß sie ins Gebüsch. Er war betrunken wie immer und die Frau traurig wie immer. Und er wollte ihr zeigen, dass er sie doch irgendwie liebte, wenigstens ihren Körper. Und stürzte sich auch ins Gebüsch. Überall Dornen, doch das war ihm egal, denn denken konnte er nicht. Die Frau schrie laut. Da radelte jemand an der Elbe entlang und hörte das Geschrei und sah das Gebüsch in Aufruhr. Er stieg ab, lief zum Gebüsch und riss den Mann von der Frau. Sofort schlug der Betrunkene auf den Radler ein. Die Frau rannte weg und der Betrunkene war wütend. Und vielleicht hatte er ein Messer. Und vielleicht hat er damit eingestochen auf den Mann. So lange, bis er nicht anders aussah als ein sezierter Frosch.«
Miez schaut Alexander an. Er tätschelt ihr stolz die Schulter. Miez legt ihren Kopf wieder auf den Tisch. Schläft ein. Alle schweigen. Der Kellner kommt und fragt, ob alles in Ordnung sei.
Alexander sagt: »Ja, danke.«
Der Kellner geht, aus Iva platzt »Das ist ein Scherz« heraus.
»Ich finde das nicht so lustig«, entgegnet Alexander.
»Das hat sie sich gerade ausgedacht.«
»Miez ist ein Medium. Wer weiß, wer weiß.«
»Mir hat unsere Mutter das nie erzählt.«
»Warum sollte sie auch, du hast dich doch nur um dich und deine Schulnoten gekümmert.«
»Hat unsere Mutter dir das genau so erzählt?«
»Miez ist ein Medium. Habe ich dir doch schon gesagt.«
»Du bist zum Kotzen, Alexander.«

Iva steht auf, verlässt den Raum. Roy will hinterhergehen. Shlomo fängt an zu weinen.
Ismene folgt Iva.
Die Luft draußen ist kühl, aber nicht zu kalt. In der Lunge wirbelt das Laub wild, fliegt fast bis in Ivas Mund. Sie geht auf und ab, hält sich die Hände an die Brust. Das Laub will raus, das spürt sie. Sie würgt. Es kommt nicht. Sie würgt wieder. Das Laub bleibt, wo es ist. Hängt fest in ihrem Körper. Iva denkt an das Froschherz. An den Schenkel. An die Mutter. Ihre Haare. Daran, wie sie dasteht in der Küche. Wie Iva sich bückt, um das Froschherz zu suchen. Iva ist so übel. Sie würgt laut. Die Beine zittern. Wann geben sie nach? Iva denkt an das Baden nach dem Telefonieren. Daran, wie sie entschieden hat, nach Dresden zu fahren. Wünscht, sie wäre einfach im Wasser geblieben. Einfach bei Roy, bei Shlomo. Einfach mit Lungenlaub. Das Laub wird aggressiver. Sie würgt wieder und wieder. Hält den Oberkörper nach vorn gebeugt. Lässt die Arme auf den Boden baumeln. In ihrer Haut ist es zu eng. Sie muss da raus. Iva hasst ihre Haut. Ismene schiebt sie ein Stück zur Seite. Dann müssen sie nicht vor der bodentiefen Scheibe stehen. Sie holt eine Zigarette heraus, zündet sie an. Iva greift danach. Ismene gibt sie ihr nicht.
Ismene zieht den Pelz aus, legt ihn als Decke auf den Gehweg. Sie setzt sich im Schneidersitz darauf. Die vorbeilaufenden Passanten sehen sie abfällig an. In ihrem Jumpsuit sieht sie zu schick aus für eine Obdachlose. Ein Auto hält am Straßenrand, lässt das Fenster herunter und der

Fahrer fragt, ob er helfen kann. Ismene bedankt sich und sagt: »Wir kommen klar.«
Dann klopft sie auf den Platz neben sich und Iva setzt sich. Sie würgt weiter, bekommt Schluckauf. Die tränenden Augen machen alles neblig.
Kurz wünscht sich Iva Worte von Ismene. So etwas wie: »Die spinnen doch. Du weißt, dass das nicht stimmt. Dein Bruder hat dieser Miez irgendwas eingeredet. Was wissen die schon.«
Ismene schweigt, Iva weiß genau, warum.
Das Sitzen ist ihr unangenehm. Sie will nicht fest an einem Ort sein, will alles aus sich herausbekommen. Rennen. Aber sie hat keine Ahnung, wohin. Ihre Beine gehorchen eh nicht. Sind eingeschlafen und wollen erst wieder aufwachen, wenn der Kampf mit der Lunge vorbei ist.
Ismene rückt näher an Iva heran, legt ihre Hände auf Ivas Brust. Sie ist überrascht, wie warm sie sind.
Lange schauen die beiden sich an, inhalieren den Atem der anderen. Ismenes Gesichtszüge überstrahlen alles, schüchtern das Laub in der Lunge ein.
Nach einer Weile gewöhnt Iva sich an das Sitzen. Sie würgt kaum noch, die Augen werden trockener. Deutlich sieht Iva nun die Bilder der Straße. Die kleinen Lädchen und Cafés. Jackenträger mit Hunden neben nachdenklichen Kindern. Ihre Stimmen gehen im Sog der Stadt unter. Nur Fragmente von Bildern und Worten erreichen Iva. Doch sie will nichts sehen. Schließt kurz die Augen. Als sie sie öffnet, findet sie sich nahe vor Ismenes Gesicht wieder. Wenn sie wollte, könnte sie Ismene mit den Lippen berüh-

ren. Iva schaut auf den Pelz, auf dem sie sitzt. Mit den Fingern streicht sie über die kurzen Tierhaare. Sie sind weich.

Erst als Iva Hunger bekommt, zieht Ismene sie auf die Beine, klopft den Mantel ab. Die beiden betreten das Restaurant und setzen sich vor die kalten Spaghetti. Miez schläft.

3

Allein im Wald hüpft Iva auf der Stelle. Dabei knacken die Äste unter ihr. Ein Uhu ruft in der Ferne. Iva ist erschöpft. In den Seiten sticht es. Sie weiß nicht mehr, wie lange sie schon hüpft. Sie ist den gesamten Sonnenuntergang lang gerannt. Immer um den Weiher, immer um die Erinnerung an die Nacht mit Ismene, den Nachmittag mit Roy. Bis in die Dunkelheit. So lange, bis nur die Erinnerungen das Unterholz beleuchten konnten. Sie sieht sich selbst mit Ismene auf dem Eis. Und auch, wie sie damals, vor so vielen Jahren, nackt auf Roy liegt. Wie sie Runden um den See zieht, während die Sonne untergeht, sieht sie nicht.

Beim Auf- und Abspringen fühlt Iva ihren Herzschlag. Er kommt ihr verquer vor. Das Laub hängt wieder nah an ihrer Mundhöhle, schafft es aber nicht heraus. Sie fragt sich, wie es wohl aussieht, das Laub. Nach all den Jahren können die Blätter nicht mehr intakt sein. Wahrschein-

lich hängen die Fasern nur lose an dem Blattskelett. Im Kopf versucht sie die Bilder der letzten Tage zusammenzufügen. Die Waterbergträume mit den Großmutterzeichnungen. Die Vateraugen mit dem Fotoalbum. Ismenes Oberschenkel mit Roys Locken. Zwischen den Bildern sieht Iva ihre eigenen Hände. Mit den Fingern will sie die zu einem Teppich knüpfen. Doch das kann sie nicht. Beim Rennen merkt sie, dass sie immer noch nichts weiß. Nichts versteht. Und ist sich unsicher, ob sie das schlimm findet. Ist sich nur sicher: Das Laub muss aus der Lunge. Endlich. Es kann dort nicht bleiben. Iva muss wissen, wie es aussieht. Vielleicht ist das Laub ja im Kernspin oder auf einem Ultraschallbild zu sehen, überlegt sie.
Iva hört auf zu hüpfen, lässt den Atem fließen. Er kühlt ihr heißes Gesicht. Die Schweißperlen auf der Stirn wischt sie mit ihrem Unterarm weg. Dann rennt sie weiter. Noch eine Runde um den See.

4

In der Dunkelheit kommt sie vor dem Haus an. Den Schmerz in ihren Füßen und in den Oberschenkeln merkt sie kaum. Ihr Gesicht ist schweißüberströmt. Unter den Armen hat sie nasse Flecken. Auch die kurzen blonden Haare sind feucht. Der Dezemberwind kühlt den Kopf aus. Doch da sie innerlich glüht, stört sie das nicht.
Vor dem Haus lehnt sie sich an den linken Köcherbaum.

Seine spröde Rinde zeichnet sich in ihre Handfläche ein. Iva klingelt an der Tür. Es dauert lange, bis Roy ihr endlich öffnet. Seine Haare rahmen nass das Gesicht ein. Er trägt nur eine Gemütlichkeitshose und ein Unterhemd. In der Eingangshalle läuft laute Musik. Harte Beats treffen auf schräge Stimmen. Das Licht ist gelöscht, der Spiegel verhängt. Auf der Treppe zur oberen Etage stehen Windlichter. Miez schläft auf einem Eisbärfell am Boden. Shlomo steht wackelig in der Mitte des Raumes. Mariola hält ihn an den Händen. Gemeinsam wippen sie zu der Musik. Ismene wirbelt mit den orientalischen Tüchern durch den Raum. Ismenes Augen sind geschlossen, die Arme weit ausgebreitet. Der Kopf liegt im Nacken. Alexanders Tanzstil sieht aus wie ein epileptischer Anfall. In der Hand hält er eine Weinflasche. Ismene öffnet die Augen, tanzt zu ihm, nimmt ihm die Flasche aus der Hand und trinkt einen großen Schluck.
Eine Weile bleibt Iva neben Roy stehen, spürt an seinem Herzschlag, dass er vor wenigen Minuten wild durch den Raum gesprungen ist. Er sieht sie an, sie weicht ihm aus. Dann tritt er wieder in die Mitte des Raumes, lässt den Schlag der Musik durch seinen Körper fahren. Wie Blitze zucken seine Gliedmaßen durch den Raum. Er ist schnell, erforscht das gesamte Zimmer. Roys Augen sind geschlossen. Lange hat Iva Roy nicht mehr so gesehen. So schnörkellos, so direkt. Vorsichtig betritt Iva die Tanzfläche. Die farblosen Silhouetten der anderen sind ihre Orientierungspunkte. Iva geht zu Ismene, nimmt die Flasche Wein, trinkt sie leer. Neben der schlafenden Miez

steht eine Wodkaflasche. Iva hüpft zu der Flasche. Über ihren eigenen Schweißgeruch muss sie lachen. Sie schaut das Getränk an, bevor sie trinkt. In ihrem Mund brennt es kaum. Erst im Rachen entfaltet sich der Geschmack. Iva muss sich schütteln. Ismene lacht darüber, kommt zu Iva gerannt und entreißt ihr die Flasche. Iva öffnet den Mund, Ismene gießt noch mehr Alkohol in Iva hinein. Dann halten sie sich an den Händen, drehen sich im Kreis. Roy kommt zu den beiden, klinkt sich ein. Die drei wirbeln durch den Raum. Vor Spaß müssen sie schreien. Iva merkt nicht, wie ihr Puls sich erhöht, wie ihre Beine schneller werden, wie sie die Orientierung verliert. Nur die Verbindung der Hände ist wichtig. Verknotete Finger und aufgerissene Münder.
Die Musik wechselt. Sphärische Klänge mit lauten Herztönen. Alle treiben durch den Raum. Iva kommt sich vor, als würde sie schwimmen. Sie nimmt Shlomo aus Mariolas Händen, gleitet mit ihm durch den Raum, an den anderen vorbei. Dabei sehen sie sich an. Noch nie hat Iva ihn angesehen wie einen vollen Menschen. Erst jetzt erkennt sie, wie klar sein Gesicht ist, wie tief seine Augen. Gemeinsam treiben sie. Mal in Shlomos Richtung, dann in Ivas. Sie rollen sich über den Boden, taumeln die Stufen hinauf und hinab. Niemand spricht, niemand lacht. Alle halten die Ohren unter der Wasseroberfläche, vertrauen dem Rauschen ihrer Gehörgänge.
Roy kommt zu Iva und Shlomo, windet sich wie ein sterbender Fisch auf dem warmgetanzten Stein. Iva kann riechen, dass er schon viel Wodka getrunken hat. Das

kennt sie nicht von Roy. Aber das Verwegene an seinem Geruch gefällt ihr. Zusammen erkunden sie den Boden, landen dann in einer Position, in der sie ihre Körper nah aneinander spüren. Roys Hände auf Ivas Rücken. Ivas Kopf auf Roys Bauch. Shlomo setzt sich zwischen ihre Köpfe.
Als sie so daliegen, sieht Iva sich mit den beiden in der Schwebebahn stehen, lange über die Wupper fahren, die Sonne im Nacken. Oder wie sie zu dritt im Bett sitzen und Iva über die Frühstückskrümel auf dem Laken schimpft, während Shlomo und Roy sie dafür auslachen. Die lange Schwangerschaftszeit und der riesige Bauch in der Badewanne. Shlomos nächtliche Babyschreie, seine ersten Worte. Die hatte Roy ihr als Sprachnachricht ins Krankenhaus geschickt. Genau wie ein Video von seinen ersten Schritten. Iva atmet die beiden ein. Doch sie kann sie kaum riechen. Laubfasern sind in ihrer Nase angekommen.
Rasch steht sie auf, tanzt weiter. Wild durch den Raum. So lange, bis das ganze Haus sich um sie dreht, die Orientierung verloren ist und nichts mehr wichtig ist außer die Umrisse von Shlomo und Roy.

Iva kann nicht mehr. Schlapp liegt sie neben den anderen auf dem Boden. Ismene und Mariola kuscheln sich aneinander. Alexander greift immer wieder nach Roys Hand und erwischt sie irgendwann. Die Musik ist aus. Mittlerweile ist es Nacht. Shlomo ist eingeschlafen. Ismene singt. Wie aus einem tiefen Sumpf kommen schwere, melancho-

lische Klänge. Lange hält sie jeden Ton, variiert minimal. Der Gesang legt ein Tuch über Mariola, Iva, Alexander, Shlomo und Ismene. Nur Miez erreicht es nicht.
Iva wickelt sich darin ein und fällt in den Schlaf.

Als sie wieder aufwacht, singt Ismene immer noch. Mittlerweile ist sie bei hohen, sehnsuchtsschweren Tönen angelangt. Alexander ist nicht da. Die Tür zum Wohnzimmer, in dem der Vater liegt, ist geöffnet. Iva steht auf, befreit sich aus der Tondecke. Betritt das Wohnzimmer, schließt die Tür hinter sich. Alexander kauert vor dem Pflegebett. Weint leise. Sein Körper wird von den stummen Schluchzern geschüttelt. Iva tritt näher an das Bett, stolpert fast über ein Kissen, das auf dem Boden liegt. Sie setzt sich auf das Bett, schaut den Vater an. Ihre Hüfte berührt die Bettdecke. Ganz ruhig liegt er da. Die Furchen in seinem Gesicht wirken sanfter, die geschlossenen Lider schützen die Augäpfel. Mit den Fingern zeichnet Iva die Gesichtszüge des Vaters nach. Erst als Iva an der Atemmaske um Mund und Nase angekommen ist, merkt sie, dass das Beatmungsgerät keine Geräusche mehr macht. Dass es ganz still ist im Raum. Sie erschrickt nicht. Schon als sie eingetreten ist, kam es ihr so vor, als würde sie einen Toten besuchen. Iva legt beide Hände über das Gesicht des Vaters. Beginnt die Melodie zu summen, die sie von der Großmutter kennt.
Kurz legt sie den Kopf auf den Oberkörper des Vaters. Kein Herz schlägt, kein Blut fließt. Alles ruht, braucht nichts mehr zu tun. Iva schiebt mit den Fingern die

Mundwinkel des Vaters nach oben, damit er aussieht, als würde er lächeln. Sie fallen sofort wieder zurück. Der letzte Gesichtsausdruck des Vaters ist ein kalter, erfrorener. Er gibt keinen Hinweis auf einen letzten Traum, den letzten Atemzug.
Alexander schlingt seine Arme um Ivas Beine, rüttelt daran.
Iva befreit sich, setzt sich auf das Bett, sieht das Gesicht des Vaters an. Es ist zur Skulptur geworden. In ihrem Kopf passiert nichts. Kein Gedanke geht durch sie hindurch.
Dann steht sie auf, öffnet das Fenster. Der Himmel ist verhangen, kein Stern ist zu erkennen. Als hohe graue Türme haben sich Wolken übereinandergelegt. Iva schaut sie an. Die verschiedenen Graustufen sind kaum auszumachen. Alles wirkt wie ein festes Schloss ohne Eingang.
Iva wendet sich dem Kopf des Vaters zu. Neben seinem Ohr liegt ein ausgefallenes Haar. Behutsam nimmt sie es hoch. Im Licht würde sie vielleicht noch eine Spur Blond sehen. Aber es ist dunkel. Mit dem Oberkörper lehnt sie sich aus dem Fenster, hält das Haar in den Nachtwind. Es flattert nervös, möchte Ivas Finger verlassen. Einen Moment hält sie es noch fest, dann lässt sie los. Sofort verschwindet es im Schwarz der Nacht. Iva kann nicht sehen, wohin es fliegt.

In der Eingangshalle liegen alle im Halbschlaf. Iva nimmt ihr Smartphone, verbindet es mit dem Lautsprecher und sucht ein Lied aus.

Laut füllt die Musik den Raum. Iva schnappt den Wodka, trinkt einen gewaltigen Schluck. Sie versucht zu tanzen, doch ihr ist übel. Sie merkt, dass sie weint. Kann nicht tanzen, nur taumeln. Fällt. Auf allen vieren zieht sie sich zur Toilette. Sie hält den Kopf über die Schüssel. Würgt, dann spritzen Wodka und Wein aus dem Hals. Iva atmet zweimal tief ein. Dann kommt das Laub. Schwarze Blätter landen in der Schüssel. Manche bleiben an den Zähnen kleben. Mit den Fingern zieht Iva sie heraus. Schaut sie sich an. Die Zeit hat sie gefärbt. Aber sie sind nicht skeletthaft. Es sind ganze, modrige Blätter. Im Badezimmerlicht schillern sie bläulich. Mit den Fingern will Iva eines der Blätter zerreißen. Doch es ist fest. Jede Faser hängt an der anderen. Angewidert beerdigt sie das Laub in der Toilette. In den Wellen der Klospülung geht es unter.

Iva sackt auf den Fliesen zusammen. Ist vollkommen erschöpft. Die Lungenflügel sind leer.

Neben der Kloschüssel kommt sie zur Ruhe. Sie atmet durch die Nase, füllt die gesamte Lunge mit Luft.

5

Dass der Vater tot ist, sagt sie Roy nicht, als sie einige Stunden später zu ihm ins Bett klettert. Shlomo schläft in einem Reisebett am Fenster.

Roy ist wach, tut aber so, als würde er schlafen. Gleich-

mäßig atmet er. Iva kuschelt sich an ihn. Langsam legt auch er seine Arme um sie herum.
Durch das geöffnete Fenster kommen Nachtgeräusche. Vereinzelte Autos auf der Straße. Zwei jubelnde Betrunkene ziehen an der Häuserreihe vorbei. Shlomo schnarcht etwas. Iva findet das süß.
Im Bett hält sie es nicht lange aus. Sie ist zu wach, zu erleichtert mit der Lunge, die sich so neu anfühlt. Still kraxelt sie aus dem Bett, kniet sich vor das Fenster und schaut hinaus.
Roy setzt sich auf, schaut sie erst an und hockt sich dann neben sie. Von außen müssen sie aussehen wie zwei Wölfe, die den Mond anheulen wollen, denkt Iva. Doch der Mond ist in dieser Nacht verborgen. Deshalb sind sie still.
Die Haustür klappert. Vom Fenster aus beobachten sie, wie Alexander und Miez das Haus verlassen. In der Hand halten sie ihre Koffer. Miez ist wackelig auf den Beinen, schwankt. Alexander zischt ihr etwas zu. Sein Umriss ist bulliger als sonst. Wahrscheinlich hat er sich den Mantel vom Vater angezogen. Miez klammert sich an einem der Köcherbäume fest, schluchzt auf. Wieder zischt Alexander. Sie wird nicht still. Er zieht sie die Stufen hinunter. Sie laufen den Weg zur Straße entlang. Miez schaut sich noch einmal um. Roy und Iva können ihr Gesicht nicht erkennen. Am Gartentor stellt Alexander die Koffer ab, geht zum Haus zurück und macht sich am rechten Köcherbaum zu schaffen.
»Nicht, dass der uns jetzt das Haus abfackelt«, flüstert Roy.

Iva schüttelt den Kopf.
»Willst du was trinken? Tee oder heiße Schokolade?«, fragt er.
»Keine heiße Schokolade«, erwidert Iva kaum hörbar. »Aber vielleicht Tee?«
»Alles klar.«
Roy steht auf. Mit seinen Flüsterschritten verlässt er das Zimmer. Schafft es sogar, die Tür zu schließen, ohne ein Geräusch zu machen.
Iva blickt wieder nach draußen. Alexander redet auf Miez ein. Nach einer Weile kommt ein Taxi in die Straße gefahren. Wild schwenkt Alexander die Arme, damit der Fahrer ihn nicht übersieht. Das Fahrzeug hält, öffnet die Tür. Als Erstes wird Miez in das Taxi geschoben. Dann trägt der Fahrer das Gepäck in den Kofferraum.
Als Letzter steigt Alexander ein. Er schlägt die Tür energisch zu. Das Taxi fährt los, verschwindet in der Nacht.
Iva steht auf, um das Fenster weit zu öffnen. Sie will den kalten Wind einatmen. Wissen, wie er sich anfühlt, wenn keine blauschwarzen Blätter in der Lunge verwesen.
Roy taucht wieder in der Tür auf. Der Dampf der Teetassen schwebt Iva entgegen. Roy muss frische Zitrone hineingepresst haben, denkt sie dankbar.
»Vorsicht, ist heiß«, flüstert er, überreicht ihr die Tasse. Iva nimmt sie, pustet in die starre Teeoberfläche. Mit dem Atem formt Iva eine Kuhle in den Tee, von der aus Wellen schlagen. Sie muss an den Abend mit Ismene am See denken. Stellt sich vor, was passiert wäre, wenn sie eingebrochen wären. Vielleicht hätte Roy sie dann wirklich

als Fischstäbchen aus dem vereisten See gezogen. Sie hat das Bild von der eingefrorenen Ismene vor sich. Locken und weiche Konturen im Eisblock. Ein verzerrtes Gesicht. Für einen Moment will Iva zu Ismene ins Zimmer gehen und sich vergewissern, dass sie wirklich dort ist. Dass ihre Haare sicher auf dem Kopfkissen und ihre Arme entspannt nahe dem wundersam geformten Körper liegen. Doch Iva bleibt sitzen, neben Roy.
Iva nimmt den ersten Schluck Tee. Er ist genau richtig. Mit Honig gesüßt und Zitrone gesäuert. Iva schmeckt die Frühlingskräuter heraus. Die Tür scheppert. Diesmal wird sie nicht so energisch zugezogen, sondern leicht, vorsichtig, sodass niemand davon geweckt wird. Zwei Pappkartons tauchen auf den Stufen auf. Und ein Geigenkasten. Dann Ismene. In dem weiten Pelz, die Fellmütze auf dem Kopf. Eine Zigarette im Mund, die eine Spur Qualm hinter ihr herzieht. Umständlich nimmt Ismene die Kartons in beide Hände. Den Geigenkasten klemmt sie sich in die Achselhöhle. Unsicher tapst sie die Stufen hinunter, vergewissert sich vor jedem Schritt, wo sie hintritt. Stolpert an der letzten Stufe. Sie kann ihr Gleichgewicht gerade noch halten. Die Kisten gleiten ihr aus den Händen. Alles kullert auf den Weg. Nur die Geige kann sie auffangen. Ismene schimpft leise, rappelt sich auf. Vom Alkohol ist sie ganz ungelenk, sammelt in einem seltsamen System die Sachen ein, wirft sie unwirsch in die Kartons. Dann nimmt sie sie wieder auf, läuft weiter. Das Aufschlagen ihrer Absätze hallt durch den Vorgarten. Vom Rauchen muss sie husten. Sie spuckt die Zigarette

auf den Boden. Kurz tritt Ismene mit ihrer Schuhspitze darauf, um sicherzugehen, dass kein Funken zurückgeblieben ist. Ismene wartet auf kein Taxi. Ismene läuft weiter. Die kleine Straße entlang. Die Laternen zeichnen ihren Schatten mal länger, mal kürzer. Dann biegt sie ab. Iva kann sie nicht mehr sehen.
Iva schließt das Fenster. Sie nimmt einen Schluck Tee. Der Honig schmeckt nicht mehr süß.

ACHTZEHNTER TAG

1

Nach der Beerdigung laufen Iva, Roy und Mariola die kleine Villenstraße entlang. Shlomo sitzt in seinem Buggy. Er versucht, die Weihnachtslieder nachzuahmen, die Roy ihm beibringen wollte. Iva trägt ein weites Kleid, eine dunkle Jacke. Die hat sie extra in Wuppertal gekauft. Shlomo ist der Einzige, der kein Schwarz trägt. Iva findet, dass das nur was für Erwachsene ist. Roy sieht in seinem Anzug verkleidet aus. Leicht beschwipst taumeln die drei Erwachsenen die Straße entlang. Die Beerdigung hat Iva alle Energie genommen. Der Kranz von den Freunden des Vaters war mit roten und weißen Blumen bestückt, dazu ein schwarzes Band, auf dem nicht mehr stand als »Immer«. Unendliches Händeschütteln. Tiefes Bedauern zugesprochen bekommen. Von alten Richtern und Anwälten. Von Verdiensten hören und der großartigen Persönlichkeit. Weinen müssen, als der Sarg hinabgelassen wird. Kein Taschentuch dabeihaben. Beten am Grab und nicht wissen, für wen. Shlomo hochnehmen und seinen Rücken streicheln. Die weißen Rosen auf dem Sarg hat Roy ausgesucht. Gesagt: »Dein Vater hatte irgendwas, was wir alle nicht verstanden haben.« Lieder singen in der Kapelle. Mit gebrochenen Stimmen. Und sich für einen Moment nicht mehr erinnern können, wie das Gesicht aussah. Vom Vater.

Die Mutter ist nicht gekommen, Ismene und Alexander auch nicht. Jette hat ihren Kanal gelöscht.
Es riecht nach Weihnachtsplätzchen, Vanille und dem Aftershave des Vaters. Iva weiß nicht, ob sie den Geruch antiquiert oder zeitlos findet.
Am Gartentor schließt Iva auf. Mariola hat ihr den Schlüssel am Morgen gegeben und will gleich schon zurück nach Gdańsk fahren. Roy hat sie zum Essen eingeladen, sie gebeten, zu bleiben. Aber Mariola will weg.
Als die vier an den Köcherbäumen ankommen, hebt Roy Shlomo aus dem Buggy und stellt ihn auf seine Füße. Sofort beginnt das Kind die Treppen hinaufzuklettern. Dafür muss er sich mit den Händen abstützen. Mariola feuert ihn auf Polnisch an, lobt ihn, als er oben angekommen ist. Begeistert hält Shlomo die Arme in die Höhe und jauchzt auf.
Iva geht zum rechten Köcherbaum, betrachtet ihn genau. Sucht, was Alexander dort gemacht hat. Sie muss genau schauen, findet dann einen Schriftzug. In undeutlichen Buchstaben steht dort: »Ich war einer von euch.«
In Iva wiederholt sich der Satz. Wieder und wieder.

2

Während Mariola und Roy das Untergeschoss in Ordnung bringen, geht Iva nach oben in das Zimmer der Großmutter. Graues Licht fällt ein. Die Möbel wirken farblos.

Auf dem Schreibtisch liegt das braune Fotoalbum. Iva holt es sich, setzt sich damit vor das Fenster, blättert es durch. Das unterbelichtete Porträtfoto schaut Iva sich lange an. Sie weiß nicht, wen sie dort anschaut, weiß nicht seinen Namen, was er getan hat, wo er herkommt. Vorsichtig trennt sie es von der Seite. Der alte Kleber gibt das Papier leicht frei. Auch als Iva es gegen das Licht hält, kann sie nicht mehr sehen. Zu Hause will sie es in einen kleinen Rahmen legen und sich auf den Nachttisch stellen. Dann kann sie jeden Morgen die zarten Unterschiede der Grautöne betrachten, sich mal in dem Schwarz verlieren oder sich über das Hellgrau freuen. Achtsam legt sie es in eine Mappe, damit es beim Transport nicht zerknickt.
Dann blättert sie weiter. Das Kinderfoto von der Großmutter mit der Zeichnung vom toten Kind auf der Rückseite flattert ihr entgegen. Iva schaut es an, weiß auf einmal, was sie damit tun will. Sie holt eine Nadel aus dem Großmutternähkästchen und rennt die Treppe hinunter. Vor dem Haus steht der Köcherbaum mit dem eingeritzten Satz. Iva dreht das Foto so, dass die Zeichnung nach außen zeigt. Befestigt es mit der Nadel. Der Satz ist nicht mehr zu sehen.
Die restlichen Bilder aus dem Album wird sie hierlassen. Sie vielleicht irgendwann holen. Mit nach Wuppertal nimmt sie nur das Bild, das über ihrem Bett hing. Das kommt über die Badewanne. In einem Rahmen. Dann ist es vor der Feuchtigkeit geschützt.
Noch einmal schaut Iva zu der Zeichnung am Baum. Sie flattert leicht im Wind. Wie lange sie wohl hält.

3

Am Hauptbahnhof steigt Mariola aus dem Auto. Roy hebt ihren Koffer aus dem Wagen, Iva umarmt Mariola lange. Merkt, dass die beiden sich noch nie länger berührt haben. Mariolas Körper ist sanft, weich, schmiegt sich perfekt in den des anderen. Iva kann sich nicht vorstellen, dass es einen Menschen geben kann, der diesen Körper nicht mag. Kurz lassen die Frauen sich los, lächeln sich an, umarmen sich erneut. Diesmal knapper und mit Rückenstreicheln. Iva will fragen, ob Mariola vielleicht Ismenes Nummer hat oder ihren Nachnamen kennt. Tut es dann aber nicht. Bedankt sich bei Mariola für alles, wünscht das Beste für ihre Tochter.

Beim Abschied bleiben alle Augen trocken. Für diesen Tag ist genug geweint worden. Shlomo winkt aus seinem Kindersitz, Mariola tätschelt ihm die Wange.

Dann dreht sie sich um. Zieht den großen, schweren Koffer hinter sich her. Verschwindet im Bahnhofsgebäude.

»Soll ich fahren?«, fragt Iva Roy.

»Wie du willst. Ich kann auch fahren.«

»Das wäre super.«

Iva streift ihre schwarze Strickjacke ab, nimmt aus dem Koffer eine gelbe, zieht sie sich über. Shlomo sitzt im Kindersitz auf der Rückbank. Iva drückt ihm einen Butterkeks in die Hand.

»Ich gehe noch kurz zum Bäcker«, sagt Roy. Er verschwindet Richtung Bahnhof. Iva setzt sich zu Shlomo. Sie betrachtet ihn lange. Er kaut an seinem Keks. Dabei

krümelt er. Mit den großen Augen erkundet er das Auto. Schaut zu Iva, lacht ihr entgegen. Iva lächelt zurück. Dann nimmt sie seine Hand und massiert seine Finger. Shlomo wird ruhig, lässt den Keks fallen.
Iva zwinkert ihm zu.
Mit einer gefüllten Brötchentüte kommt Roy zum Auto gerannt.
»Milchbrötchen«, sagt er triumphierend.
Iva reißt ihm die Tüte aus der Hand und nimmt sich einen Wecken heraus. Er ist warm.
Dankbar lächelt sie Roy an. Er zuckt mit den Schultern, setzt sich hinters Lenkrad. Noch einmal kontrollieren sie, ob Shlomo richtig angeschnallt ist. Dann geht es los. Das alte, blaue Auto setzt sich in Bewegung. Sechs oder sieben Stunden werden sie ab jetzt von Ost nach West fahren.
Die Sonne geht unter, taucht die Stadt in gleißendes Gelb. Aus dem Handschuhfach kramt Iva ihre Sonnenbrille, setzt sie auf, lehnt sich zurück. Schließt die Augen.
Der Motor surrt leise.

FSC
www.fsc.org
MIX
Papier aus verantwortungsvollen Quellen
FSC® C014496

Lektorat © Frankfurter Verlagsanstalt
Umschlaggestaltung: Laura J Gerlach
Unter Verwendung eines Motivs von © iStockphoto/Justinreznick
Herstellung: Laura J Gerlach
Satz: psb, Berlin
Druck und Bindung: GGP Media GmbH, Pößneck
Printed in Germany
ISBN 978-3-627-00285-5

Hans Christoph Buch. ROBINSONS RÜCKKEHR
DIE SIEBEN LEBEN DES H. C. BUCH
»Buch hat nicht nur einen unverwechselbaren Ton, sondern er führt in jedem seiner Romane vor, was Literatur kann: Dinge beschreiben, die unbeschreiblich sind.« DEUTSCHLANDFUNK

Hans Christoph Buch. TUNNEL ÜBER DER SPREE
TRAUMPFADE DER LITERATUR
»Es sind kenntnisreiche Chroniken der deutsch-deutschen Literaturszene, die zugleich neue literarische Zugänge zur Welt offenlegen.« DEUTSCHLANDRADIO KULTUR

Lasha Bugadze. DER ERSTE RUSSE
Roman
»Lasha Bugadze gelingt es, georgische Zeitgeschichte und Fiktion geschickt miteinander zu verknüpfen.« WDR5

Lasha Bugadze. DER LITERATUREXPRESS
Roman
»Schelmisch und selbstironisch, satirisch und sehr lustig: Bugadze hat Talent für humoristisch überzeichnete Szenen und einen Sinn fürs Absurde.« DER TAGESSPIEGEL

Ruth Cerha. ZEHNTELBRÜDER
Roman
»*Zehntelbrüder* ist ein zeitgemäßer Familienroman, ein Kaleidoskop moderner Verhältnisse, in denen Bindungsängste ebenso zu finden sind wie der Glauben an eine tiefe innere Verbundenheit.« BÜNDNER TAGBLATT

Ruth Cerha. BORA. EINE GESCHICHTE VOM WIND
Roman
»Bildstark, sinnlich und mit einem überaus musikalischen Grundton spürt Cerha den Sehnsüchten und Ängsten zweier Enddreißiger hinterher.« STUTTGARTER ZEITUNG

Pauline Delabroy-Allard. ES IST SARAH
Roman
»Ein furioses, ein gnadenloses Debüt der Französin, die es damit gleich in die zweite Runde des Prix Goncourt schaffte.« Der Standard

Nicolas Dickner. NIKOLSKI
Roman
»Dickners Blick auf die Welt ist subversiv.« Deutschlandfunk

Mareike Fallwickl. DAS LICHT IST HIER VIEL HELLER
Roman
»Spannungsreich gewoben. Wo die existenziellen Bedrohungen Ernst machen, reagiert Mareike Fallwickl mit Satire. Ihr Konter auf den Zynismus kommt souverän abgefedert daher.« Neue Zürcher Zeitung

Mareike Fallwickl. DUNKELGRÜN FAST SCHWARZ
Roman
»Wenn es ein Buch gibt, das unter all den Neuheiten herausragt, dann ist das *Dunkelgrün fast schwarz*. Hier stimmt einfach alles, von der ersten bis zur letzten Seite.« Blog Masuko13

Margaux Fragoso. TIGER, TIGER
Roman
»Es ist ein schockierendes Buch, das die Amerikanerin Margaux Fragoso über ihre jahrelangen Erfahrungen mit einem Pädophilen geschrieben hat.« Frankfurter Allgemeine Sonntagszeitung

Anna Galkina. DAS NEUE LEBEN
Roman
»*Das neue Leben* ist ein Roman über Migration – unter anderem. Er beschreibt auch die Höhen und Tiefen im Leben einer jungen Frau. Und das auf eine wahrlich gelungene Weise.« Cicero

Ernst-Wilhelm Händler. WENN WIR STERBEN
Roman
»Ernst-Wilhelm Händler vollzieht in seinem raffinierten Roman nichts Geringeres als die feindliche Übernahme der deutschen Gegenwartsliteratur.« FRANKFURTER ALLGEMEINE ZEITUNG

Nino Haratischwili. DIE KATZE UND DER GENERAL
Roman
»Nino Haratschwili ist eine zupackende und furchtlose Erzählerin. Sie hat die Gabe, Figuren und einer Szenerie mit wenigen Sätzen Kontur und Lebendigkeit einzuhauchen.«
NZZ AM SONNTAG

Nino Haratischwili. DAS ACHTE LEBEN (FÜR BRILKA)
Roman
»Die Geschichte des europäischen Jahrhunderts als georgische Familiensaga erzählt. Wie hat sie das gemacht? Deutscher Roman des Jahres. Phänomenal.«
FRANKFURTER ALLGEMEINE SONNTAGSZEITUNG

Nino Haratischwili. MEIN SANFTER ZWILLING
Roman
»Nino Haratischwili hat das Zeug zur neuen Heldin der zeitgenössischen deutschen Literatur. *Mein sanfter Zwilling* ist ein Text von beinahe klassischer Wucht.« LITERARISCHE WELT

Christa Hein. DER GLASGARTEN
Roman
»Christa Hein ist eine Seelenmalerin, die sich auf das Legen literarischer Hochspannungsleitungen versteht. Gekonnt verschränkt sie Familiendrama, Liebesaffären und Krimi.«
BRIGITTE WOMAN

Zoë Jenny. BLÜTENSTAUBZIMMER
Roman
»Es ist ein verstörender Text, klar und einfach geschrieben und doch von einer vielleicht noch etwas naiven, poetischen Kraft – hier ist nichts gekünstelt.« ELKE HEIDENREICH, WDR

Tanja Kinkel. GÖTTERDÄMMERUNG
Roman
Ein spannender und hochbrisanter Thriller über eine globale Pandemie.

Bodo Kirchhoff. DÄMMER UND AUFRUHR
ROMAN DER FRÜHEN JAHRE
»Bodo Kirchhoff hat eine Selbsterforschung geschrieben. Wer sich mit diesem Autor beschäftigt, kommt an diesem Buch nicht vorbei.« DEUTSCHLANDFUNK

Bodo Kirchhoff. WIDERFAHRNIS
Novelle
Ausgezeichnet mit dem Deutschen Buchpreis 2016
»Bodo Kirchhoff ist ein Meistererzähler; sein Widerfahrnis trifft uns alle.« LITERARISCHE WELT

Bodo Kirchhoff. DIE LIEBE IN GROBEN ZÜGEN
Roman
»Ein fulminantes Buch über die Menschen von heute und über das, was sie umtreibt, verstört, weiterbringt, überleben lässt, über die Liebe also – in groben Zügen.«
DENIS SCHECK, ARD DRUCKFRISCH

Elsa Koester. COUSCOUS MIT ZIMT
Roman
»Drei außergewöhnliche Frauen aus verschiedenen Generationen. Ein Familien- und Frauenroman, aber vor allem auch ein sehr politisches Buch, das ein Stück französische Kolonialgeschichte in die Gegenwart holt.« DEUTSCHLANDFUNK KULTUR

Helmut Kuhn. GEHWEGSCHÄDEN
Roman
»Der Roman ist ein Zeitdokument, das einen tiefen Blick in die Seelenlage von Berlins kreativer Mitte wirft. Mit seinen starken Szenen und abrupten Wechseln erinnert *Gehwegschäden* an Döblins *Berlin Alexanderplatz*.« RBB STILBRUCH

Amanda Lasker-Berlin. ELIJAS LIED
Roman
»Ihre Kunst ist politisch. Sie hat etwas zu sagen und sie tut es auch. Amanda Lasker-Berlin, ein Name den man sich besser einprägen sollte.« MDR

Ulla Lenze. DIE ENDLOSE STADT
Roman
»Ulla Lenze hat in ihrem enorm gegenwärtigen Großstadtroman eine Sprache für die Verwirrung zwischen Nähe und Ferne, Kunst und Kapitalismus gefunden.« KULTURSPIEGEL

Demian Lienhard. ICH BIN DIE, VOR DER MICH MEINE MUTTER GEWARNT HAT
Roman
»Von den Jugendunruhen 1980 an den Platzspitz. Eine solche Stimme hat man in der Schweizer Literatur noch nicht gehört: frech und verzweifelt, schräg und kühn.« NZZ

Julia Malik. BRAUCH BLAU
Roman
»Der Roman geht unter die Haut. In schneller Sprache zieht sie den Leser in ihre Geschichte rein. Ein Buch, das uns viel über unsere wandelnde Gesellschaft zeigt – und die Liebe.« ELLE

Mathias Menegoz. KARPATHIA
Roman
»Der Roman bietet große Landschaften und große Gefühle.« FRANKFURTER ALLGEMEINE ZEITUNG

Karoline Menge. WARTEN AUF SCHNEE
Roman
»Karoline Menge variiert in ihrem erstaunlichen Debüt ein bekanntes Sujet: zwei Menschen alleine in einer feindlichen Umwelt.« Deutschlandfunk Kultur

Christoph Peters. STADT LAND FLUSS
Roman
»Eine scheinbar ganz normale Liebesgeschichte, aber voller doppelbödiger Spannung. Ein Glücksfall.« FOCUS

Sylvia Plath. DIE TAGEBÜCHER
»Ein großartiges Stück autobiographische Literatur. Kraftvoll und poetisch, klug und sprachlich ausgefeilt.« Brigitte

Sylvia Plath. DIE BIBEL DER TRÄUME
Erzählungen
»Gerade durch diese Texte, die noch nicht wie in Stein gemeißelt dastehen, erfährt man viel über die literarische Begabung Sylvia Plaths.« Neue Zürcher Zeitung

Sylvia Plath. ZUNGEN AUS STEIN
Erzählungen
»Joachim Unselds Frankfurter Verlagsanstalt macht die beiden Erzählbände *Die Bibel der Träume* und *Zungen aus Stein* wieder zugänglich. Plath besticht darin mit ihrem unverkennbaren kühlen Prosa-Stil. Er erinnert an den jungen Philip Roth und Salinger.« Literarische Welt

Marion Poschmann. BADEN BEI GEWITTER
Roman
»*Baden bei Gewitter* ist ein Sprachfeuerwerk.«
Neues Deutschland

Marion Poschmann. HUNDENOVELLE
»Es ist die präzise Komposition, die neben der geschliffenen, glitzernd polierten Sprache dieser Prosa besticht.« DIE ZEIT

Marion Poschmann. SCHWARZWEISSROMAN
Roman
»Hier gibt es keine abgegriffenen Worte, keine sattsam bekannten Figuren. So etwas hat man noch nicht gelesen.«
BÜCHER

Marion Poschmann. GRUND ZU SCHAFEN
Gedichte
»Einer der wichtigsten Gedichtbände der letzten Zeit. *Grund zu Schafen* markiert die Rückkehr einer Naturlyrik auf höchstem Sprach- und Reflexionsniveau.« FRANKFURTER ALLGEMEINE ZEITUNG

Minka Pradelski. ES WIRD WIEDER TAG
Roman
»Wie meisterhaft Minka Pradelski über dieses Kapitel der Geschichte schreibt, ist große Kunst auf dünnem Eis. Sie kann das, und sie darf das! Ein ganz wunderbares Buch, ich bin mehr als begeistert.« IRIS BERBEN

Minka Pradelski. UND DA KAM FRAU KUGELMANN
Roman
»Frau Kugelmann sagt einmal, seinen eigenen Kindern kann man sowas nicht erzählen, man muss es fremden Kindern erzählen. Wir sind auch die fremden Kinder, die durch solche Bücher ganz viele großartige Dinge erfahren.« ELKE HEIDENREICH

Julia Rothenburg. HELL/DUNKEL
Roman
»In knapper Sprache lässt Rothenburg das Halbdunkel einer verwahrlosten Kreuzberger Wohnung aufleben, jugendliche Trostlosigkeit und fiebriges Habenwollen, hinter dem jederzeit der innere Zusammenbruch lauert.« BERLINER ZEITUNG

Julia Rothenburg. KOSLIK IST KRANK
Roman
»Eine subtil spannende und hochinteressante Lektüre. Ein furioses Debüt.« DEUTSCHLANDFUNK

Thomas von Steinaecker. WALLNER BEGINNT ZU FLIEGEN
Roman
»Ein Roman über die Zeit, über ihre Geschwindigkeit, ihre Langsamkeit und vor allem die Tatsache, dass dem Leben des Menschen die Rückspultaste fehlt – in einer Sprache, die hundert Jahre zu einem einzigen, schnellen, unvergesslichen Leseerlebnis macht.« JULI ZEH

Corinna T. Sievers. VOR DER FLUT
Roman
»Judith verleiht ihrer sexuellen Gier in Sievers' Roman eine ganz eigene Sprache. Sievers findet dabei eine Erzählstimme, die wachsam wie frotzelnd immer wieder hinterfragt, welche Haltung und welche Wortwahl dem Thema angemessen sind.« DEUTSCHLANDFUNK

Corinna T. Sievers. DIE HALBWERTSZEIT DER LIEBE
Roman
»Ein Frauentypus, wie ich ihn in der Schweizer Literatur noch nicht gesehen habe. Eine interessante und intelligente Erzählerin.« DEUTSCHLANDFUNK

Jean-Philippe Toussaint. DER USB-STICK
Roman
»Es gibt erstaunlich wenige Romane, die für die technologischen und damit verbundenen psychosozialen Umbrüche der Gegenwart eine Form finden – *Der USB-Stick* ist einer.«
NIKLAS MAAK, FRANKFURTER ALLGEMEINE SONNTAGSZEITUNG

Jean-Philippe Toussaint. M.M.M.M.
Eine Romantetralogie
»Selten wurde in der aktuellen Literatur böser, lustiger, lakonischer und klüger über eine große und ratlose Liebe geschrieben. Nächster Nobelpreis, der nach dem für Modiano in die französischsprachige Welt geht, bitte an Toussaint.«
NIKLAS MAAK, FRANKFURTER ALLGEMEINE SONNTAGSZEITUNG

Julia Wolf. WALTER NOWAK BLEIBT LIEGEN
Roman
»Ein mitreißender Roman. Der eigenwillige Sog, den *Walter Nowak bleibt liegen* entwickelt, gründet darauf, dass die Autorin hier Fallhöhen eines Lebens auslotet, gegen die ein Sprung vom Zehnmeterbrett harmlos erscheint.«
FRANKFURTER ALLGEMEINE ZEITUNG

Julia Wolf. ALLES IST JETZT
Roman
»Sätze wie offene Wunden. Wolf hat ein Buch geschrieben, das mitreißt, verstört und berührt.« FRANKFURTER RUNDSCHAU

Marcia Zuckermann. MISCHPOKE!
Ein Familienroman
»So quirlig wurde ein Familienroman selten erzählt. Ein lebendiges Stück Zeitgeschichte.« RBB BÜCHER UND MOOR